사람 사는 세상을 꿈꾸다

사람 사는 세상을 꿈꾸다

이종태 지음

이종태의 도전과 희망

시민참여와 자치가 실현되는 사회를 위한

미래인

사람 사는 세상을 꿈꾸다

1판 1쇄 인쇄 2010년 2월 5일
1판 1쇄 발행 2010년 2월 10일

지은이 이종태 | 펴낸이 박혜숙 | 펴낸곳 미래M&B
책임편집 황인석 | 편집 심순영
영업관리 장동환, 이도영, 김대성, 김하연 | 제작 남상원
등록 1993년 1월 8일(제10−772호) | 주소 서울시 마포구 서교동 368-22 서문빌딩 4층
전화 (02) 562-1800(대표) | 팩스 (02) 562-1885(대표)
전자우편 mirae@miraemnb.com | 홈페이지 www.miraeinbooks.com

ISBN 978-89-8394-587-7 03810

값 10,000원

* 잘못 만들어진 책은 바꾸어 드립니다.
* 미래인은 미래M&B가 만든 단행본 브랜드입니다.

교육의 미래,
지역의 미래를 생각한다

　"'내가 중요하게 생각하는 두 가지가 있다. 하나는 '인간
이란 무엇인가'이고, 다른 하나는 '어떻게 살 것인가'의 문제다.
나는 이 두 가지에 대한 답을 추구할 것이고, 이 노력은 내 생애
의 마지막 순간까지 계속될 것이다.'"

　이것은 대학 시절 낡은 일기장 속표지에 씌어 있는 영어 문장
을 번역한 글귀이다. '어떻게 살 것인가' 하는 문제는 내게 평생 일종
의 화두 같은 것이었다. 그것은 중요한 진로 선택의 고비마다 나 자
신을 되돌아보게 하는 준거였고, 때로 내 삶의 정체성이 모호하게 느
껴질 때 스스로를 다잡아 초심으로 돌아가도록 일깨우는 선방의 죽비
같은 역할을 하기도 하였다. 그런 탓인지 지금까지 살아오면서 나는
현재에 안주하거나 만족하기보다 내가 과연 잘 살고 있는 것인지 되묻
고, 어떻게 살 것인가를 고민할 때가 더 많았다. 이런 마음가짐은 지천
명의 나이를 넘긴 지금까지도 계속되고 있다.

　돌이켜보면 내 삶에서 남에게 내놓고 자랑할 만한 것은 별로
없는 것 같다. 학문적 자존심은 높지만 학계에서 특별히 내세울 만한
업적을 남기지 못하였고, 정의와 정도에 대한 신념은 확고하지만 사
회운동이나 정치활동에서 널리 각인될 만한 족적을 남기지도 못하였

다. 나름대로 늘 바쁘게 살아왔지만 가장으로서의 경제적 책임을 제대로 감당하지도 못하였다. 고작 한 것이라곤 정의롭지 못한 세상에 대해 고뇌하고, 교육이나 사회, 정치 현실에 대하여 비판과 대안을 제시하는 일이었다. 각박한 우리 사회는 그런 지사적 삶조차도 너그러이 받아주지 않았다. 부당한 권력은 일엽편주 같은 나와 가족의 삶의 기반을 풍비박산 냈고, 공고한 기득권 사회는 번번이 나의 기항(寄港)이나 정박(碇泊) 시도를 완강히 거부하였다. 그렇기에 풍랑을 헤치는 나의 방황은 아직도 현재진행형이다.

지난 학기에 나는 한 대학에서 '어떻게 살 것인가'라는 제하의 과목을 강의하였다. 처음 그 과목을 접하는 순간 나는 반가움과 함께 가벼운 흥분마저 느꼈다. 대학에 이런 정규 강좌가 있다니……. 학생들의 삶보다 교수들의 학문과 지식 중심으로 편성되는 대학 교과과정에서 좀체 보기 어려운 과목이었기 때문이다. 이거야말로 내 평생의 전공과목이다 싶어 나름대로 많은 공을 들였다. 가급적 다양한 방법으로 학생들과 대화를 나누면서 그들의 현실과 생각을 이해하고자 하였고, 학생들로 하여금 자신의 과거 삶을 돌아보고 미래생활을 설계해보도록 하였다. 그 과정에서 나는 학생들이 과거의 실패와 좌절을 딛고 적극적인 자세로 자신의 향후 삶을 응시할 것을 주문하였다. 학생들의 진지함 속에서 나는 '어떻게 살 것인가'라는 질문의 힘을 새삼스레 확인할 수 있었다.

아직 내 인생을 정리하거나 결산하기에는 갈 길이 멀다. 그럼에도 불구하고 여기서 주마간산 격으로나마 나의 지난 삶을 돌아보는 까닭은 있는 그대로 나 자신을 내보이고, 혹여나 앞으로 먼 길을 가는 과정에서 독자들의 동의와 격려를 구하기 위해서이다. 나의 이 부끄러운 기록에서 '어떻게 살 것인가'의 화두를 짊어지고 비록 화려하게 성공하지는 못했을지언정 좀더 나은 세상, 좀더 올바른 가치를 위해 애쓴 흔적을 볼 수 있다면, 그리고 거기에 작은 박수나마 보내려는 독자들이 있다면, 감히 나는 그분들에게 손을 내밀고 싶다. 우리 이 길을 함께 가자고…….

'이 길'이란 현재의 불합리한 세상을 바꾸기 위한 노력을 의미한다. 노무현 대통령이 그렇게도 꿈꾸었던 '사람 사는 세상'을 만드는 것이다. 그렇다면 바꿔야 할 것들이 너무도 많다. 무엇보다 가난하고 힘없는 서민들도 인간답게 살 수 있어야 한다. 지금 세상은 가진 사람들 중심으로 돌아간다. 부든 권력이든 가진 자가 더 많이 갖도록 하는 사회구조와 제도를 바꿔야 한다. 최소한 돈이 없어도 먹을 것, 잘 곳 걱정 안 할 수 있어야 하며, 아플 때 마음 놓고 병원 가고 아이들을 보육시설이나 학교에 보낼 수 있어야 한다. 원칙과 상식이 통하는 사회가 되어야 한다. 다수의 보통 사람들이 바라는 소박한 꿈들이 소수 힘 있는 자들의 궤변에 짓밟히는 현실이 종식되어야 한다. 국민 대다수가 반대하는데도 권력의 힘으로 밀어붙이는 4대강 삽질 같은 일들이 용납되어서는 안 된다. 무전유죄, 유전무죄의 정의롭지 못한 법 적용은 영원히 사라져야 한다.

누구든 자신의 생활에 중요한 영향을 미치는 일에 대해 발언하고 결정에 참여할 수 있어야 한다. 이것은 민주사회의 가장 기본적인 원리이다. 그러나 아직도 우리 사회의 현실은 그렇지 않다. 민주사회를 실현하기 위해서는 두 가지 변화가 필요하다. 하나는 중앙정부에 미치는 지방주민의 자치권을 확대하는 일이다. 제도적으로 많은 진전이 있었지만, 아직도 자치권은 미약한 수준이다. 다른 하나는 지방권력에서 주민의 참여나 결정권을 확대하는 일이다. 지방권력이 단체장과 소수 유력자, 관변조직의 유착에 의해 사유화되는 현실은 시급히 바뀌어야 한다.

이 책은 3부로 구성되어 있다. 1부에는 나의 성장과 시련, 그리고 최근의 사회참여에 관한 기록들을 담았다. 같은 시기를 살아온 사람들에게는 익숙한 이야기들이 어지러이 펼쳐져 있지만, 순박하다 못해 숙맥에 가까웠던 시골 소년이 어떤 과정을 거쳐 한국의 교육과 정치 현실에 깊숙하게 관여하게 되었는지 소개하였다. 돌이켜보면 꼭 잘한 일이라고는 할 수 없으나, 삶 속에서 한국사회의 모순을 체득하고 신앙적 양심으로 가난하고 소외된 이들의 편에 서고자 했던 나는 세 차례나 내 앞에 보장된 안정된 삶 대신 불안과 고난이 예고된 행로를 택하였다. 아직 그 결과는 영광보다 가족과 형제들에게 아픔으로 남아 있을 뿐이지만, 앞으로도 나는 가던 길을 계속 가려고 한다.

2부와 3부는 각각 교육과 지역(안양)에 관한 글들을 실었다. 내가 먹고사는 일 외에 세상을 바꾸기 위한 운동의 장으로 삼아온 것은 두 가지, 즉 교육과 지역이었다. 처음에는 소박하게 안양지역 기독청년연합회 활동으로 시작하였고, 인천사태로 구속된 이후에는 한동안 교육운동에 주력하였다. 이후 지역과 교육은 번갈아가며 나의 운동적 삶의 내용을 구성하였다. 물론 생업과 관련하여 교육정책 전문가가 된 뒤에는 교육에 관한 관심 비중이 커졌지만, 2002년 당시 새천년민주당 후보로 안양시장에 출마하게 되면서 다시금 지역 문제에 집중하였다. 이를 반영하여 2부에서는 그동안 썼던 글 중에서 한국교육의 바탕과 작금의 현실을 이해하기 위한 것, 이명박 정부 교육정책의 문제점, 우리 교육의 미래 방향과 대안교육의 이해를 위한 글들을 다듬어 넣었다. 3부에서는 최근 안양시의 살림과 지역주민의 생활과 관련하여 우려되는 여러 현상을 분석하여 미래 안양이 나아갈 방향을 모색하였다. 마지막의 안양지역에 관련된 글들은 지난해 10월 이후 '2010 안양시민 매니페스토 정책포럼'에서 몇 차례 토의된 내용을 바탕으로 한 공동작업의 결과이다.

　　표면적으로 볼 때 1~3부의 내용은 각기 다르지만 내면적으로 긴밀하게 연결되어 있다. 그 연결 끈은 바로 불합리한 현실을 변화시켜 더 나은 세상을 만들고자 하는 일념이다. 나는 '어떻게 살 것인가'의 질문을 삶 속에서 반복해오는 동안 미래로 향하는 가장 중요한 통로가 교육과 자치라고 생각하게 되었다. 여기서 '교육'이란 순응을 강요해온 종래의 교육을 탈피해, 스스로 삶의 주인이 될 수 있도록 하는 것을 의미하며, '자치'는 단지 지방 정치인의 장식품이었던 종래의 형식적 자치를 넘어 주민이 실제 스스로 삶의 주인이 되어 살아가는 것을 뜻한다. 이 둘이 지역이라는 공간에서 만날 때 세상은 실질적으로 달라지리라 믿는다.

나 자신의 부끄러운 기록과 아직 미숙하기 짝이 없는 생각들을 엮어 책으로 낸다는 것이 두렵고, 또 한편으로 송구스럽기 짝이 없다. 하지만 직접 만나 속내를 털어놓을 수 없는 많은 분들에게 이 책을 통하여 간접적으로나마 소통하고자 감히 용기를 내었다. 모쪼록 이 책이 단지 종이를 낭비하는 것이 아니라 묵묵히 정도를 걷는 분들에게 위로가 되고, 또 안양시의 미래를 걱정하는 분들과 함께 공동의 화두를 발견하는 계기가 되었으면 한다.

끝으로 불편함을 마다 않고 출판을 허락해주신 미래M&B 출판사 김준묵 대표님과 촉박한 시일에도 불구하고 좋은 책을 만들어주신 편집진께 진심으로 감사드린다. 궂은일을 도맡아 소화해낸 2010 안양시민 매니페스토 정책포럼 관계자 여러분께도 머리 숙여 고마운 마음을 전한다. 유목민 같은 나의 삶 때문에 평생 마음 졸이며 고생해온 아내와 아이들, 그리고 혈육들에게는 차마 표현할 말이 없다.

안양시 박달동에서

이종태

2부 미래 한국교육의 길을 묻다

1. 학교교육 제도의 특성

2. 한국교육의 현주소

나의 꿈,
나의 도전…

1.
안양읍 박달리의
아이가 되다

내가 태어난 곳은 충청남도 천안의 작은 두메 마을이다. 밤나무골이라고도 불리는 광덕면 원덕리 702번지는, 태봉산과 무학산 줄기가 지나고 금북정맥이 감싸고 있는 탓에 작지만 꽤 높고 깊은 마을이다. 집을 나서서 신작로까지 가려면 다섯 개의 개울을 건너야 했는데, 장마가 지거나 눈이 많이 오면 왕래가 거의 불가능한 곳이었다.

1955년 봄, 나는 그곳에서 6남매 중 막내로 태어났다. 호적 등록이 늦어 9세 되던 해에 입학을 하였다. 학교까지는 비포장길을 지나 산길로 이루어진 신작로를 거쳐 20리나 걸어야 했다. 그 길을 걸어 행정리에 위치한 행정초등학교에 다녔다. 행정초등학교는 광복 직후인 1946년 개교한 학교로, 학년이 한 학급으로 이루어진 아주 작은 학교였다.

나는 학교에 가지 않거나 조퇴하는 날이 많았다. 농사일을 거들어야 했기 때문이다. 그 시절 누구나 그러했듯이, 해마다 힘겨운 보릿고개를 넘기려면 작은 일손이라도 보태야 했다. 변변한 경작지조차 없이 그 무렵 우리 소유의 땅이라고는 한 평도 없었다. 내가 돌 무렵에 살던 허름한 시골집 하나가 전부였다. 내가 태어나기 전에는 그마저도 없는, 그야말로 풀뿌리 나무껍질로 연명하기도 했던 어려운 살림이었다고 한다.

당시 시골에는 유력한 문중의 산과 산소를 관리해주면서, 거기에 딸린 논밭을 일구어 살아가는 사람들이 있었다. 언제부터인가 우리도 어머니 친정인 양씨(梁氏) 문중의 산과 산소를 관리해주고, 그에 딸린 논밭을 일구는 것으로 생계를 이어나갔다. 대신 우리는 가을에 양씨 문중의 시향(時享)을 차려주는 일을 하였다. 그 덕분에 형편은 조금 나아졌던 것으로 기억된다. 아버지나 어머니가 우직하고 순박하게 일을 잘하셔서 오래 할 수 있었던 모양이다.

그것만으로는 생활이 어려웠다. 깊은 마을이어서 주변은 온통 산으로 둘러싸여 있었다. 산비탈을 올라가 나무를 베고 불을 놓아 태운 뒤, 나무뿌리를 캐고 그 자리에 콩이나 조, 팥 같은 작물을 심었다. 아버지가 건강하셨을 때는 새 밭을 일구는 일이 늘 반복되었다. 꽤 여러 날 걸리는 고된 작업이었다. 특히 큼직한 나무등치와 돌덩이들을 캐내는 작업은 여간 어려운 게 아니어서 어린 나는 멀찍이서 구경만 할 뿐이었다.

조금 더 커서는 여름이면 산비탈의 콩밭을 매러 다닌 일이 많았다. 호미를 잡은 손바닥이 부르터 터지는 것은 예삿일이었고 어떤 때는 땅벌에 쏘이기도 하였다. 콩밭을 매고 나면 조밭이나 팥밭에 이어 고구마밭을 맸다. 그러다 보니 손에는 늘 풀물이 들어 지워지지 모교인 충남 천안의 행정국민학교 졸업식 사진이다.

졸업생 60명과 선생님 8명이 참석한 단출한 졸업식이었다.

이 아이들은 지금 어디서 무얼 하고 있을까?

그리고 선생님은?

않았다. 한여름 뙤약볕에서 먼지 나는 흙을 긁을 때에는 숨이 턱턱 막혔다. 나는 어머니나 형, 누나들을 따라 곧잘 하는 편이었지만, 어떤 때는 슬그머니 꾀를 부리기도 하였다. 그러다가 서산으로 해가 지면 붉은 노을이 타올랐다. 그제야 우리 가족은 곱은 허리를 펴고 산길을 돌아 집으로 왔다.

집에 와서는 졸린 눈을 부비면서도 꼬박꼬박 일기장을 펼쳤다. 그 시절 일기장에는 "오늘도 엄마와 함께 밭 매러 갔다. 손이 참 아팠다"라는 구절이 아주 많다. 나중에야 그것이 교과서에서 배운 화전민의 생활이었다는 것을 알았다.

아버지가 중풍으로 쓰러지신 뒤에는 어머니가 농사일을 도맡아 하셨다. 작은 규모의 땅뙈기였지만, 6남매의 생계를 책임지며 농사일을 홀로 해나간다는 것이 쉬운 일은 아니었다. 어머니는 점점 땅에 가까워지셨다. 어머니와 함께 콩밭을 맬 때면, 어머니의 하얀 수건만 보였다 안 보였다 할 뿐, 허리 한번 펴지 않고 부지런히 일만 하셨다. 고단하고 팍팍한 삶이었지만, 원망보다는 모든 것을 받아들이는 순하디순한 분이셨다. 내가 간혹 "아이고, 이 밭을 언제 다 매나" 하고 꾀를 부릴 양이면 어머니는 다음과 같은 속담을 들려주셨다. "눈이란 놈이 '저 긴 이랑을 언제 다 매나' 걱정하니까 손이 '놔둬라. 내가 다 할 테니까' 했단다."

깊은 산, 산등성 밭을 매다 다리가 아파 일어나 돌아보면, 산 너머 아득히 펼쳐진 능선들이 보였다. 그 풍경은 아직도 눈에 선하다. 겹겹이 쌓인 능선들이 띠를 이루어 멀어지며 점점 흐릿해지는 풍경을 보고 있노라면, 어린 마음에도 아련한 그리움 같은 것이 일었다. 저 너머에는 무엇이 있을까. 당시에는 정말 몰랐다. 무엇이 있는지, 어떤 사람들이 살고 있는지…… 기껏해야 20리 길 밖의 학교를 다닌 것이 전부였으니 당연한 일이었다. 하지만 막연하게나마 가보고 싶었다. 교과서에서나 듣던 서울을, 아니 새로운 세상을, 하지만 그때는 그저 자고 나면 잊어버리는 아련한 꿈일 뿐이었다.

| 아버지의 무덤 앞에서

내가 12세 되던 해 아버지가 돌아가셨다. 당시 아버지의 연세는 겨우 52세였다. 아버지가 꾸중을 하실 때면 어린 마음에 미운 생각이 들기도 했지만, 아버지의 빈자리는 생각보다 컸다. 나는 헐렁한 상주 옷을 입고 형을 따라 곡을 하였다. 곡이 울음이 되고 그 소리가 소프라노가 되니 동네 사람들도 설움에 더 많이 울었다.

초등학교 입학하던 해로 기억된다. 누나들과 내가 도리깨질로 알갱이를 털어낸 메밀대를 묶어 짊어지시던 아버지가 갑자기 쓰러지셨다. 흔히 말하는 중풍이었다. 어머니의 극진한 간호로 다시 일어나시긴 했지만 예전의 힘과 기백은 찾을 수 없었다. 얼마 후 다시 쓰러지신 아버지는 3년 가까이 앓다가 다시는 일어나지 못하셨다. 쓰러지시기 전 아버지는 늘 엄한 표정이셨고 마음에 안 들 땐 큰 소리로 꾸중도 하셨지만, 그 척박한 산골에서 맨손으로 6남매를 키우시면서 힘든 내색 없이 고단한 생활을 묵묵히 이어가셨다. 동네의 많은 어르신들은 아버지가 정말 부지런하고 일 잘하는 분이었다고 말씀하셨다.

지금도 아버지를 생각할 때면 그리운 마음과 함께 안타까움에 가슴이 미어진다. 5일장에 나갔다가 술에 취해 들어오시는 아버지의 기침소리가 멀리서 들리면, 그때부터 우리 남매들은 불안해하며 긴장하였다. 막내였으니 사랑을 많이 받았을 법한데도 아버지는 언제나 소리만 지르던 엄한 분으로 기억된다. 다정다감한 말 한마디 나눠본 기억이 없다. 대신 아버지께 못 받은 사랑을 형과 누나들에게서 받으며 자랐다.

그래도 따뜻한 기억이 아주 없는 것은 아니다. 입학하던 날은 아버지가 학교까지 데려다주셨다. 그때도 특별히 살가운 이야기를 나눈 것은 아니다. 그저 아버지는 갈지[之]자 걸음으로 앞서 가시고, 나는 아버지의 뒷모습을 바라보며 걸었다. 그래도 그것이 마음에 남아 있는 것을 보면, 어린 마음에 아버지의 따스한 정이 무척이나 그리웠던 모양이다.

아버지는 쓰러지신 후에도 한참을 더 고생하다 가셨다. 나중에는 바깥출입도 못 하신 채 음식도 제대로 드시지 못하였다. 어느 날인가는 방 안에서 숙제를 하다 돌아보니, 답답해하시는 것 같아 부채질을 해드리기도 하였다. 무섭고 엄한 아버지였지만, 함께 계시다는 것 자체가 위로가 되었다. 점점 누워 계시는 날이 많아졌다.

“종태야, 누나하고 절에 가서 이거 먹는 법 좀 알아오너라. 스님께 여쭤보면 알려주실 게다.”

어머니께서 다른 동네에 가서 기와옷을 구해오셨는데, 어떻게 먹는지 알 수가 없었다. 누나와 함께 마을에서 멀리 떨어진 절에 가서 물어보니 다려 먹는 것이라기에, 기와옷을 다려 아버지께 드린 적도 있었다. 그 무렵엔 보는 사람마다 다시 일어나시기는 어렵다고 하였다.

그날도 아버지의 신음을 들으며 윗방에 가만히 누워 있었다. 자정이 넘은 시간이었다. 고요한 가운데 신음이 계속 들려왔다. 어머니께서 부르셨다. 마지막으로 아버지 얼굴이라도 보라는 뜻이었다.

중학교 3학년 시절의 모습. 나는 꽤 숫기 없는 아이였다.
어쩌다 소풍 가서 장기자랑이라도 하게 되면 반장이라서
노래를 부르기는 했지만 노래 한 곡조 뽑는 것도
굉장한 용기가 필요했다.
그러나 중학교 내내 반장이나 부반장을 하면서
조금씩 성격을 바꿔나갈 수 있었다.

아랫방으로 가는 가슴이 두근거렸다. 마침 그때 함께 계시던 매형이 다급한 얼굴로 빨리 가서 건너편에 살고 있는 육촌 형님을 모셔오라고 재촉하였다. 그 길로 정신없이 달려가 육촌 형님을 모시고 집으로 달려왔더니, 사립문을 들어서자 울음소리가 요란하게 들리기 시작했다. 초등학교 4학년 되던 해 한여름이었다.

1년 상을 치렀지만, 시간이 가면서 슬픔은 차츰 일상 속으로 잦아들었다. 누나들과 함께 밭일도 거들고 봄에는 고사리를 캐러 산을 헤집고 다니기도 하였다. 동무들과 어울려 매미나 여치를 잡기도 하고, 다람쥐를 잡는다고 이리저리 몰려다니기도 하였다. 하지만 명절이나 제사 때가 되어 산소에 술을 따라놓고 앉아 있노라면 가신 줄 알았던 슬픔이 다시금 마음을 울렁이게 했다. 특히 어쩌다 혼자 있는 시간이면 빈집이 주는 적막함이 어린 마음을 쓸쓸하게 하였다. 그 무렵 고독과 인내 같은 것들을 배워가고 있었다.

나는 비교적 소심하고 내성적인 편이었다. 그런 나에게 변화의 계기가 왔다. 3학년이 되던 해 처음으로 아이들이 직접 투표를 해서 반장을 뽑게 되었는데, 내가 압도적인 표 차이로 반장이 되었던 것이다. 아련한 기억이지만, 그때의 내 마음은 무척 흥분되고 뿌듯했던 것 같다. 처음으로 남들 앞에 나서서 이야기를 하고 뭔가를 주도한다는 것이 긴장되고 설레었던 모양이다.

여전히 숫기는 없는 아이였다. 어쩌다 소풍날 장기자랑이라도 하게 되면 반장이라는 감투 때문에 노래를 부르기도 했는데, 그때마다 노래 한 곡 부르는 것도 굉장한 용기가 필요했다. 노래가 끝나면 얼굴이 시뻘개져서 도망치듯 자리로 들어가곤 하였다. 이후 초등학교 시절은 물론 중학교를 졸업할 때까지 나는 줄곧 반장이나 부반장을 하면서 조금씩 성격을 틔울 수 있었다.

집안일을 거들었기에 공부라고 해야 고작 숙제를 해가는 정도 였지만 다행히 성적은 좋은 편이었다. 이웃 동네 어른들도 "재문네 아이들은 공부를 잘한다"고 입을 모을 정도로 우리 남매들은 모두 우 등상을 도맡다시피 하였다. 재문은 아버지의 호였다. 5, 6학년 시절 에는 눈비 속에서도 학교를 빠지지 않은 덕분에 개근상까지 받았다. 생각하면 꾀부리는 일 없이, 그래도 부지런한 아이였다.

초등학교 6학년이 되던 해 형이 군대를 갔다. 누나들은 방직 공장의 생산직으로 가거나 버스 차장이 되었다. 막내를 사랑해주었 던 형과 누나들이 밤나무골을 떠나면서 나는 혼자 있는 시간이 많아 졌다. 어머니 혼자 농사를 지어야 했기 때문에 인근에서 농사를 짓던 매형 내외가 함께 살게 되었다.

내 생활이 특별히 달라진 것은 없었다. 여전히 날씨가 좋은 날 이면 밭으로 풀을 매러 다니거나 숙제를 하였다. 보리를 베거나 가뭄 에 늦모를 내느라 바쁜 날에는 조퇴를 하고 일손을 도왔다. 아버지가 지던 지게로 보릿단을 나른 적이 있었는데, 겨우 일곱 단에 뒤뚱거리 고 어깨는 빠질 것처럼 아팠다. 아버지나 형 덕분에 지게질은 별로 안 했던 탓이다. 후일 생각해보면, 산더미 같은 짐을 밥 먹듯이 져 나 르셨던 아버지의 삶의 무게가 얼마나 무거웠을까 싶어 가슴이 아프 곤 했다.

어느덧 졸업이었다. 졸업식장에서 눈물을 머금고 답사를 한 기억이 생생하다. 이때 나는 어쩌면 내 생애에 대한 일종의 예언 같 은 이야기를 듣게 되었다. 기억이 정확하지는 않지만 내빈 가운데 한 분이었다면 농협 조합장 정도 되는 분이 아니었을까 싶다. 그분이 다 음과 같은 축사를 해주셨다.

"여러분은 졸업을 하고 이제 세상으로 나가게 됩니다. 어떻게 살 것입니까? 하늘에서 비가 오면 태백산맥에서 갈라집니다. 어떤 빗방울은 동쪽으로 흘러가 계곡을 지나 곧장 동해로 흘러들고, 어떤 빗방울은 서쪽으로 흘러가 계곡을 지나 들판을 굽이굽이 지나가면서 온갖 곡식을 키워내고 생명을 살려냅니다. 그러고 나서야 서해로 흘러가는 것이지요. 여러분은 어떤 빗방울이 되고 싶습니까?"

어린 시절 그것이 정확히 무엇을 의미하는지는 알지 못하였다. 그런데도 졸업식 날 들은 그 이야기는 내 기억에 선명하게 각인되어, 이후 진로를 결정해야 할 때마다 알게 모르게 영향을 주었다.

서쪽으로 떨어지는 빗방울이 바다에 닿기까지는 오랜 시간이 걸릴 것이다. 어쩌면 끝내 닿지 못할는지도 모른다. 그러나 그 물로 사람들이 농사를 짓고, 발전기를 돌리고, 목을 축이기도 한다. 온갖 곡식을 키워내고 생명을 살려내는 것이다. 그렇다면 빗방울처럼 산다는 것은 무엇일까?

훗날에야 그것이 백두대간에 관한 이야기였음을 알게 되었다.

| 촌놈에서 안양 범생이로

중학교 진학을 앞두고 있었다. 그러나 집안 형편상 공부를 계속한다는 것은 기대하기 어려웠다. 이미 형과 누나들은 졸업을 한 뒤 농사를 돕거나 도시로 나가 취직을 한 상태였다. 도시로 나간 누나들이 막내만큼은 중학교에 진학을 시켜보자고 의논을 하였다. 어머니는 한숨만 푹푹 쉬셨다.

1968년 8월. 여름방학 중 일주일 간 쉬는 틈을 타 주소가 적힌 종이 한 장을 든 채 안양으로 가는 버스에 올랐다. 당시 안양의 금성

항상 농사일을 거들어야 했기에 공부라고 해야 고작 숙제를 해가는 정도였지만 다행히 성적은 늘 좋은 편이었다. 이웃 어른들도 "재문네 아이들은 공부를 잘한다"고 입을 모을 정도로 우리 남매들은 모두 우등상을 도맡다시피 하였다. 재문은 아버지의 호였다. 그때를 생각하면 뽐내는 일 없이, 그래도 부지런한 학창 시절이었다.

방직에 다니고 있던 누나 집으로 가는 길이었다. 촌놈이 서너 시간이나 버스를 타다보니 어찌나 심한 멀미를 했는지 아직도 기억이 생생하다. 꽤 험난한 첫 상경이었던 셈이다. 신기하게도 버스에서 내려 땅을 딛자, 언제 그랬냐는 듯 멀미는 사라졌다.

그렇게 해서 낯선 도시 안양에 첫발을 디뎠다. 당시만 해도 안양은 농촌 모습을 막 벗어나고 있을 때였다. 하지만 내게서만큼은 화려한 도시였다. 박달리 28번지. 물어물어 누나 집을 찾고 보니 어느새 저녁나절이었다. 누나는 연탄불에 밥을 짓고 있다가 뛰어나와 반겼다. 누나가 지어준 따스운 밥으로 허기를 채운 후, 누나를 따라 며칠 동안 안양 구경을 하였다. 그때 잠깐 서울에도 갔었는데, 처음이자 마지막으로 전차를 구경했던 것 같다. 그해 12월 초 나는 중학교 입학시험을 보러 다시 안양에 올라왔다.

누나가 자취를 하던 집에는 누나 말고도 비슷한 처지의 사람들이 꽤 여럿 있었다. 동생이 시험을 보러 왔다고 하니 다들 모여서 이런저런 이야기를 해주었다. 용기를 주어도 모자랄 판에 대부분은 겁을 주는 이야기였다. 그 무렵 서울에서는 중학교 무시험 입학제도가 도입되었는데, 안양지역의 공부 잘하는 학생들이 서울로 가지 못하고 안양중학교로 대거 몰리고 있는 상황이었다. 그런 판국에 시골에서 온 촌놈이 합격할 수 있겠느냐, 하는 것이 이야기의 골자였다.

그러나 다행히 합격이었다. 그것도 당당히 9등. 다만, 학교에서는 성적이 우수한 학생들에게 장학금을 주었는데, 9등을 하는 바람에 아쉽게도 8등까지만 주던 장학금을 받지 못하였다. 그래도 합격 소식을 듣던 날 자취집 사람들이 모여 모두 축하를 해주었다. 그렇게 안양에서의 생활이 시작되었다.

입학을 하자마자 문제는 돈이었다. 공책이나 학습 준비물 같은 것들을 사야 하니 자잘하게 돈 들어갈 구석이 많았다. 가뜩이나 처음으로 어머니를 떠나와 그리움까지 밀려들면서 혼자 속병을 앓는 날이 많았다. 무엇보다 가장 큰 문제는 등록금이었다. 당시 1분기 등록금이 3천 원 안팎이었는데, 누나들의 월급이 5~6천 원 하던 때였으니 생활비와 학비까지 충당한다는 것이 무척이나 벅찼다. 그러다 보니 비좁은 단칸방에 누나의 회사 동료까지 함께 자취를 하며 생활비를 아껴야 했다. 입까지 하나 더 늘었으니 생활은 늘 빠듯해서, 주로 누른 보리를 섞은 밥에 왜간장을 비벼 먹는 날이 많았다.

그나마 학교생활은 잘 적응해갔다. 무엇보다 자신감을 갖도록 만든 것은 입학 후 치른 시험에서 예기치 않게 전교 1등을 한 일이었다. 나도 놀랐지만 아마 학교 선생님들도 놀라셨을 것이다. 그도 그럴 것이, 그때는 선생님들이 누구네 집 아이가 어느 정도 공부를 잘하는지 훤히 알고 있을 때였고, 따라서 대개는 성적 서열을 미리 점치기도 했는데 엉뚱한 놈이 나타났기 때문이다.

"이번엔 어느 집 애가 1등입니까?"

"그게…… 시골에서 온 아이인데, 누나들하고 자취를 한답니다."

나중에 들은 이야기지만, 당시 일부 선생님과 부모님들 사이에서는 이런 이야기들이 나돌았다고 한다.

덕분에 학교 선생님들한테 과분하다 싶을 만큼 많은 사랑을 받았다. 수업료를 면제해주는 도비장학금을 주선해주시기도 하고, 학교 매점에서 아르바이트를 하도록 도움을 주시기도 하였다. 그때 난생 처음 한 달 아르바이트로 1,500원을 벌었는데, 그중 10분의 1을 떼어 교회에 헌금하였다. 3학년 때는 5·16장학생 선발시험에도 응시해 당시로서는 거금인 16,000원을 장학금으로 받았는데, 1년 치 등록

나는 중학교 졸업식 때 우등상을 받았다.

졸업식장에서 눈물을 머금고 답사를 읽은 기억이 난다.

그리고 한 귀빈의 축사는 성인이 된 훗날까지 나를 세우는 격언이 되었다.

"하늘에서 비가 오면 태백산맥에서 갈라집니다.

어떤 빗방울은 동쪽으로 흘러가 계곡을 지나 곧장 바다로 흘러들고,

어떤 빗방울은 온갖 곡식을 키워내고 많은 생명들의 목을 축입니다.

그리고 우리가 그 물을 마시지요. 여러분은 어떤 빗방울이

되고 싶습니까?"

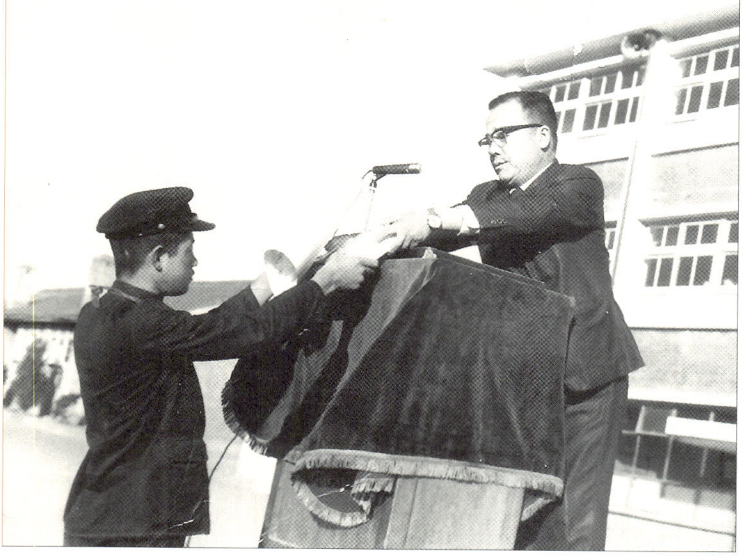

금에 맞먹는 액수였다. 덕분에 누나들에게 큰 부담을 주지 않고 학비를 충당할 수 있게 된 것이 무엇보다 고마운 일이었다.

중학교 때는 시험 운이 좋은 편이었다. 학교에서 치르는 시험 외에 외부에서 치른 시험마다 다 좋은 결과를 거두었다. 5·16장학생 시험은 경기도 학생들을 대상으로 치른 것인데, 당시 경기도에서는 수원이나 인천 지역 학생들의 성적이 좋았고 안양은 뒤처지는 편이었다. 그런데 내가 장학생으로 선발된 것이다. 3월 초 찬비를 맞아 오들오들 떨면서 천안과 광덕면 사무소를 오가며 시험에 필요한 서류들을 떼던 기억이 새롭다.

자유교양대회라는 시험에도 참가했었다. 고전을 읽고 시험을 치르는 것인데, 내가 군대회 1등을 거쳐 도대회에서도 1등을 거머쥐었다. 전국대회에서는 입상을 못 했지만, 덕분에 도별 금메달 수상자들을 모아 청와대를 견학한 자리에서 육영수 여사와 악수를 나누기도 하였다.

희한하다 싶을 만큼, 내게 시험이라는 시험은 늘 합격이었다. 남들은 방학도 없이 공부에 매달리거나 과외를 하는 상황에서 나는 그렇지 못했으니, 희한하다고밖에 할 수가 없다. 과외는커녕 보충수업비 낼 돈이 없어서 여름방학 보충수업도 받지 못했다. 그렇다고 아이큐가 특별히 높은 것도 아니었으니, 학생들과 선생님들 사이에서 두고두고 회자되었다. 돌이켜보면 당시 순진무구하기만 하던 나에게 베푼 하나님의 은총이었다는 생각이 든다.

| 선생님, 고맙습니다

숫기 없는 성격 탓이었는지 중학교 시절엔 친구들과 많이 어울리지 못하였다. 오히려 선생님들과의 인연이 그 시절을 꽉 채우고 있다.

초등학교 1학년 담임 김찬호 선생님은 '영국 신사'라는 별명이 잘 어울리는 수학 선생님이었다. 내가 시골에서 올라와 어렵게 사는 것이 안쓰러웠는지 별 말씀은 없으셨지만 각별한 관심을 쏟아주셨다. 전근을 가시면서도 다른 선생님께 나를 특별히 부탁한다고 말씀하셨다.

"이 선생, 종태 좀 잘 부탁합니다……."

물론, 가신 후에야 이 사실을 알게 되었다. 2학년 초 어느 날 실과 담당 이진필 선생님께서 나를 교무실로 부르더니 체육복 한 벌을 건네주셨다.

"박찬호 선생님이 너를 부탁하셨다. 이거 가져가서 입어라."

체육복을 받아든 나는 그 자리에서 결국 엉엉 울고 말았다. 어린 시절 아버지의 정을 못 느끼며 자랐기 때문인지, 누군가에게서 따스한 정을 받자 울컥했던 모양이다.

어머니의 품을 떠나 낯선 도시에 와서 어린 마음에 삐딱해지거나 방황할 수도 있었을 텐데, 돌아보면 선생님들의 사랑과 보살핌이 내겐 든든한 울타리이자 기댈 언덕이 되어준 것 같다. 특히 중학교 시절은 인생의 황금기라고 할 만큼 좋은 스승을 많이 만났다.

그러나 고등학교 진학을 앞두고 다시 막막한 심정이 되었다. 당시 안양에 두 개뿐이던 고등학교 가운데 공고와 상고, 어디를 선택해야 할지 고민에 빠졌다. 집안 형편 때문이었다. 접수 마감을 이틀인가 앞두고 여전히 결정을 못 하고 있던 어느 날, 담임이던 문석윤 선생님께서 웬 원서 하나를 내미셨다.

"종태, 네 원서 사왔다."

"예? 어떤 원서를……."

"경기고 원서다."

"예에?"

나로서는 언감생심 쳐다볼 수도 없는 학교인데다 경기고등학교가 어디에 붙어 있는지도 모를 때였다. 처음 나온 완전정복 시리즈 참고서의 표지에 있는 다이아몬드 마크는 '여고', 네모 마크는 '남고'라고 추측할 수 있을 뿐이었다. 나중에 보니 추측과는 반대로 다이아몬드가 남자 경기고등학교를 의미하는 거였다. 어쨌든 내가 그렇게 얼떨떨해하고 있는 동안 선생님은 직접 접수까지 해주셨다.

그 무렵 서울의 명문 고등학교 입학 선발고사는 대개 중학교에서 중학교 졸업생을 먼저 뽑고 나머지 모자라는 자리를 채우기 위한 것이었다. 그러던 것이 내가 입학하던 해에는 중학교 무시험 입학 제도 도입과 함께 명문 중학교 폐교로 인하여 고등학교 신입생 전체를 새로 뽑게 되었다. 내게도 뜻하지 않은 기회가 찾아온 것이다. 얼떨결에 원서를 접수한 후 떨어질 것이 빤한 게 안타까우셨는지, 아니면 떨어질 학교에 원서를 낸 게 못마땅하셨는지, 학교의 모든 선생님들이 입학시험을 치를 때까지 거의 내 얼굴을 쳐다보지도 못하셨다. 나도 덩달아 어깨가 처졌다.

그런 내가 안쓰러우셨는지 과학을 담당하던 유희준 선생님께서 "길고 짧은 것은 대봐야 안다"며 걱정하지 말라는 말로 위로를 해주셨다. "임마, 한번 해보는 거지 뭐 그래! 쫄 것 없어!" 선생님은 예전에 5·16장학생 선발시험 때도 그렇게 격려해주셨다.

그런데 모두의 예상을 깨고 합격자 명단에 내 이름이 올라가 있었다. 나 자신조차 믿기지 않았다. 그 무렵 정부는 사교육비 증가를 막기 위해 중학교 무시험 입학제도를 도입한 이후 고입시험에서도 반드시 교과서 안에서만 출제를 하라고 독려하였는데, 아마도 그 덕분에 과외가 뭔지도 모른 채 교과서로만 공부한 내가 이득을 본 것 같다.

모든 선생님들이 기뻐했음은 물론이다. 그동안 안양중학교 학생이 경기고등학교에 합격한 유례가 없는 만큼 안양중학교의 새로운 역사를 썼다며 축제 분위기였다. 그러나 문석윤 선생님께서는 오히려 담담하셨다. 표정 변화도 별로 없으셨는데, 아마 속으로는 누구보다 기뻐하셨을 것이다.

경기고등학교에 합격한 뒤, 어느 날인가 문석윤 선생님이 나를 데리고 서울 어딘가를 한참이나 가셨다. 시청과 소공동 사이쯤의 어느 빌딩으로 들어가 독지가를 만나게 되었다. 그때는 누군지도 모르고 꾸벅 인사를 했는데, 나중에 등록금을 후원해주신 것을 알게 되었다. 당시 돈으로 아마 12,000원 정도가 아니었나 싶다. 언젠가는 그분을 꼭 찾아뵙고 인사를 드려야겠다는 생각은 늘 갖고 있었지만, 1980년대의 격랑을 겪으면서 시간을 놓치고 말았다. 시간이 흐른 후 찾아뵙기 위해 선생님께 여쭈었을 때는 이미 고인이 되신 뒤였다. 은혜를 갚지 못한 것이 두고두고 죄스러움과 안타까움으로 남아 있다.

지금 생각하면, 아마도 문석윤 선생님은 요즘으로 치면 교사로서의 전문적 교육은 받지 않으셨던 듯하다. 국어 과목을 담당하셨는데, 일제 강점기에는 만주 등지를 떠다니셨다는 말씀을 가끔 하셨다. 하지만 선생님께서는 단순히 지식을 가르치는 교사가 아니라, 제 아이를 기르는 부모처럼 학생들을 대하셨다. 소박하고 소탈한 성품까지 지녀 많은 아이들이 선생님을 따랐다. 시험 감독으로 선생님이 들어오시면 다들 그렇게 좋아할 수가 없었다. 그도 그럴 것이 시험을 보다가 "선생님, 이거 답 맞아요?"라고 물으면 말보다 먼저 주먹 꿀밤이 날아오면서 "그것도 모르니 이눔아, 이게 답이잖아" 하고 가르쳐주시기도 하셨기 때문이다. 그 사이에 일부 아이들은 살짝살짝 다른 아이의 답안을 베끼는 재미도 누렸다.

해방된 조국에서 후대를 기르는 사도의 길을 택하셨던 선생님은 정년이 될 때까지 한길을 걸으셨다. 퇴임 후에는 지금 관양동 수촌마을로 불리는 뺌말에서 여생을 보내셨다. 간혹 선생님을 찾아뵐 때면 언제나 천진난만한 아이처럼 웃으시며 반갑게 맞아주셨다. 늘 무엇이든 잘되기만을 바라셨다. 내게 뭘 하느냐고 물으실 때면 그때마다 선생님을 기쁘게 해드릴 만한 속 시원한 대답을 못 해드린 것이 죄스러워 얼굴을 들 수 없었다. 그래도 선생님은 늘 나를 마음속에 두고 계셨는데, 말년에 치매에 걸리셨을 때는 엉뚱한 말씀만 하시다가도 종태 이야기만 나오면 "으응, 종태가 왔어?" 하시더라고 사모님께서 말씀하셨다.

그러다 2004년 여름, 선생님은 뺌말에서 한 시간 거리에 있는 군자 고향마을에서 영면하셨다. 선생님의 영정 앞에는 훈장증이 함께 놓여 있었다.

"귀하는 2세를 가르치는 일에 평생 헌신, 봉사함으로써 교육 발전에 이바지한 바 크므로 대한민국 헌법의 규정에 의하여 다음과 같이 훈장을 수여합니다. 국민훈장 동백장."

바르게 걸어오신 선생님의 삶 그대로였다.

선생님을 땅에 묻던 날은 장맛비가 줄기차게 내렸다. 빗속에서 반 평도 안 되는 땅에 선생님을 묻는 흙 한 삽이 내게는 영 가볍지가 않았다. 나를 길러주신 분이었다. 세상의 화려함과 무관하게 사시면서도 마지막까지 사랑을 아낌없이 베풀어주고 가신 선생님께 참으로 빚진 것이 많다. 그 빚을 갚기 위해서라도 좀더 묵묵히, 겸허하게…… 열심히 살아야 했다.

2.
금관의 예수

얼떨결에 경기고등학교 학생이 되었다. 안양에서 서울의 삼청동까지 버스로 등하교를 하기 시작하였다. 세속적으로 보자면 빈민촌이라 불리는 안양의 박달동에서 한국의 중앙으로 간 것이니, 몇 단계 도약을 한 것이나 다름없었다. 시골티를 벗지 못한 촌놈이 주류의 틈바구니에 끼었으니 그곳은 이제껏 보지 못한 신세계와도 같았다. 그런 생각을 하니 중학교 시절의 선생님들께 더더욱 고마운 마음이 들었다.

그러나 마음은 그리 밝지가 않았다. 상류층 문화가 지배하던 학교 분위기에 적응을 한다는 것부터 쉽지 않았다. 정신을 못 차릴 지경이었다. 더구나 수업을 따라가는 것도 꽤 애를 먹어야 했다. 중학교 시절 내가 한 공부라는 것이 교과서를 크게 벗어나지 않는 얕은 수준이었다면, 다른 많은 아이들은 이미 과외나 학원수업을 통해 수준 높은 공부를 해온 상태였다.

당시에는 매월 시험을 보았는데, 처음에는 웬만하더니 두 번째 시험에서는 성적표 대신 부모님을 모셔오라는 통고까지 받았다. 충격 중에 충격이었다. 아니, 내가 성적 부진으로 부모님을 모셔와야 하다니 이게 말이 되는가! 더구나 시골에 혼자 계시는 어머니를 어떻게……. 결국 함께 자취하면서 공장에 다니고 있던 누나가 회사에 양해를 구하고 학교에 가 선생님을 만나는 것으로 마무리가 되었다. 다음 시험에서는 최악의 수준을 면하였다. 하지만 손상된 자존감과 그로 인한 열등감은 깊어져 갔다.

1학기 말 성적은 60명 가운데 44등이었다. 그때 고등학교 1학년 1학기 성적표는 학생 개인에게 주는 것이 아니라 각자 출신 중학교로 우편을 통해 보내주었다. 성적표를 받아본 안양중학교 선생님들이 놀라셨음은 불문가지였다. 그때 내가 어떤 마음으로 선생님한테 가서 성적표를 받아왔는지 정말 아득하다. 다만 당시 나를 아끼셨던 선생님들이 대부분 전근을 가신 뒤였기 때문에 그나마 다행이었다. 한편에서는 그때 경기고등학교에 간 것이 잘한 선택이었는지, 차라리 다른 학교에 가서 좋은 성적을 받는 게 낫지 않았을까 하는 생각도 없지는 않았다.

매일 안양의 박달동에서 청와대 근처의 삼청동으로 등하교를 하면서 자연히 너무나 다른 생활상을 보게 되었다. 같은 학급에는 정치인이나 사회적으로 이름 있는 집안의 아이들이 대다수였다. 당시 청와대 경호실장의 아들도 있었다. 그 틈에 끼어 낮에는 최상류층의 모습으로 살다, 저녁이면 안양의 박달동으로 돌아와 누나들과 복작거리는 좁은 방에서 웅크리고 잠을 잤다. 그러다 다시 새벽녘이면 최상류층으로 옷을 갈아입었다. 보이지 않는 양극단의 생활이 마치 냉탕과 온탕을 번갈아 드나드는 것처럼, 좁혀질 수 없는 마음의 간극을 만들었다.

이런 생활이 계속되면서 나도 모르는 사이에 조금씩 사회를 이해해가고 있었다. 우리 사회의 구조나 모순 같은 것들이 보이기 시작한 것이다. 물론 이성적으로 판단했다기보다 느껴지는 그대로, 다분히 감성적인 것이었다. 어느 틈엔가 나는 소위 가진 자에 대한 맹목적인 적개심을 갖게 되었다.

교실에 앉아 신문에서 고위직의 부정부패에 관한 기사라도 보게 되는 날이면 과도하다 싶을 만큼 흥분하곤 하였다. 그것은 흥분을 넘어 분노 같은 것이었다. '저 얌전하던 놈이 갑자기 왜 저러나' 하며 친구들이 깜짝 놀랄 만큼, 평소 조용하고 온순한 성격의 내가 아니었다. 간혹 의식 있는 선생님들께서 경기인의 올바른 삶에 대해 강조하실 때는 깊은 감명을 받기도 하였다.

학교에서 함께 생활하는 유복한 친구들의 모습과 안양 빈민촌에서 어렵게 살아가는 이들을 비교해보는 버릇이 생긴 것도 이 무렵이었다. 원초적인 계급의식 비슷한 감정이었다. 권력자나 가진 자에 대한 증오와 미움, 분노 같은 것이 나도 모르는 새 싹트는 동시에, 가난한 자들에 대한 맹목적인 사랑을 느끼기 시작하였다. 그것은 가진 자에 대한 맹목적 적개심에서 비롯된 일종의 동질감 또는 같은 편이라는 생각이었다.

당연히 친구가 많지 않았다. 워낙에 숫기가 없는데다 나와는 다른 부류라는 생각이 친구를 사귀는 데 보이지 않는 장벽으로 작용한 탓이다. 하지만 몇몇 친구들과는 정말 마음으로 깊이 친하게 지냈다. 어떤 때는 잘 알지도 못하는 미래에 관하여, 그리고 사회 부조리

어머니와 함께한 기억의 거의 대부분은 밭에서 시작된다.
어머니는 허리 한번 펴지 않고 일만 하셨다.
늘 고단하고 팍팍한 삶이었지만, 원망보다는 모든 것을 받아들이는
순하디순한 분이셨다.
간혹 내가 "아이고, 이 밭을 언제 다 매노" 하며
꾀를 부리면 어머니는 말했다.
"눈이란 놈이 저긴 이랑을 언제 다 매나, 걱정한께
손이 놔둬라. 내가 다 할 테니까, 했단다."

에 관하여 긴 토론을 한 기억도 있다.

물론 고등학교 생활의 낙이 전혀 없었던 것은 아니다. 일찍부터 교회 성가대를 했던 나는 특별활동으로 합창반에 들었고, 교외 클럽인 챠리티 합창단에 가입하기도 하였다. 학내 행사로 열리는 '시와 음악의 밤'에서는 합창단의 일원으로 무대에 서서 강당 가득한 여학생들을 뿌듯한 마음으로 바라보기도 했다. 적극적이지는 못했지만 기독학생 클럽인 성화회 활동도 학교에 마음 붙이는 데 도움을 주었다.

이런 이유로, 지적 욕구가 가장 왕성한 고교 시절에 좀더 폭넓은 견문을 쌓아 시야를 넓히는 데는 한계가 있었다. 성적도 썩 좋은 편이 아니어서 장학금 한 푼 받지 못했으니, 그 부담은 전적으로 형과 누나들에게 돌아갔다. 아르바이트는 1학년 때 입주 가정교사를 한 달 한 것이 전부였다. 과외를 받아본 적이 없으니 누구를 가르친다는 것이 서툴기 짝이 없었던 탓이다. 그래서 박봉의 노동자 월급으로 동생을 가르치느라 자신의 삶은 희생할 수밖에 없었던 형과 누나들에게 언제나 마음의 빚이 남아 있다.

| 열등감을 극복하게 해준 신앙생활

학교생활이 지옥처럼 느껴질수록 교회활동에는 열성적이었다. 그곳에는 나와 비슷한 처지, 아니 나보다 더 어려운 사람들이 있었다. 결손 가정이나 학교를 진학할 수 없는 형편의 아이들, 대개는 내세울 것 없는 사람들이었다. 낮에는 최상류층의 옷을 입고 있었지만, 돌아오는 곳은 언제나 허름한 자취방이었던 내게 교회는 평온함을 느끼게 해주었다.

교회생활을 하게 된 것은 안양에서 중학교를 다니면서부터였다. 특별히 신앙의 계기가 있어서라기보다 누나를 따라 우연히 천막 교회에 나간 것이 인연이 되었다. 이후 교회는 내 삶 깊숙이 자리하였다.

중학교 시절에는 그야말로 순수하고 철저하게 신앙생활을 하였다. 그 믿음이 어느 정도였느냐 하면, 학교에서 아이들과 애기를 하다 욕이라도 하는 날이면, 저녁에 교회로 달려가서 눈물로 회개를 하였다. 반장인 내가 애들에게 청소를 시키면 그 나이의 아이들이 대개 그렇듯 말을 듣지 않았다. 아이들은 고무줄로 종이를 쏴서 친구들을 맞추는 장난을 하거나 소란을 피우며 교실 안을 뛰어다니기 일쑤였다. 내가 서너 번 정도 경고하다가 그래도 청소를 하지 않으면, 소리를 빽 지르면서 욕도 한마디쯤 하게 되었다. 그러면 또 교회에 가서 눈물로 회개를 하는 식이었다.

그만큼 종교에 대해, 신앙에 대해 아무것도 모르면서 맹목적인 믿음에 가까웠다. 공부도 성적도 모두 하나님이 보살펴주실 것을 매일 기도하였다. 간혹 방학 때가 되어 시골에 내려가면 일하느라 바빠 기도를 못 하는 날이 많았는데, 그럴 때마다 안양으로 돌아오는 버스 안에서 안절부절못했다. 나중에는 교회에서 성자들의 이야기를 듣고 난 뒤, 나라의 고위 관직자들이 모두 교인이라면 당쟁도 없고, 남북도 통일될 것이라는 생각까지 했다. '굳센 믿음으로 나의 나라 사람들을 구원하도록 힘을 달라'는 식의 지극히 순수한 기도였다. 고등학교 진학을 앞두고 상고와 공고를 놓고 갈등할 무렵에는, 자취집 사람들이 신학교에 가서 목회자가 되라는 권유를 하기도 했다. 신학교에 가면 장학금을 받으면서 다닐 수 있다는 이유도 있었지만, 그만큼 내가 교회활동에 열성이었기 때문이다.

당시 시골에서 막 올라온 나는 그야말로 백지상태였다. 그만큼 무지했고, 그만큼 깨끗했다. 아마도 그런 순수함이 있었기에 액면 그대로를 전부 받아들였던 모양이다. 스펀지가 물을 흡수하듯 곧이 곧대로 받아들이고, 그대로 믿었다.

고등학교 생활에 적응하지 못하면서 더욱 교회활동에 매달렸다. 학교생활이 지옥이다 보니 교회는 천국이었다. 교회에서는 때론 선배로서, 때론 교사로서, 때론 상담자로서 여러 가지 역할을 하였다. 시간적으로는 매우 바빴지만 교회활동은 나의 정신적 위기를 극복하게 해주는 치료제가 되었다. 2학년 때는 교회 학생회장이 되어 매주 토요일만 되면 책가방을 던져놓고 내가 직접 써서 제작한 전도지를 들고 학생들을 찾아 박달동의 골목골목을 누볐다. 그때의 골목과 샛길은 지금도 눈을 감으면 훤히 그려진다. 학생회원 100명을 목표로 하고 그렇게 뛰었지만 70명 출석이 최고였던 것 같다. 그러는 사이 입학 초기의 깊은 열등감은 서서히 극복되었고, 다행히 학업 성적도 향상되어 3학년 무렵에는 중상위권 수준으로 회복되었다.

돌아보면 교회활동은 내게 많은 도움을 주었다. 중학교 시절에 성적이 좋았던 것도 학교와 집, 교회라는 삼각형 생활 때문이 아니었나 싶다. 집에는 TV도 없었으니 남는 시간에 자연스럽게 책을 들여다볼 수 있었다. 교회는 고등학교 생활에서 오는 외로움과 열등감을 치유할 수 있게 해주었고, 늘 따스한 빛처럼 내 삶을 비춰주었다.

아이들도 무척이나 잘 따랐다. 항상 수심에 찬 듯한 얼굴이라 그랬는지 후배들은 나를 '한숨이'라고 불렀다. 선배이자 교사로서 아이들을 꾸짖을 때면 표정이 꽤 무서웠지만, 실제로는 별로 무섭지 않다는 것을 다들 알았다. 형, 오빠 하며 늘 함께했다.

아이들을 지도하는 일은 대학에 가서도 계속되었는데, 대학

1학년 때는 주일학교 6학년 여자반을 맡았다. 처음엔 세 명으로 시작해서 몇 달 후에는 스무 명 정도로 불어났다. 아이들에게 공부를 가르쳐주기도 하고, 함께 놀러 가기도 하면서 정이 쌓였다. 요절상이니 출석상이니 온갖 상을 우리 반 아이들이 거머쥐었고, 당연히 종합 우승 역시 우리 반이 도맡다시피 했다. 물론 대부분 형편이 어려워 헌금상은 차지하지 못했다.

　　연말에는 지도하던 아이들 중 여럿이 중학교 진학을 못 할 처지였다. 그 마음을 누구보다 잘 알기에 어머니들을 찾아가 중학교에 보내라고 권유하기도 하였다. 차라리 부탁에 가까웠다. 그때는 나도 아르바이트를 하고 있었으니 비록 적은 돈이나마 입학금은 어떻게 해볼 수 있지 않을까 싶었던 것이다. 그러나 대부분의 어머니는 고개를 저었다. 입학하고 나서 뒷감당을 해낼 자신이 없다는 이유에서였다.

　　어떤 때는 고등학교 시험에 떨어져 엉엉 우는 아이를 붙잡고 몇 시간이고 위로와 용기를 주기도 하였다. 내가 겪은 어려운 일들을 하나하나 이야기해주다 보면 자신과 비슷한 처지여서 그랬는지 서로 마음이 통했다. 당시 많은 아이들은 알면 알수록 모두가 마음의 상처와 문제를 안고 있었다. 그러다보니 어떤 때는 나의 한계를 너무나 절실하게 느꼈다. 내가 세상을 너무 모르고 내가 가진 경제력이 너무 취약했다. 그도 그럴 것이 세상 아무것도 모르는 대학생이 무엇을 할 수 있으랴. 한번은 중학교를 중퇴한 여자아이가 술집 종업원으로 있다고 하기에 무조건 찾아갔다. 술집이라곤 가본 적이 없는 내게 그 아이는 맥주 두 병을 가지고 나왔다. 난 별 말도 못한 채 그 아이가 처한 상황에 대해 이야기만 듣고 그냥 나올 수밖에 없었다. 처음 들어갈 때는 손이라도 끌고 나오고 싶었지만.

　　가난한 사람들과 정이 쌓여갈수록, 신앙의 깊이도 점점 달라져가고 있었다. 처음에는 보수적인 교단의 복음주의적 입장을 받아들이는 정도였지만, 가난하고 헐벗은 예수에 관해 더 알아가면서 가난한 이들의 친구였던 예수의 삶을 들여다보기 시작한 것이다. 그것은 안양의 골목과 샛길을 누비며 마주쳤던 사람들의 삶이었다.

| 쓰러진 사람들

　신앙의 힘으로 열등감을 간신히 극복한 나는 경기고등학교를 졸업하고 1975년 봄 관악산 골짜기에 있는 서울대학교에 입학했다. 문과냐 이과냐의 선택 앞에서 담임선생님의 권유로 이과를 택했고, 당시 학교 분위기를 따라 서울대학교 자연계를 지원했다. 반에서 몇을 제외하면 자연스럽게 정해진 코스였다.

　철학과에나 갔으면 좋겠다는 생각이 들기는 하였다. 고등학교 3학년 윤리과목 시간에 들었던 탈레스니 프로타고라스니 하는 철학자들의 이야기에 마음이 끌렸다. 깊이 있는 내용도 아닌데다 고등학생에겐 다소 딱딱했을 이야기들이, 무슨 뜻인지 정확히 알지도 못하면서 막연히 좋았다. 그러나 당시에는 이과에서 문과로 전과하는 것이 금기시되었기 때문에 나는 자연계열로 진학하였다.

　대학에 와서 바쁜 생활이 이어졌다. 우선은 아르바이트로 생활비를 충당해야 했다. 이미 입학 전에 자취방을 두 개짜리로 옮겨 방 하나를 아예 과외 공부방으로 만들었다. 2년 후배 여학생들을 처음으로 가르치기 시작했다. 이렇게 시작된 아르바이트는 6년이나 지속되었다. 적어도 일주일에 나흘이나 닷새는 시간을 투자해야 하는 팍팍한 생활이었다. 게다가 난 교회에서 주일학교 교사에다 학생회 교사, 청년회 간부, 성가대 등 핵심 직분을 두루 맡고 있었다. 그러다 보니 토요일과 주일은 아예 교회에서 살다시피 했다. 사람들을 따로 만나는 것도 쉽지 않았다.

사정이 이렇다보니 다른 활동에 많은 제약이 뒤따랐다. 1970년대였으니 소위 이념 서클에 가입하는 학생들이 많았는데, 거기에 몸을 담지는 않았다. 이런저런 이유를 다 떠나서 일단은 먹고사는 일이 급했기 때문이다. 1970년대의 암흑기를 지나오면서 운동권 깊숙이 발을 들여놓지 않고, 일찍이 감옥에 가지 않을 수 있었던 것은 순전히 생계와 종교 때문이었다. 대학생활이 내내 과외와 교회활동으로 점철되다 보니 정작 전공 공부는 뒷전으로 밀려나 있었다.

그러면서도 데모대 뒷전은 늘 따라다녔다. 관악 캠퍼스에 입학하고 얼마 지나지 않아 유신독재를 반대하는 데모가 있었는데, 내용도 모르면서 무조건 참여한 것이 시작이었다. 그때는 데모라는 게 뭔지도 몰랐다. 무작정 돌 하나를 손에 쥐고 당시 오솔길이던 후문으로 나가 봉천동 어느 골목까지 숨이 차도록 뛰었다. 그곳에서 동료 학우들과 줄줄이 연행되어 남부경찰서로 끌려갔다. 다행히 몇 시간 후 각서 한 장 쓰는 것으로 빠져나올 수 있었다.

어찌 보면 데모는 무조건 옳은 것이라는, 지극히 원초적인 생각을 갖고 있었던 모양이다. 그 무렵 사회과학 서적들을 읽지는 않았지만 기독교 신앙 서적은 보았다. 한완상의 『저 낮은 곳을 향하여』 같은 책들도 있었는데, 교회를 비판적으로 바라보는 내용이었다. 이를 시작으로 신앙생활에도 근본적으로 변화가 찾아오기 시작하였다. 보수적인 교단에서 순진무구하게 성장했던 나의 신앙은 조금씩 흔들리고 있었다. 그것은 이미 고등학교 때부터 시작된 의문 때문이었다.

고등학교 시절, 샐리 트렌치가 쓴 『진흙탕에서』라는 책을 읽

고등학교 시절 교회 선배, 친구들과 함께.

경기 고등학교 시절엔 매일 안양의 박달동에서 삼청동으로 등하교를 하면서 사회현실에 눈을 떴던 것 같다. 경기고등학교 같은 반 아이들은 대부분 정치인이나 사회적으로 명망 있는 집안의 자제들이었다. 그 틈에 끼어 낮에는 최상류층의 모습으로 살다, 저녁이면 안양의 박달동으로 돌아와 누나들과 복작거리는 월세 방에서 웅크리고 잠을 잤다. 이런 양극단의 생활이 어린 내게 좁혀지지 않는 마음의 간극을 만들었던 것 같다.

었다. 영국의 젊은 처녀 샐리가 겪은 일을 수기로 쓴 것인데, 사람들에게 외면당한 채 죽어가는 사람의 이야기였다. 마약과 알코올로 비참하게 살아가는 이들과 함께 생활하면서, 죽어가는 젊은이 '패디' 앞에서 샐리는 말한다.

"나는 눈물을 흘렸다. 패디 때문도 아니었다. 그 눈물은 나 자신, 내 가족, 내 친구들 때문이었다. 크리스천이라고 자처하는 우리가 한 인간을, 젊은 인간을, 그 누구도 외면한 채 죽어가게 하다니……. 오늘 여기 살아 있었는데 내일은 죽어간다. 누가 그것을 걱정해주는가? 아무도 없다. 나는 홀로 앉아 속죄하고 있었다……."

주변을 돌아보면 패디는 수없이 많다. 모든 이의 무관심 속에 비참한 삶을 살아가는 사람들에게 그리스도인은 어떻게 해야 하는가? 화려한 말로만 그들을 모두 형제처럼 사랑한다고 하면서도, 정작 그들이 죽어가고 있을 때 우리는 어디에 있는가…….

교회는 '착한 사마리아인'의 입장에 서야 했다. 가난하거나 핍박당하는 사람들, 고통을 겪고 있는 사람들 편에 서야 했다. 그들의 눈물을 닦아주지 않는 교회는 쓸모가 없다. 예수의 사랑을 실천하지 않는 교회이기 때문이다. 핍박받고 무시당하는 가난한 사람들이야말로 '쓰러진' '어떤' 사람이었다. 그들을 모른 체하는 것은 그들을 그냥 지나쳤던 바리새인이나 사제의 행동과 다를 바 없었다. 그러나 교회는 세상과 무관하게 서 있었다.

방황이 깊어지고 있었다. 게다가 학생 지도방식과 관련해 목회자와 충돌하는 횟수까지 잦아지면서 급기야 교회를 떠나야 할 것인가, 말 것인가의 기로에 서게 되었다.

1978년 마지막 날이었다. 나는 송구영신 예배 참석 여부를 놓고 갈등하였다. 단순한 참석을 떠나, 참석할 경우 다음 해에도 직분을 맡아야 하니 교회를 계속 다녀야 하는 상황에 놓이게 된 것이다. 쉽게 결정을 내리지 못한 채 혼란스러운 마음으로 안양 시내를 한 바퀴 걸었지만 교회 앞에 이르자 또다시 망설여졌다. 한 바퀴를 더 걷고 나서야 결국 9년간 집처럼 드나들던 교회에 발길을 끊었다.

그후 금단현상 비슷한 일이 벌어졌다. 주일이면 새벽기도에 나가던 습관이 남아 그 시간이면 잠에서 깨어 멍하니 앉아 있거나, 하루 종일 안절부절못하며 거리를 배회하다 눈에 띄는 교회에 무작정 들어가 잠깐씩 앉아 있다 돌아오곤 하였다. 마음이 텅 빈 것처럼 허전함을 견디기 어려웠다.

대신 사람들을 많이 만났다. 안양지역에서 문화활동을 하는 친구와 선배들을 만나는 횟수가 부쩍 늘어났다. 차를 마시며 잡담을 나누는 일이 대부분인 모임이었는데, 후일 나는 이 모임에 참여하게 된 것을 안양 사교계에 발을 들였다고 표현하곤 했다. 그러나 뚜렷한 목적 없이 지속되는 만남이라는 것이 슬슬 심드렁해지기 시작하였다. 두어 달 정도가 지났을 때, 우리도 무언가 해보자고 제안을 하였다. 하다못해 책이라도 읽자는 뜻에서였다.

그때부터 매주 일요일, 안양에 사는 대학 4학년 친구들과 선배들이 모여 『전환시대의 논리』 같은 책을 읽고, 사회현실에 대해 토론을 했다. 다양한 인문사회과학 서적들을 읽어나가니 그동안 정서적으로 갖고 있던 세상에 대한 모순이나 정치적인 모순, 계급문제 등이 조금씩 정리되기 시작하였다. 어찌 보면 안양 최초의 자생적인 운동권 모임이었다고도 할 수 있다. 이때부터 못 마시던 술도 배웠다.

그러던 1978년 여름, 가리봉 시장의 한 야학과 연결이 되었다. 뭔가 실천적인 활동을 모색하고 있던 모임의 한 선배가 길을 마련한 것이다. 내게는 전혀 낯설지 않은 공단 노동자들과의 만남이라한 모임에서 아내와 노래 부르는 모습.
내가 교회의 참빛선교합창단 당연직 단장을 맡았을 때
처음 아내를 만났다.
아내는 단원들 간에 불협화음이 생길 때마다
친화력을 발휘해잘 이끌어주었다.
그 인연으로 결혼에 골인까지 했다.

처음부터 열정을 쏟았다.

당시 내가 간 곳은 야학 중에서도 검정고시를 치르도록 도와주는 야학이었다. 그런데 매월 3,500원의 돈을 학생들에게서 받고 있다는 사실을 알게 되었다. 건물세가 필요했으니 얼마간 돈을 받는 것까지는 이해할 수도 있었지만, 너무나 많은 액수라는 게 문제였다. 교사들은 모두 무보수인데다 공장노동자들의 월급이란 게 빤한데도 그랬다. 교장이 독단적으로 운영을 하고 있었던 것이다.

이 문제를 시작으로 야학에 얽혀 있는 자잘한 문제들이 수두룩했다. 대부분은 사적 이익을 챙기려는 데서 발생하는 것이었는데, 이것을 조목조목 교장에게 따졌다. 본래가 그릇된 것은 두고 보지 못하는 성미인데다 학생들과 정이 들면서 안타까운 마음도 겹쳤다. 교장과의 충돌이 잦아지면서 몇 달 후부터는 수업권을 박탈당하고 말았다. 결국 교장과 대판 싸운 뒤 야학을 나왔다. 쫓겨난 셈이었다.

그래도 학생들만은 언제나 내 편이었다. 대개는 내가 형이거나 오빠였으니 잘 따라주었다. 어느 날인가 직장을 잃게 된 한 친구가 오갈 데가 없어 야학의 교실에서 잠을 자야 했다. 친구와 거리를 헤맨 끝에 스티로폼을 하나 구해와 하룻밤이지만 교실에서 함께 잠을 잤다. 가리봉 시장에서 2,500원짜리 막이불을 사다주기도 했다. 때로는 학생 자취방에 가서 잠을 자거나 함께 이야기를 나누기도 하고, 공부를 봐주기도 했다. 그러면서 나의 현실과 내 진로에 대한 고민은 더욱 깊어졌다.

곳곳에 쓰러진 사람들투성이였다. 산업화의 한가운데에 선 노동자들은 더 이상 '인간'이 아니었다. 사람이 사람을 짓밟고 울리는 현실 속에서, 어디를 가나 굶주리고 헐벗은 사람들투성이였다. 음식에 대한 굶주림과 옷을 걸치지 못한 헐벗음을 넘어, 사랑에 굶주리고 인간 존엄성이 박탈된 상태……. 그런 헐벗음으로 가득 차 있었다. 야학 학생들이 매일 "누구나 사람답게 살아보자"고 교가를 부르면서 외쳤지만, 세상은 갈수록 사람이기를 포기하도록 강요하였다.

유신독재가 지속되는 한 우리 사회는 진정한 발전도, 노동자들의 삶의 개선도 요원해 보였다. 철옹성 같아 보이는 박정희 독재를 타도하지 않고는 우리에게 아무런 미래도 없었다. 나라는 무엇이고 법은 누구를 위한 것인가, 생각해보았다. 어느 시인의 노래처럼, 나라란 우리에게 빼앗기만 하는 곳, 땅에서 쫓아내고 집을 빼앗는 곳, 지아비를 빼앗아가고 지어미를 짓밟는 곳……. 정말 그런 것인가. 이러한 때 주님은 어디에 있는가…….

얼어붙은 저 하늘 얼어붙은 저 벌판

태양도 빛을 잃어 아 캄캄한 저 가난의 거리

어디서 왔나 얼굴 여윈 사람들

무얼 찾아 헤매나 저 눈 저 메마른 손길

고향도 없다네 지쳐 몸 누일 무덤도 없이

겨울 한복판 버림받았네 버림받았네

아아 거리여 외로운 거리여

거절당한 손길들의 아 캄캄한 저 곤욕의 거리

어디 있을까 천국은 어디에

죽음 저편 푸른 숲에 아 거기에 있을까

당시 수없이 눈물을 흘리며 불렀던 〈금관의 예수〉이다. 어디 계실까, 주님은 어디……. 오 주여, 이제는 여기에.

깊은 방황, 그 갈림길에서

본래 내 전공은 미생물학이었다. 대학 2학년으로 진급하면서 자연대와 공대에 있는 30여 개 학과 중 하나를 선택하게 되었는데, 큰 고민 없이 결정하였다. 단지 졸업 후에는 지금의 과학기술대학원인 과학원에 갈 수 있다는 이유에서였다. 과학원에 가면 군대에 가지 않고 석사과정을 밟을 수 있었고, 졸업 후 취직이 보장되어 먹고사는 문제를 일찍 해결할 수 있었다. 내가 진급할 무렵 미생물학과의 인기는 그리 높지 않았으나 졸업할 무렵에는 가장 선호도가 높은 학과로 변해 있었다. 그것만으로 보면 내 앞길은 보장되어 있었다. 그러나 이대로 갈 것인지 쉽게 결정을 못 했다. 졸업이 가까워오고 있었다.

그 무렵 20명 정도 되는 미생물학과 동기들이 설악산으로 졸업여행을 가게 되었다. 외설악에서 시작해 내설악으로 내려오는 등반이었다. 대청봉을 넘어 수렴동 대피소에서 함께 저녁을 먹으며 이런저런 이야기를 나누었다. 다들 각자의 길을 정해야 하는 순간이라 나름대로의 고민이 있었을 테지만, 내 고민도 그에 못지않았다. 앞으로 어떻게 살아야 할 것인가, 이 잘못된 세상을 그대로 보고만 있을 순 없지 않은가? 친구들 앞에서 혼자 열변을 토했지만 다들 시큰둥한 반응이었다. 나는 십자가를 지고 거친 광야를 향해 가려는 비장한 기분인데, 그들의 반응은 섭섭하기 이를 데 없는 것이었다. 잘 마시지도 못하는 독한 술을 혼자서 벌컥벌컥 들이켰다.

결국 술을 이기지 못하고 대피소 밖으로 나가 한참을 토했다. 꺼이꺼이 울었다. 늦가을 차디찬 밤이었다. 조용한 설악의 능선 위로 달빛이 하얗게 쏟아지고 있었다. 달을 쳐다보면서 다시금 외로움을 곱씹었다.

어디로 가야 할 것인가, 갈림길에 서 있었다. 대학원 진학을 하게 되더라도 미생물학과를 선택하게 된다면 안정은 되겠지만 나 스스로를 실험실에 가두는 것처럼 생각되었다. 졸업 후 취직이 보장된다고는 하는데, 세상이 이 지경인데 나 혼자 돈은 벌어서 뭐 할 것인가?

지금 생각하면 정말 치기 어린 생각으로 여겨지지만, 당시 이런 고민의 바탕에는 미생물 분야 자체보다도 자연과학도들의 태도에 대한 반감 같은 것이 있었다. 대학에서 데모가 일어나면 자연과학 계열 학생들은 대부분 참여하지 않는 편이었다. 그러니 자연과학도들은 자기만 안다는 생각이 은연중에 내 머릿속에 자리 잡고 있었던 것이다. 물론 전공 공부에 대해서도 별 흥미가 없었다.

어느 길로 가야 하는가, 그것은 곧 어떻게 살아야 하는가의 문제였다.

유신체제 말기였던 당시 학교 안팎에서는 수많은 사람들이 피를 흘리고 있었다. 하루가 멀다 하고 끌려가는 친구들이 있었고, 야학에서 마주쳤던 공장노동자들의 힘겨운 삶이 있었다. 그 사람들을 내버려두고 혼자만 잘살겠다고 하는 생각이 죄악처럼 여겨지기까지 했다. 정치는? 경제는? 우리 사회는? 아니, 이 땅에 예수께서 다시 오신다면 어느 길을 택할 것인가?

끝없이 자문하는 시간이 이어졌다. 그동안 나는 시대의 아픔을 비켜서서 너무 편안한 삶을 살아온 것은 아닌가, 늦었지만 나도 이제부터라도 바뀌어야 하는 것 아닌가……. 물론 한편으로는 미생물학과 대학원에 진학해서 직장을 잡고 편안하게 살면서, 주일에는 교회 봉사를 열심히 하며 사는 것도 의미 있지 않을까 생각해보았다. 그러나 예수를 제대로 믿는 자라면 억압받는 이들의 편에 서야 하지 않은가. 그분은 인간을 사랑하여 십자가를 지셨다. 그중에서도 특히 가난하고 버림받은 이들과 함께한 분이었다. 예수를 믿는 자라면 응당 그분이 가신 길을 따라야 하는 것 아닌가. 그러나 당시 한국사회에서 억압받는 이들의 편에 선다는 것은 곧 감옥에 간다는 것을 의미하였다. 날이 갈수록 깊어지는 고민으로 내 입술은 바짝 타들어만 갔다.

후일 회한 비슷한 아쉬움을 느낀 적도 있었다. 왜 그때 내게는 고민을 털어놓고 함께 미래를 모색해줄 사람이 없었던가. 이 점에서 난 고독한 사람이었다. 사실 살아온 과정도 그러했다. 초등학교에 다닐 때도 20리 길을 혼자 걸어 다녔고, 누구와 깊이 있는 이야기를 해본 적도 없었다. 교회에서는 늘 선배로서 동생들의 이야기를 들어주는 입장이었다. 물론 선배가 아주 없는 것은 아니었다. 그러나 내 이야기를 들어주고 함께 고민해줄 선배는 없었다.

결국 오랜 고민 끝에 나는 보장된 길을 포기하기로 결단을 내렸다. 비록 고난을 피할 순 없다 하더라도 새로운 길, 즉 유신독재와 싸우고 더 나아가 이 땅의 기득권 세력과 싸우는 일을 해야 한다고 결심하게 된 것이다. 벗을 위해 자기 목숨을 바치는 것보다 더 큰 사랑은 없다고 하던가. 하나님의 나라를 이 땅에 이루기 위해 모든 것을 희생해야 한다는 순교자적인 처연함까지 겹쳐졌다. 그리고 나는 내 식대로 그것이 그리스도의 길, 그가 가신 십자가의 길을 따르는 것이라고 믿었다.

미생물학과 진학을 포기하면 곧바로 일반 사병으로 군에 입대해야 했다(당시 미생물학과 대학원 진학자는 6개월 사병으로 군복무를 마치도록 되어 있었다). 그러니 유신체제와 싸우기 위해서는 입대 연기가 가능하도록 대학원에 진학해야 했다. 내가 교육학도가 된 주요 동기가 여기에 있었다. 철학이나 사회학, 심리학 등 하고 싶은 공부는 많

서울대학교 졸업식에 온 어머니와 누나들과 어린 조카들.
내가 힘들 때 큰 힘이 되어준 혈육들이다.
나는 무뚝뚝한 아버지에게서 받지 못한 사랑을 누나들과 형한테서 듬뿍 받고 자랐다.
누나들은 자신들의 삶을 희생하면서까지 중학교부터 대학 때까지
내 뒷바라지를 해주었다.

았지만 시험이 얼마 남지 않은 상황에서 현실적으로 제2외국어를 보지 않아도 되는 교육학을 선택하게 된 것이다.

물론 야학을 하면서 느낀 교육의 중요성, 그리고 그 무렵 접하게 된 파울로 프레이리(Paulo Freire)의 '의식화 교육론'에 대한 관심이 크게 작용했다. 파울로 프레이리는 브라질의 교육학자이자 운동가였다. 그는 브라질을 비롯해 전 세계를 돌며 문맹퇴치 교육을 통해 의식화 교육을 실천한 사람이다. 농민들에게 글을 가르치는 과정에서 일상적인 용어와 생각을 이용해 교육하는 것이 아주 효과적이라는 점을 깨닫고 독특한 방법을 개발했다. 그의 사상과 실천은 민중교육 또는 의식화 교육론으로 불리며 우리나라에서 한때 크게 각광받았다. 나도 그 광신자 가운데 하나였다. '피억압자들의 교육학'이라는 부제가 달린 저서 『페다고지』는 해방교육을 강조하며, 제3세계 민중교육학의 고전으로 읽히고 있다. 그러나 유신체제에선 그 책을 갖고만 있어도 구속될 수 있는 금서였다.

물론 당시 프레이리를 깊이 알지는 못하였다. 그러나 진로를 놓고 많은 고민을 하는 과정에서 '길은 여기다!' 하는 생각이 들었다. 프레이리를 좀더 깊이 공부해서, 한국사회와 교육을 변화시키리라……. 운동과 교육을 하나로 통일시키겠다는 자못 비장하고 원대한 꿈을 가졌다. 포부 하나만은 컸던 셈이다.

겨우 20여 일 공부한 끝에 대학원 교육학과 시험을 보았다. 합격이었다. 시험 준비랄 것도 없이 교육학책 6권을 읽으며 정리해본 것이 전부였으니 시험 운 하나만은 여전히 좋은 편이었다. 그러나 농삼아 하는 말이지만, 이 시험에서 떨어졌어야 이후 내 삶이 훨씬 순탄했을 것이다.

3.
사람 사는 세상을 위하여

| 예견된 시련의 길

내가 대학원에 진학하던 무렵은 유신 말기의 발악적 독재와 10 · 26, 12 · 12, 서울의 봄, 그리고 5 · 18광주민주화운동과 신군부의 등장이 숨 가쁘게 전개되던 시기였다. 그 변화의 진폭이 워낙 커서 당시 기존의 운동권에서조차 사태를 어떻게 인식하고 처신해야 할지 몰라 우왕좌왕할 때였다. 그러니 뒤늦게 운동을 해보겠다고 뛰어든 내게는 더욱 감당할 수 없는 일들이 한꺼번에 몰아 닥쳤다. 1980년 서울의 봄이 되자 내가 맡고 있던 소모임 구성원은 30~40명으로 늘어났다. 그전에는 대학생 대여섯이 고작이었으니, 가히 큰 변화가 일어나고 있었다.

그 '서울의 봄' 때, 나는 정신없이 바쁜 나날을 보냈다. 비록 나이롱 대학원생이었지만 대학원 강의도 들어야 했고, 지속적으로 민주화 운동의 끈을 이어가기 위한 역할도 해야 했다. 더 이상 내가 감당할 수 없는 스터디그룹은 후배에게 넘겨주었다. 바쁘기도 했지만 서클 지도를 받아본 적이 없어 누구를 지도한다는 것이 쉽지 않아서였다. 그리고 안양 기독청년연합회 활동에 주력하였다.

전공 공부는 지지부진하였다. 파울로 프레이리를 공부할 수 있을 거라는 기대와 달리, 대학원 과정 내내 나는 그의 이름조차 들어보지 못하였다. 당시, 강의란 것이 우리 사회의 교육 현실과 동떨어진 이론이나 문제의식으로 점철된 것들이 대부분이었다. 물론 애초에 대학원에 진학한 동기가 공부보다는, 시간을 벌어 학부시절에 못한 운동을 하자는 데 있었기 때문에 크게 실망하진 않았다.

1979년 대학원 첫 해에는 대충 강의를 듣고, 사람들을 만나고, 안양에서 지인들과 소모임 활동을 하는 생활로 이어졌다. 주로 후배들이나 공단 야학생들과의 모임을 갖는 데 더 정성을 쏟았고, 제대로 읽지도 않으면서 사회주의 이념에 기초한 사회과학 서적을 이리저리 찾아 모으기도 했다. 생각해보면 룸펜 비슷한 대학원 생활이었다. 그 해가 저물 무렵 새롭게 안양 기독청년연합회 활동을 시작했다.

이 활동은 본래 한 해 전에 시작되었다. 시내 교회의 몇몇 청년들이 지역 복음화를 내걸고 연합회를 구성하였다. 다니던 교회에 발을 끊고 이 교회 저 교회 전전하던 나도 우연한 계기로 참여하였다. 그러나 교회와 신앙에 대하여 마음을 못 잡던 내게 그 활동들에선 별 흥미를 못 느꼈다. 그러던 차 이듬해에 한 선배를 만났다. 그는 지역 연합활동이 매우 중요한 의미를 가지고 있으니 열심히 하라고 충고하였다. 마음을 고쳐먹고 나는 자진해서 연합회의 부회장이 되었다.

부회장은 연합회 부설 참빛선교합창단의 당연직 단장이었다.

당시 합창단은 여러 교회의 청년들로 구성되었고 신학을 전공하는 음악도가 지휘를 맡았다. 이렇다 할 합창단이 없던 시절, 참빛선교합창단의 실력과 인기는 널리 인정받았다. 단장이 하는 일은 회원들이 잘 참석하여 연습하도록 리더십을 발휘하는 것이었다. 활동을 시작한 지 얼마 안 되어 단원들 간에 불협화음이 생기기 시작했는데, 이를 해결하기 위해서는 인간관계를 조화롭게 끌고 갈 수 있는 사람이 필요했다. 생각 끝에 적합한 사람을 찾다보니 눈에 띄는 사람이 있었다. 사려 깊고 여러 사람과도 친화력이 있었다. 그래서 본래 직제에도 없던 인화부장이란 자리를 만들어 그녀를 임명했다. 그후 내가 회장으로 취임하여 그만둘 때까지 합창단은 매우 원활하게 돌아갔다. 당시 임원들 중 일부는 지금까지도 나를 '단장님'으로 호칭한다. 그 인화부장이 나중에 나의 아내가 되었다.

1981년에 나는 교회 연합회장이 되었다. 당시는 5·18광주민주화운동 이후 그야말로 엄동설한 같은 정치적 폭력이 난무하던 시기였다. 공개적인 정치 행위는 일체 허용되지 않았다. 겨우 한 일이라는 것이 〈빌라도의 고백〉이라는 모노드라마의 유치 공연이었다. 그러나 흥행에 실패하는 바람에 그 적자를 선거에 출마한 정치인의 도움으로 메우기도 하였다. 그러는 사이 시간은 쏜살같이 지나갔다.

당시 내가 다닌 대학원은 5학기제였다. 마지막 학기에 논문을 써야 했다. 그러나 공부한 게 없으니 무슨 글이 써질 수 있으랴. 게다가 그해 9월 초 갑자기 입영 소입 영장을 받게 되었다. 연합회장 임기가 4개월이나 남은 시점이었다.

결국 나는 모든 것을 미완으로 남긴 채 군복을 입었다. 석사논문 쓰기, 기독청년연합회 활동, 지역 민주화 운동, 결혼 문제 등……. 당시 나이 스물일곱이었다. 논산에서 훈련을 마치고 수원 인근에서 참빛선교합창단의 공연 모습. 맨 앞 왼쪽이 대학원 시절의 나의 모습이다. 당시 교회에 이렇다 할 합창단이 없던 시절 참빛선교합창단의 실력과 인기는 굉장했다.

나는 단장을 맡아 단원들이 모두 참석하여 잘 연습하도록 리더십을 발휘해야 했다. 당시 단원 중 몇몇은 지금까지도 나를 '단장님, 단장님' 하며 부른다.

정보서기병 교육을 받은 후 전주의 35사 포병단 본부포대에 배치되었다.

대여섯 살 어린 후배들을 직속 고참으로 모시면서 나는 박박 기는 졸병들의 설움을 배웠다. 물론 나이 많은 신참이라 고참들의 배려도 많았다. 고참한테 맞은 기억보다는 초보 장교에게 호되게 터진 기억이 선하다. 당시 장교로 입대하지 않고 밑바닥 사병으로 근무하게 된 것이 참 다행이다 싶기도 했다. 그러면서 입대 전 2~3년간의 설익은 활동들에 대해 여러모로 평가하고 반성해보았다. 무지하게 바쁘기는 했지만 도무지 아무것도 이룬 게 없었다. 모든 게 어설펐고 준비가 부족한 탓이었다. 나 스스로 아는 게 없이 의욕만 앞섰기 때문이었다. 이렇게 살아서는 안 되겠다는 생각이 들었다. 내가 할 수 있는 것을 하자는 생각에, 제대하면 일단 대학원 공부를 열심히 해야겠다고 결심했다.

군에 있으면서 결혼도 했다. 아내의 나이가 많기도 했지만 아이가 생기는 바람에 갑작스럽게 결정한 결혼이었다. 당시 3,500원의 월급을 받았는데, 화려한 결혼휴가를 모든 사병들이 부러워하였다. 제대를 3개월 여 앞두고 첫아이가 태어났다.

제대와 함께 가장이자 한 아이의 아버지가 된 나는 어깨가 무거웠다. 당시 정신문화연구원(현 한국학중앙연구원)에 임시직 조교로 들어갔다. 그곳에서 석사논문을 쓰면서 쥐꼬리만 한 월급도 받았다. 석사학위를 받은 뒤에는 한국교육개발원에 임시 연구직으로 들어갔고, 그러다 1985년에 한국교원대학교 조교로 취직하였다. 이듬해에는 서울대학교 대학원 박사과정에 입학하였다. 그러면서 2학기부터는 시간강사 생활이 시작되었다. 아직 넉넉지는 않았지만 비교적 순풍에 돛단 듯 일이 풀려갔다.

운동이니 하는 것들에서 조금은 멀어져 있었다. 그나마 활동이라 하면 지식인 소모임 운동이라는 것이 있었는데, 만나서 책을 읽고 이야기하는 정도였으니 운동권이 갖게 되는 큰 위험부담 같은 것은 없었다. 여기서 어울렸던 사람들 역시 대개 머리로 생각하고 행동은 미약한 지식인들이었다.

그 무렵 우연찮게 안양중학교 동기생을 만났다. 나보다 더 가난하고 머리는 더 비상한 친구였다. 장학금을 받기 위해 공주사범대학교에 지원, 차석으로 합격했다. 특별히 가까운 사이는 아니었다. 입학 후 얼마 안 돼 학내 시위를 주도하다 강제 징집되었다는 얘기를 풍문으로만 전해들은 정도였다. 10년 가까운 세월이 흘러 그 친구를 안양시내 거리에서 그야말로 우연히 만났다. 그것도 꽤 긴 시간 간격을 두고 여러 번. 처음 만났을 때 그는 중앙부처 공무원이었다. 그러나 1년쯤 뒤에는 노동자가 되어 있었다. 후일 그의 말로는 대학생 친구들을 만나면서 노동현장으로 투신하게 되었다고 했다. 그는 보통의 학생 출신 노동운동가와는 달랐다. 사물을 보는 방식과 생각하고 행동하는 양상이 남달랐고, 상황 판단과 자료 분석에서 비상한 능력을 발휘하였다. 게다가 그는 철저한 마르크스주의적 계급의식으로 무장하고 있었고 민족사에서 북한의 역할을 매우 긍정적으로 평가하고 있었다. 그와의 만남은 내내 내가 가르침을 받는 형국이었다. 사통팔달 넘나드는 그의 관심사와 해박한 분석은, 단지 고루한 교육학 서적이나 사회과학서 몇 권 읽은 것이 고작인 나로서는 소화하기 어려웠다.

당시 전두환 독재정권하에서 민주인사들에 대한 무자비한 탄압이 자행되고 있었다. 그런 와중에도 광주의 충격을 딛고 서서히 새로운 운동이 모색되고 있었다. 특히 반미의식과 마르크스주의 사상

대학 때는 사회현실에 대해 깊은 관심을 가졌다.

안양에 사는 대학 친구, 선배들과 함께 모여 매주 토론 모임을 갖고 우리를 둘러싸고 있는

세계와 사회, 정치에 대해 이야기했다.

많은 인문사회과학 책들을 독파하며 이야기를 나누다 보니

우리 사회의 모순, 계급 문제 등이 정리되기 시작했다.

이 빠르게 확산되었고, 이를 바탕으로 막연한 인권이나 민주화 운동보다는 노동운동을 중심으로 한 사회변혁운동이 본격적으로 추구되었다. 학생운동 출신의 젊은 지식인들은 노동자적 품성과 애국적 사회 진출을 위해 이른바 위장취업의 길을 택했고, 또 다른 그룹에서는 다양한 현장에서 소모임 운동을 통해 광범위한 사회변혁 지지세력을 규합하려고 했다.

친구와의 만남은 지속되었다. 그러던 어느 날, 친구가 사람들을 모아 그룹을 하나 만들면서 자연스럽게 나도 참여하게 되었다. 말하자면 노동운동을 지원하는 비공식 서클활동이었는데, 1985년 가을부터는 일주일에 한두 번씩 만나 시위에 참여하거나 유인물을 만들어 노동자 지역에 뿌리는 등의 활동을 하였다. 사상적인 바탕 역시 당시로선 생소하던 반미운동에 뿌리를 둔 모임이었다.

1986년은 학생 운동권에 반미운동이 불거지던 때였다. '반전 반핵 양키 고 홈'이나 '친미독재 타도하고 미 제국주의 몰아내자' 등 한국전쟁 이후 최초로 대중 집회에서 반미 구호가 터져 나온 순간이기도 했다. 서울대학교에서는 이재호, 김세진을 비롯해 전국적으로 대학생들이 온몸에 휘발유를 끼얹고 분신하는 일이 빈번하였다. 정치권 역시 신민당의 개헌 현판식 등 반정부 투쟁이 계속되던 무렵이었다.

이미 정치권은 전두환 정권의 이른바 '유화조치' 이후 상당한 회오리를 겪기 시작했다. 양김이 주도하는 신민당의 출현과, 1985년 2·12총선의 돌풍으로 대통령 직선제 개헌 요구가 본격적으로 제기되었다. 학생운동과 노동운동도 새로운 이념을 바탕으로 투쟁 수위를 높이고 있었다. 1986년 들어 양김은 개헌 추진을 위한 시도지부 현판식을 통해 전두환 정권을 압박하기 시작했고, 반미운동을 천명한 운동권의 활동도 새로운 양상을 띠기 시작했다. 그런 와중에 발표된 전두환 정권의 4·13호헌조치는 불에 기름을 붓는 격이었다. 개헌 현판식은 이에 반대 운동을 펼치면서 그 추진위원회의 추진 현판식을 지방에서부터 올라오게 하자는 것이었는데, 정치권과 운동권 학생들이 이를 반정부 투쟁의 계기로 삼았다.

부산, 광주 등에서 국민의 열광적인 지지 속에 진행된 신민당의 개헌추진위 현판식은 그해 5월 3일 인천까지 올라왔다. 당시 인천 주안은 수도권 운동권의 총 집결지였다고 해도 과언이 아닐 만큼 엄청난 양상이었다. 수많은 인파가 몰렸고, 최루탄과 돌의 공방전은 그야말로 전쟁터를 방불케 했다. 나는 다른 동료들과 화학무기인 이른바 지랄탄에 시달리면서 그 현장에 있었다.

그날 밤, 한낮의 시위 열기를 노동자들에게 전해야 한다는 사명감으로 우리 일행은 미리 준비한 반미 선동 유인물을 부평의 어느 변두리에 뿌리기 시작했다. 그러나 처음 가본 낯선 골목에서 순찰을 돌던 경찰에 덜미를 잡혀 다른 두 명과 함께 연행되고 말았다. 밤에 간 것이 화근이었다. 생각하면 미숙함을 넘어 무모하기까지 한 행동이었다.

새벽녘에 들어간 부평경찰서는 그야말로 생지옥이었다. 방마다 가득한 연행자들, 그리고 그들을 신병 다루듯 하는 전경들의 욕설과 기합, 구타 같은 것들……. 그 와중에도 연행된 일행과 손가락 글씨를 주고받으며 난관을 뚫고 나갈 묘책을 짜냈으나 뾰족한 수가 없었다.

인천사태라고 불리는 엄청난 사건이었다. 그런데 정작 연행된 사람들은 대학생 송사리들만 가득했다. 그중에서도 나는 단연 눈에 띄었다. 대학생들 사이에서 우선은 나이가 많았고, 서울대생이었고,

박사과정 대학원생이자 국립대학 조교였다. 시간강사라는 것은 밝히지 않았지만, 누가 보아도 남다른 이력이었다. 이런 이유들로 인해, 누군가에게 책임을 물어야 하는 상황에서 나는 저절로 주모자급이 되어버렸다. 내용은 전혀 그렇지 않은데 졸지에 골수 운동권이 된 것이다. 이 일로 신문 1면에 이름 석 자가 나오는 영광도 누렸다.

그러나 유인물은 대개 즉결심판에 회부되었기 때문에 크게 걱정할 일은 아니었다. 문제는 각 경찰청의 사상범을 다루는 대공분실에서 '수상하다, 잡아들여라'는 지시가 떨어진 것이다. 경찰차를 타고 즉결심판서 앞까지 갔다가 그 자리에서 유턴을 해 다시 경찰서로 끌려 들어갔다. 그때 아찔한 일이 있었다. 대공분실에서 우리를 데리러 왔던 것이다. 그들을 보았을 때 저승사자 같다는 느낌이 아주 서늘했는데, 아직도 기억이 선명하다. 뒤에 안 일이지만, 그 세 명 가운데 하나가 김근태 선배를 고문했던 이근안이었다고 한다. 우연하게도 당시 수사과장이 장모님의 친정 조카였는데 그가 후에 참여정부 경찰청장이 된 이택순이었다. 그분의 도움으로 나는 지옥행을 면할 수 있었다. 그러나 그날 밤 우리는 부평경찰서에서 무자비한 구타와 고문으로 피투성이가 되었다. 국가에서는 그날 사태를 단순 시위가 아닌 소요로 규정했다.

나는 소요죄와 국가보안법 위반죄로 결국 구속 수감되었다. 나이와 경력 때문에 1심에서 풀려나지 못하고 징역 2년을 언도받았다. 수감 9개월 만에 항소심에서 겨우 집행유예로 풀려날 수 있었다. 대학을 졸업하며 진로를 고민할 때, 이미 예견한 시련이었다.

지역운동에 발을 담그다

감옥에서 나와 보니, 그동안 겨우겨우 정상적으로 닦아놓았던 토대들이 모두 무너져 있었다. 처자식도 문제였지만 학교에 갔더니 학장이던 지도교수가 모른 척 넘어가줬으면 좋았을 것을, 워낙에 양심적인 양반이라 학교에 보고를 해버린 것이다. 징계위원회가 열렸다. 박사과정 학생도 학생이라는 결론이 났다. 당시 감옥에 다녀온 학생은 모두 제적이었는데, 그나마 사정사정해서 무기정학을 받게 되었다. 박사과정 학생으로서 시국사건으로 무기정학을 받은 사람은 아마도 나밖에 없을 것이다.

감옥에 있는 동안 수많은 생각이 스쳐 지나갔다. 활동가로서의 미숙한 행동들을 반성하기도 하였다. 걸어온 길을 돌아보니 나는 운동권이 못 되겠다는 생각도 들었다. 대차게 싸우고 거침없이 나가야 하는데, 그에 비해 나는 머리로 생각하는 편이었고 투쟁적이지도 못했다.

나는 투사도 아니고 아무것도 아니었다. 그저 나 같은 사람은 공부나 하면서 평범하게 살아야 하는 것 같았다. 그러다 혹시라도 이론적으로 도움이 필요한 경우가 있다면 도와주는 것이 나의 몫이라 생각하였다. 감방에서 나는 나가게 되면 교육학 공부를 열심히 해야겠다고 마음먹었다. 그런데 무기정학이라니……. 뜻하지 않게 공부를 계속할 수 없는 상황에 놓이게 된 것이다.

그런데 '별'을 달고 났더니 나를 찾아오는 사람이 많아졌다. 함께 일을 하자고 찾아오는 사람들과 어울리게 되면서, 자연스럽게 나는 다시 공부가 아니라 거리에 나가 있었다.

출소 후 한국사회는 그야말로 혁명 전야였다. 박종철 고문치사 사건은 급기야 6월민주화운동을 촉발하였고, 야당과 민족민주운동 진영은 광범위한 시민들과 함께 직선 쟁취와 전두환 퇴진 운동으로 나아가고 있었다. 결국 전두환 군사독재정권은 6·29선언을 통해 김대중 사면복권 등 양심수 석방과 직선제 개헌을 받아들이게 되었다.

그 무렵 노동운동만 갖고는 어렵다는 반성 끝에 문화운동이 필요하다는 생각이 싹트기 시작하였다. 이런 움직임에 따라 안양에서도 노동운동과 함께 시민의식을 고취하기 위한 문화운동이 모색되었다. 비로소 지역을 운동의 대상으로 바라보기 시작한 것이다.

당시 교육운동의 필요성이나 반독재 정권에 대한 투쟁의 필요성을 인식하고 있었지만, 그것은 안양지역과는 무관한 것이었다. 내가 뿌리를 내리고 살고 있는 안양에 필요한 무엇인가를 해야 했다. 자칭 안양지역의 '토종 운동권 1호'라고 스스로 지칭할 만큼 대개는 외지에서 온 사람들이 안양에서 활동을 하고 있었으니, 어떤 사명감 같은 것도 없지 않았다.

이런저런 이유들로 안양지역의 문화운동에 참여하게 되었다. 누군가의 부탁을 받고, 내가 중간에 심부름이라도 하게 되는 일이 있으면 하겠다는 소박한 마음으로 시작하였었다. 그래서 1987년 가을 만들어진 것이 민요연구회였다. 이미 봄부터 준비를 해온 모임이었다. 이어 안양독서회와 우리그림이라는 단체를 만들어 나중에는 세 단체가 연합해 안양문화운동연합을 구성하였다. 나는 준비 단계부터 안양독서회 회장을 맡았다.

안양독서회에서는 문학회를 개최하기도 했는데, 이오덕 선생님을 초청하던 날은 청중보다 더 많은 사람들이 밖에 모여들기도 하였다. 안양독서회는 늘 주시의 대상이 되었던 만큼 경찰들과 장학사들이 밖에서 지켜보고 있었던 것이다. 안양독서회는 자체적으로도 많은 사람들이 참여했지만, 안양의 운동권이나 노동운동을 하는 사람들에게 소통 내지는 모이는 근거지 역할을 해주었다.

물론 그전에도 지역 차원의 운동에 관심을 갖고는 있었다. 처음 시도했던 것이 앞에서 간단히 언급한 안양 기독청년연합회 활동이었다. 당시 안양에는 30~40개의 교회가 있었는데, 청년들이 힘을 합하여 지역을 복음화하고 봉사활동을 하자는 취지에서 만들어진 초교파적인 성격의 단체였다. 물론 당시 지역운동이라는 것이 요즘과 같지는 않았다. '지역이 곧 세계다' 하는 차원에 비하면 지극히 소박한 것이었다. 〈빌라도의 고백〉이라는 모노드라마를 유치해서 공연을 한다거나 안양지역의 교회를 돌며 연합예배를 본다든가 하는 정도의 활동이었다.

돌아보면 안양독서회를 비롯한 이 무렵의 지역운동이라는 것이, 기독청년연합회보다 진일보한 성격임에 분명하지만 다분히 반정부라는 운동권적 시각에 한정된 측면이 있었다. 그러다보니 지금처럼 일반인의 삶에 밀착된 지역운동이 아니었다. 즉, 내가 다시 발을 들여놓은 지역운동 역시 지역 전체가 아니라 지역의 운동권에 국한되어 있었던 것이다.

6·29선언 이후 사면이 되어 2학기부터는 박사과정에 복학하고 학업을 이어나갈 수 있었다. 그러나 취직의 길이 모두 봉쇄되어 있었으니 그때부터 경제적으로 고난의 행군이 시작되었다. 경제생활은 전적으로 아내의 몫이었다. 나 역시 간혹 원고도 쓰고 두 권의 번역서도 냈지만, 그때 수입이란 그야말로 아이들 용돈에 지나지 않는 것이었다.

아내가 피아노 학원을 운영해 근근이 생계를 꾸려나갔다. 그러나 자본도 없이 운영하는 피아노 학원이 잘될 리 없는데다, 신접살

참빛선교합창단 야유회에서 아내와 함께한 연애 시절. 아내는 유목민 같았던 나의 삶 때문에 경제적, 사회적으로 평생 마음 졸이며 고생을 감수해야 했다. 그 빚을 어찌 갚으랴. 나에겐 평생 갚아도 모자랄 고마운 사람들이 한둘이 아니다.

림부터 빚으로 시작한 탓에 아무래도 역부족이었다. 부채가 눈덩이처럼 불어나 있었다. 결국 피아노 학원을 정리하면서 빚만 더 지게 되었다.

이듬해 가을에는 당시 통일민주당의 공채 2기 전문위원으로 채용되어 문공정책 전문위원이라는 직함으로 정당 일에 참여하게 되었다. 여소야대 국면에서 교육관계법과 문화3법 등의 개정안을 야3당 단일안으로 만들고자 시도하기도 했다. 이런저런 활동들과 경제적인 어려움이 겹치면서 안양독서회와는 자연히 손을 떼게 되었다. 독서회는 이후에도 몇 년 지속되었지만, 유명무실해지더니 1, 2년 후 사라지고 말았다.

| 이상한 죽음들

안양독서회에서 손을 뗀 다음에는 감옥 출소 후부터 관여하기 시작한 한국교육연구소 일에 매달렸다. 창립 과정에 참여하면서 간사 등으로 활동을 하였다. 전교조가 만들어지던 시점이었으니 교육운동 초창기부터 동참한 셈이다. 초기의 교육운동 시절엔 여기저기 쫓아다녀야 했고 안양독서회까지 겹쳐 그 무렵 가정은 완전히 팽개치다시피 했다.

어느덧 삼십대 중반이었다. 이대로는 도저히 안 되겠다 싶어 1990년 가을에 서울생활을 정리하였다. 웬만한 활동은 다 접고 하반기부터는 논문을 써야겠다고 선언을 한 뒤, 집 안에 들어앉았다. 그러나 공부가 지지부진하였다. 그러던 차에 내 삶을 송두리째 뒤흔든 일이 터지고 말았다.

1991년 봄이었다. 4월 7일 일요일. 그날은 어머니 생신이라 가족들이 모두 모였다. 아이들도 골목에서 자전거를 탔다. 그런데 그만 아홉 살 아들 녀석이 트럭과 부딪히고 만 것이다. 뇌진탕이었다. 그 자리에서 절명하고 말았다. 청천벽력 같은 일이었다.

나는 그때 잠시 안양 시내에 친구를 만나러 갔다가 소식을 듣고 병원으로 급히 달려갔다. 아들은 이미 싸늘한 주검이 되어 있었다. 그렇게 자전거를 타고 싶어 했는데 못 사준 것이 나의 마음을 아프게 했다. 사촌들과 놀면서 발이 닿지도 않는 큰 자전거를 끙끙대며 탔던 모양인데, 그러다 사고를 당한 것이다.

똑똑한 아이였다. 9~10개월에 뛰어다닐 정도로 발육도 좋고 똑똑했다. 달리기를 잘해서 학년 대표로 나가기도 했다. 볼 때마다 '내 아들답다'는 생각을 하며 자랑스러워했다. 언제나 잘 자라주는 것이 고마웠다. 나는 늘 밖으로만 떠돌면서 놀아주지도 못했고, 경제적으로 궁핍해 제대로 먹이지도 못했다. 그런데도 건강하고 총명하게 자라주는 것이 고마워서 "기차길 옆 오막살이 우리 아기 참 잘도 잔다"며 자랑을 하곤 했는데……. 그 모든 것이 한순간에 무너져버리고 말았다.

감옥에 가는 것도 감내할 수 있었다. 내가 선택한 길이자, 다 하나님의 뜻이라 여기며 견뎌내었는데……. 아이의 죽음 앞에서는 모든 것이 허무했다. 당시엔 비록 신앙에서 멀리 떨어져 있었지만 하나님의 뜻을 도저히 헤아릴 수 없었다.

신이시여, 어찌하여 이런 시련을 주시나이까?

그러나 비극은 여기서 그치지 않았다. 내가 다시 운동권에 발을 담게 된 계기였던 중학교 친구가 어이없는 사고로 세상을 떠나고 만 것이다. 감옥을 들락날락거리며 정신적으로 고통에 시달리다, 무언가 시작해보려고 막 준비를 하고 있던 무렵이었다. 아들의 사고가 났을 때는 상심해 있는 나를 대신해 뒷수습까지 해준 고마운 친구였다.

아들을 보내고 한 달인가 지났을 무렵, 친구가 일하고 있던 안양의 사무실로 찾아갔다. 함께 저녁을 먹으며 막걸리를 한잔 걸쳤다. 술을 먹다 아들 얘기가 나오면 울고, 부둥켜안고 울고, 그러다 또 술을 마시고⋯⋯. 그러다 집에 가려고 나왔는데, 친구가 갑자기 뒤에서 나를 와락 껴안았다. 워낙에 평소 감정 표현이 격한데다 술까지 마신 상황에서 나를 위로해주고픈 마음이었나 보다. 그 바람에 둘 다 비틀대며 중심을 잃고 넘어지고 말았다.

"어, 어⋯⋯."

나는 넘어지며 얼떨결에 팔꿈치로 땅을 짚어 크게 다치지는 않았다. 가볍게 툭툭 털고 일어났다. 그런데 어쩐 일인지 친구는 그대로 누워 있었다. 그때 나를 꼭 껴안고 있었는데 넘어지면서 머리가 땅에 부딪힌 것이다. 처음엔 장난치는 것이려니 했는데 그게 아니었다.

곧장 택시를 잡아타고 병원으로 갔더니 친구 머리에 금이 갔다고 했다. CT촬영을 하니 피가 고여 있었다. 한 달 이상을 새로운 일에 매달리느라 극도로 신경이 예민해져 있는데다 집에도 들어가지 못한 채 피곤하게 지냈으니, 뇌가 충혈되어 있는 상태였다. 이것을 고려하지 않은 채 수술을 해 상태가 더 좋지 않았다. 재수술까지 했는데도 친구는 영영 일어나지 못했다. 난 도저히 감내할 수가 없었다.

그동안 살아온 것, 그 모든 것을 용서해주십시오. 친구가 일어난다면 하나님의 뜻대로 무슨 일이든 하겠습니다⋯⋯.

그런데 친구는 가버렸다. 나는 하늘을 향해 주먹질을 했다.

하나님, 앞으로는 절대 당신을 찾지 않겠습니다⋯⋯.

내게는 동지이자 교사였던 친구의 죽음 후에도 두 명의 죽음을 더 받아들여야 했다. 교육연구소를 함께 창립해 활동하던 후배였는데, 실의에 빠져 있는 나를 위로한답시고 안양으로 찾아와주기도 하였다. 한여름에 비가 억수로 오던 날이었다. 주저앉지 말고 다시 일어나라고 등을 두드려준 고마운 후배였다. 그런데 한 달 뒤 길을 건너다 택시에 치여 세상을 뜨고 말았다. 후배의 집인 전남 노화도까지 내려가 후배를 보내주었다. 후배의 어머니가 곡하시던 모습이 아직도 기억난다. 서울대 박사과정 동기였던 녀석도 떠나보내야 했다. 애틋한 사이는 아니었지만 나를 좋아해주는 친구였다. 장출혈이었는데 병원에서 소홀히 하는 바람에 어이없이 죽고 말았다.

그해는 이상한 죽음이 참으로 많았다. 운동권에서도 많은 젊은이들이 투신자살을 하거나 죽었다. 개구리소년 사건도 내가 사랑하는 사람들을 떠나보냈던 즈음에 일어났다.

그러나 무수한 죽음의 행렬이 이어졌지만 아들의 죽음은 심상히 받아들일 수 없었다. 아이만 바라보고 살았던 아내는 나보다 훨씬 더한 슬픔에 잠겼다. 집안에는 웃음이 뚝 끊겼다.

어떻게 지나갔지도 모르게 시간이 흘렀다. 왜 사는지, 어떻게 사는지도 모른 채 그냥 하루하루를 살았다. 그러나 모든 것을 자포자기한 듯한 허탈과 방황 속에서도 다시 일을 해야 했다. 1991년 말, 뜻하지 않게 장사를 하게 되었다.

안양의 한 친구가 갑자기 꽃가게를 할 거라면서, 자기가 돈을 좀 보탤 테니 놀지 말고 그거나 해보라는 것이었다. 전혀 생각해본 적 없는 장사였지만, 한번 해보기로 했다. 속마음으로는 동서 부부가 나중에 운영할 수 있도록 기반을 잡아보겠다는 생각이었다.

아들 보상비와 친구의 돈을 보태 '안양꽃전시장'이라는 가게를 냈다. 장사라는 것을 전혀 모르는 상태에서 무작정 시작하게 된 것이다. 새벽 꽃시장에 가서 도매로 꽃을 떼어오고, 서울 근교의 구파발 농장 등에 가서 관엽이나 란 등을 흥정하기도 했고, 강남 꽃 도매 새벽시장에 나가 생화를 사오기도 했다. 화분이나 화환을 봉고차에 싣고 결혼식장으로, 장례식장으로 배달을 하기도 했다. 생소한 일들로 분주하게 지내다 보니 다소나마 생활에 활기가 돌았다.

그러나 경험이 없었던 장사가 잘 될 리 만무했다. 할수록 적자였다. 7개월가량 지났을 무렵에는 이러다 큰일 나겠다 싶어 얼른 동서 부부에게 운영을 넘긴 후 손을 떼었다.

꽃가게를 그만두고도 한참을 무력하게 살았다. 그러다 문득 이렇게 살아서는 안 되겠다는 생각이 들었다. 1994년 정초, 안양에 있는 청계사로 들어갔다. 당시는 박사논문 제출을 앞두고 있을 때라 논문과 관련된 책을 몇 권 든 채였다. 그러나 책을 봐도 눈에 들어오지 않았다. 새벽 2시 반 정도가 되면 행자승이 목탁을 치며 경내를 돌았다. 귀신을 쫓는 의식 같은 것이었는데, 덩달아 그 시간이면 나도 눈을 떴다. 새벽 3시. 추위에 얼음물로 눈곱을 떼고 세수를 한 뒤, 방에 앉아 염불소리를 들으며 책을 읽었다. 낮에는 눈 덮인 산을 혼자 걸었다. 그렇게 절에서 40여 일을 보내고서야 조금씩 마음을 다잡을 수 있었다. 논문을 다시 시작했다.

그러면서 마음은 조금씩 안정을 되찾아갔다. 적지 않은 강의를 하면서도 경기대학교 학내 연구과제보고서를 집필했고, 동시에 대덕 연구단지의 전자통신연구소에 1년간 숙식하면서 방대한 연구소 17년사를 집필했다. 그 덕에 첨단기술 분야에 미약하게나마 눈을 떴고, 생활에도 보탬이 되었다. 그 와중에 박사학위 논문도 완성했다. 모처럼만에 생산적인 일을 하며 1994년이 바쁘게 흘러갔다.

봄이 오고 있었다.

사고로 아들을 떠나보낸 후 뒤늦게 얻은 딸 새봄.
오랜 겨울잠에서 깨어 새로운 희망을 향해 나아갈 수 있기를 바라는
마음에서 이름을 새봄이라고 지었다.
새봄이 태어나자 어두운 시절은 가고 나의 가정에도 봄이 오는 듯했다.

그해 2월, 가슴에 묻은 자식 대신 새로운 딸이 태어났다. 아들을 보낸 후 상심한 마음에 더는 아이를 낳지 않으리라 했는데, 다시 아들을 바랐을 때는 뜻대로 되지 않았다. 뒤늦게야 얻은 딸의 이름을 '새봄'이라고 지었다. 계절적으로도 그랬고, 오랜 겨울잠에서 깨어 새로운 희망을 향해 나갈 수 있기를 바라는 마음에서였다. 어두운 시절은 다 가고 우리 가정에도 새봄이 오기를 바랐다.

다행히 딸애의 이름처럼 대학 입학 후 20년, 박사과정 입학 후 10년 만에 졸업장을 받았다. 남들 다 하는 일이지만, 어렵게나마 박사가 된 것이다. 그해 10월에는 한국교육개발원 연구원으로 취직도 했다. 소박하게 정상적인 직장인으로서의 삶이 시작되었다.

집 안에는 새봄이 때문에 웃음소리가 들리기 시작했다. 참으로 오랜만이었다. 아무리 술을 많이 먹는 날에도 집에 오면 아이한테 책을 읽어주는 것이 작은 기쁨이었다. 아이 역시 새벽 1시가 되더라도 아빠를 기다렸다 책 읽어주는 소리를 듣고서야 잠이 들었다. 정말로 이제는…… 새봄이었다.

| 세상을 바꾸는 교육운동

지역에서 노동운동과 함께 시민의식을 바꾸기 위한 문화운동이 모색되고 있을 때, 중앙에서는 민중교육지 사건으로 해직된 교사들을 중심으로 새로운 교육운동이 확산되고 있었다. 나는 교육학 전공자로서 참여해야 할 처지였다. 그 무렵 한국교육개발원 생활로 정신없이 바쁜 나날을 보내며 다양한 교육 관련 활동에도 깊숙이 관여하고 있었다.

한국교육개발원에서 보낸 7년은 내가 비로소 교육분야 전문가로서 자리매김할 수 있게 해준 디딤돌이었다. 시간적으로는 매우 각박한 생활이었지만, 한국교육의 구체적인 현실을 접하고 이론과 실천 양면에서 나름대로 교육전문가 반열에 들 수 있게 되었다. 물론 사회인으로서도 자리를 잡고 경제적으로 안정도 찾아갔다.

연구활동은 주로 5·31교육개혁을 추진하고 문제를 진단하는 일에 집중되었다. 특히 학교교육을 개선하기 위한 방안들이 주된 연구과제였는데, 이 과정에서 자연스럽게 대안교육과 대안학교에도 관심을 쏟게 되었다. 다양한 학회활동에도 참여해 학술지에 여러 편의 논문을 게재하기도 했다. 1998년에는 국민의 정부가 교육개혁을 추진하기 위해 설치한 대통령자문기구 '새교육공동체위원회'에 전문위원으로 파견되어 중앙정부의 교육정책 입안과 시행 과정에 직접 참여하기도 했다.

2000년이 되면서 한국교육개발원으로 다시 복귀해 교육전문가로 돌아왔다. 그때부터 갈수록 악화되는 학교교육 현실을 학교교육의 위기로 진단하고, 그 원인과 극복 방향을 모색하기 시작했다. 총리실에서 공모한 '교육 부패 방지 대책에 관한 연구' 프로젝트를 받아 국내 처음으로 교육 부패의 개념과 실태 및 대책 등을 제시하기도 했다. 또 단위학교 자율성을 획기적으로 증대하기 위한 자율학교 제도의 정착을 위한 연구도 수행해나갔다. 이밖에도 크고 작은 연구과제를 수행하느라 허다한 날을 새벽에 출근하고 심야에 퇴근하는 생활을 계속했다. 심지어 명절 연휴에도 출근하기 일쑤였다. 연구활동뿐 아니라 지역활동에까지 몸담아 그야말로 가정을 돌볼 여력이 없었다. 늘 밤늦게 퇴근하다 보니 딸아이들의 얼굴을 며칠씩 못 보기도 하였다.

한국교육개발원 연구원으로 근무하던 시절.
학교교육의 현실을 진단하고 새로운 교육 방향을 모색하는 것이
나의 일이었다. 나는 대안교육과 대안학교에 관해 집중적으로 연구하여
이를 한국교육에 적용하기 위해 노력했다.
그러자 언제부터인가 사람들이 나를 대안교육 전문가로 불러주었다.

이듬해에는 연구기관의 핵심 직책이라고 할 수 있는 기획조정 팀장을 맡게 되면서 그렇잖아도 바쁜 나날이 더욱 분주해졌다. 당시 교육부와 서울시교육청에서 야심작으로 추진한 선행학습 효과에 대한 책임을 맡아 말 그대로 악전고투의 시간을 보냈다. 당시 무슨 유행처럼 불어 닥치던 선행학습에 대한 그릇된 인식을 바로잡고, 21세기 자녀교육의 이정표를 세우기 위해 땀흘린 뜻 깊은 시간이었다. 덕분에 학문적으로 더욱 깊어져 한국교육의 심각한 상황을 샅샅이 파악하는 한편, 미국까지 출장을 가서 많은 것을 보고 배우는 기회가 되었다.

교육전문가로서의 바쁜 생활 속에서도 꾸준히 교육 관련 대외 활동을 쉬지 않았다. 이미 1995년 무렵부터 본격화된 대안교육과 대안학교 관련 모임에 꾸준히 참석하면서 연구와 기고를 지속해나갔다. 1997년에는 '안양·의왕 공동육아 어린이집'을 설립해 2년간 조합 이사장 일을 맡았다. 그러는 사이 언제부턴가 사람들이 나를 대안교육 전문가로 인정해주고 있었다.

그 무렵 국책 연구기관에 몸담고 있던 터라 새로 시작되는 대안교육 운동과 정부의 교육개혁 정책이 접맥되도록 도움을 줄 수 있었다. 지금의 특성화 고등학교 제도는 그때의 산물이기도 하다. 이후 2001년 말에는 분당에 대안학교를 설립하기 위한 이우교육공동체 결성에 참여해 공동대표를 맡았고, 몇몇 대안학교의 설립 과정에도 직간접적으로 관여하였다. 이듬해 가을에는 1990년대 후반부터 줄곧 관여해오던 대안교육 운동을 활성화하기 위해 대안교육연대를 결성하고 운영위원으로 참여하기도 하였다. 그런 와중에 큰아이는 대안학교의 하나인 한빛고등학교에 보냈다. 바쁜 나날이었다.

어느새 여름이 시작되고 있었다.

어느 날인가, 경복궁역에서 정부 종합청사 쪽으로 나오다 진한 꽃향기에 문득 발걸음을 멈추었다. 돌아보니 청사 맞은편으로 쥐똥나무들이 내 키보다 크게 자라 있었다. 담벼락 대신 심어놓은 쥐똥나무들이 가지마다 작디작은 하얀 꽃들을 달고 있었다. 향기가 무척이나 진했다. 벌과 나비들이 부지런히 꽃 위를 날아다니는 게 보였다.

이윽고 발길을 돌리려는데 쥐똥나무가 꽃을 피운다는 사실이 새삼 뭉클하게 다가왔다. 나무가 자라 꽃을 피운다는 것이 특별한 일이 아닌데도, 우리가 보는 쥐똥나무들은 특별한 사연을 갖고 있기 때문이다. 보통은 철제 지주 틀 안에 촘촘히 심어져 도로나 인도 사이에 가지런하게 자라는데, 원래부터 그런 것은 아니다. 여느 나무들처럼 잘 자란다. 그러나 나무가 자라 모양이 들쑥날쑥해지면 미관상 좋지 않다는 이유로 정리를 당한다. 싹둑싹둑 가위질을 당한 쥐똥나무의 가지런한 모습이 바로 우리가 보는 쥐똥나무인 것이다.

새로운 줄기와 가지가 잘린 나무들은 더 이상 자라지 못해 10~20년이 되어도 그 모양 그대로 있을 뿐이다. 꽃을 피울 수도, 열매를 맺을 수도 없다. 사실 쥐똥나무라는 이름은 열매가 익으면 까만 쥐똥 같다고 해서 붙여진 이름인데, 그 이름처럼 살고 있지 못하는 것이다. 그런데 그날 마주친 쥐똥나무는 꽃을 피우고 있었으니 마음이 뭉클해질 수밖에. 그저 가만히 내버려두었을 뿐인데 말이다.

그러면서 우리의 아이들이 혹시 쥐똥나무와 같은 신세는 아닐까 하는 생각이 들었다. 어른들의 가치와 기준에 따라 어렸을 때부터 가위질을 당하다 보니, 나중에는 자연스럽게 자라는 것을 포기해 버리지 않는가……. 아이들이 특징도 없고 지적 호기심도 없는 사람으로 굳어져가는 것은 아닌가 싶었다. 부모의 욕심이 반영되는 성적, 입시, 취업, 출세 같은 것들이 전동가위보다 더 강력한 가지치기 수단일 것이다. 게다가 철제 지주 틀보다 더 단단한 여러 교육제도가 자유롭게 자라날 아이들을 옭죄고 있다. 그 제도들은 대개 근대의 산물로서 이미 탈근대 사회에서는 거추장스럽기만 한 것인데도 말이다.

그러나 쥐똥나무도 넓은 땅에서 마음껏 자라게 두면 상당히 큰 나무로 자란다. 그것을 가두고 자르면 가늘고 좀스러운 상태로 멈출 수밖에 없다. 우리 아이들이 좀더 큰 세상에서 마음껏 자랄 수 있도록 우리 어른들 생각이 바뀌고 교육환경과 제도가 바뀌어야 한다. 아이 한 명 한 명이 각자의 모양과 크기로 자유롭게 자라게 되면, 훗날 그 아이들이 만들어가는 세상은 보다 자유롭고 다양한 모습이 될 것이다.

처음 프레이리를 접하고는 '길은 여기다'라는 생각으로 교육학을 전공하기 시작해, 차츰 그 길에 가까워지고 있다는 믿음으로 바쁜 가운데서도 힘든 줄 몰랐다. 아직 가야 할 길이 멀지만, 교육을 통해 조금씩 사람이 바뀌고 그렇게 사람이 바뀌게 된다면, 세상 또한 언젠가는 바뀔 것이라는 믿음이 계속 앞으로 나아갈 힘을 주었다.

| 건강한 공동체를 꿈꾸며

바야흐로 변혁의 시대를 지나 사회는 점점 달라져가고 있었다. 동구권 몰락의 여파로 한국에서는 사회주의 이념을 신봉하며 운동을 주도하던 사람들이 방황하기 시작하였다. 이후 지역의 문화운동 역시 영향을 받아 조금씩 달라져갔다. 사회적으로 지역이 중요하다는 생각이 부각된데다, 김대중 정부 들어 시민운동이 각광을 받으면서 활성화되었다. 나 역시 여기에 큰 관심을 갖고 참여하였다. 약

육강식의 국제질서와 인간 욕망의 무제한적 추구를 부추기는 세계화와 신자유주의의 암울한 흐름 속에서 그래도 한줄기 희망을 찾는다면 오직 공동선을 추구하는 시민운동과 지역 중심의 주민자치밖에 없다는 생각에서였다. 지역 시민운동은 이러한 두 가지 희망을 동시에 담는 그릇이었다.

1997년 초가을 무렵, 노동법과 국가보안법이 국회에서 날치기 통과되는 사건이 발생하였다. 이에 대해 전국적으로 큰 반발과 규탄 서명운동이 일어났는데, 안양에서도 지역 인사들이 모여 중앙 일간지에 항의 광고를 내었다. 이를 계기로 안양지역에 도움이 되는, 안양지역에서 운동다운 운동을 해보자는 뜻을 모으게 되었다. 그렇게 해서 이듬해 봄에 만들어진 것이 안양지역시민연대였다. 나는 공동대표로 참여하였고 2001년에는 상임대표가 되었다.

비로소 지역 전체를 대상으로 하는 본격적인 지역운동이 시작된 것이다. 안양지역시민연대가 했던 주요 사업으로는 가축위생시험소 부지 공원화 운동, 공영주차장 요금 인하 운동, 구 서이면사무소 복원 반대 운동 등이었다. 그외 지역의 자잘한 사항들에 대해 문제제기를 한다거나, 시청의 잘못된 행정에 대해서도 공개 항의를 하면서 지역운동의 기틀을 다져나갔다.

그러나 단단히 뿌리를 내리기도 전에 실무자가 다른 일로 구속되면서 안양지역시민연대는 서서히 흔들리고 말았다. 나 역시 상임대표를 맡게 된 이후 무언가 해보자는 생각만 강했지, 막상 다른 일들이 너무 바빠 역할을 충실히 해내지 못한 책임이 있었다. 그러나 이를 계기로 그동안 피상적으로만 알던 지역에 대해 좀더 깊이 이해할 수 있었다.

소수 운동가들에 의해서 이루어지는 방식이 아니라 비슷한 생각을 공유한 사람들이 하나의 지역공동체를 형성해내고 이를 거점으로 새로운 일을 벌이는 운동이 말처럼 쉬운 일은 아니다. 각 개인들의 이익이 맞물리며 돌아가는 현대사회에서 공동체의 삶을 꿈꾸는 일은 어쩌면 생각보다 훨씬 어려운 것일지도 모른다.

그러나 아무리 현대사회가 개인성을 유지하는 것이 유일한 생존전략인 것처럼 여겨진다 해도 그것만으로 해결되지 않는 무언가가 있다. 개인 속으로 침잠해가는 것……. 각 개인 속으로 잦아드는 그 후퇴의 끝은, 인간이 인간을 소외시키고 만다는 것이다. 사람과의 관계가 사라진 자리에는 무엇이 남을까…….

새까맣게 불에 탄 숲이 다시 숲이 되는 것은 바로 그 관계 때문이다. 잿더미 위에서 억새의 뿌리가 흙을 붙잡고, 그 흙이 날아온 솔씨를 품어 싹을 틔운다. 나무와 풀들이 벌레와 곤충들을 불러들이고, 훗날 다시 푸르른 숲이 되는 것이다. 결국 공동의 가치를 발견하고 공동선을 향해 함께 걸어가는 것, 그것이 사람 사는 세상을 만든다.

그러나 교육운동도 마찬가지겠지만, 시민운동가로 활동하면서 다양한 사람들을 만나며 느낀 점은 사람의 생각을 바꾼다는 것이 정말 어렵다는 것이다. 그러나 한편으로 예전에 비해 의식수준이 많이 달라졌다는 생각이 들어, 역시 희망은 사람들한테 있다는 것을 발견하곤 한다.

민주주의든 진보든 국민이 생각하고 행동하는 만큼만 간다. 시민운동도, 정권도 이 한계를 넘어설 수 없다. 1980년대 반독재 투쟁이 성공한 것은 국민이 생각하는 만큼이었기 때문일 것이다. 결국 세상을 바꾸자면 국민의 생각을 바꾸어야 한다. 한 사람 한 사람의 생각이 바뀌어야 하는 것이다. 이제는 일방적으로 지시하고 시민들이 따라가는 방식으로는 불가능한 것이다. 누군가의 말처럼, 그것이

통일전망대에서 북녘을 바라보며…
우리 사회는 언제 완전한 민주화를 이룰 수 있을까.
이것이 청년 시절부터 지금까지 나를 붙잡고 있는 화두다.
원칙과 상식이 통하는 사회, 보통 사람들의 소박한 꿈이
이루어지는 사회, 소수 힘 있는 자들에 의해
지배받지 않는 평등한 사회. 이런 사회를 만들기 위해
나는 공부하고 싸우고 앞으로 나아갈 것이다.

역사가 흘러가고 있는 방향이다.

내가 지역운동과 교육운동의 길을 가는 것은 결국 우리 사회가 바뀌기 위해서는 어떤 근본적인 변화가 필요하다는 생각 때문이다. 진정한 개혁에는 의식 변화가 뒤따라야 한다. 우리 사회를 지배하고 있는 어떤 시스템, 그것은 패러다임의 변화이기도 할 것이다. 이런 변화는 특별하다기보다 있어야 할 것들이 제자리에 있는 지극히 상식적인 사회로의 전환을 의미한다. 다만 우리 사회가 상식이 통하지 않게 되어버렸다는 데 문제가 있을 뿐, 온갖 반칙이 난무하는 가운데 원칙이 실종되어버렸다는 데 문제가 있다.

근본적으로 시스템을 바꾸기 위해서는 합의가 필요하다. 일방통행이 아니라 타인의 생각을 공유하고, 대화와 타협을 통해 합일점을 찾아나가는 것……. 이 변증법을 통해 보다 발전된 방향을 찾을 수 있으며, 이 과정이 바로 민주주의이다.

실제 지역주민들을 만나다 보면 예전에 비해 많이 달라진 것을 느낄 수 있었다. 소통의 욕구를 제대로 분출할 곳을 찾지 못하는 경우가 많았다. 어떠한 운동이든 그렇겠지만 지역운동의 생명은 소통이다. 지역과 함께 호흡하고 끊임없는 소통을 통해 지역운동은 자생력을 가질 수 있다. 단체장 한 사람이 권위적으로 지역을 이끌어가는 시대는 이미 지났다. 교육 또한 풀어야 할 숙제들이 많이 있지만, 기존의 근대적 제도에서 벗어나 미래지향적인 방향으로 변모해가려는 움직임이 많아진 것을 느낄 수 있었다. 자리를 잡아가고 있는 대안학교 역시 그 가운데 하나일 것이다. 사회 곳곳에서 소통의 창구를 찾아 열어두어야 할 때인 것이다.

이런 생각이 깊어질수록 미래로 가는 가장 중요한 통로는 교육과 자치라고 생각하게 되었다. 여기서 '교육'이란 순응을 강요해온 종래의 교육을 탈피해 스스로 삶의 주인이 될 수 있도록 하는 것을 의미하며, '자치'는 단지 지방 정치인의 장식품이었던 종래의 형식적 자치를 넘어 주민이 실제 스스로 삶의 주인이 되어 살아가는 것을 뜻한다. 이 둘이 지역이라는 공간에서 만날 때 세상은 실질적으로 달라지리라 믿는다.

그러나 지역시민운동과 교육운동에서 작으나마 희망을 발견할수록 고민 또한 깊어졌다. 교육과 지역. 어느덧 이 두 가지는 내게 있어 버릴 수 없는 운명 같은 것이 되어버렸다.

개인적으로 지역의 중요성이라는 명분 외에도 나를 길러준 안양, 그리고 선생님들에게 진 빚을 갚고자 하는 마음까지 더해져 사명감 같은 것도 없지 않았다. 막연하지만 무언가 보은할 수 있는 계기를 가지고 싶었다. 선생님들이 계시지 않았다면 지금의 나도 없을 것이다. 그런데 문제는 내가 생계를 이어가는 토대가 교육이라는 점이었다. 그것은 늘 중앙과 지역을 사고의 중심에 놓을 것을 내게 요구하였다. 지역과 중앙, 그 사이에는 내 역량으론 도저히 잇기 어려운 간극이 놓여 있는 것 같았다.

더구나 그 무렵에는, 허구한 날 연구실에 박혀 컴퓨터 자판과 싸우다 보니 보람된 반면 진이 빠지기도 하였다. 특히 국책연구소는 짜인 조직과 융통성 없는 운영으로 연구원의 피로를 가중시켰다. 이런 이유로 정신적으로 많이 지쳐 있던 2001년 하반기 무렵, 한 대학에서 교수 채용 공고가 났다. 이제는 생활 패턴을 바꿀 때가 되었다 싶어 응모원서를 내었고 우여곡절 끝에 최종 엔트리에 포함되어 이사장 면접까지 치르게 되었다.

결과는 낙방이었다. 나만 낙방이 아니라 아예 아무도 채용하지 않았다. 후일 들은 바로는 내가 운동권이라는 이유로 채용을 거부

했다고 한다. 운동권 때문이라니, 그것이 언젯적 이야기인데……. 씁쓸한 마음을 지울 수 없었다. 하기야 나는 늘 원칙에 어긋나거나 부당한 권력을 행사하는 사람에 대해서는 용납하지 않고 문제를 제기하는 편이었으니, 고분고분한 사람을 원하는 사립대 이사장이 좋아할 리 만무였을 것이다. 다만 아직도 수수께끼로 남아 있는 것은 도대체 누가 이사장에게 내가 운동권이라고 고자질했는가이다.

4.
미완의 정치 참여

| 안양시장에 출마하기까지

대학으로 돌아가려던 일이 무산되면서 다소간 마음의 상처를 안고 있던 무렵, 우리 사회는 차기 대통령 선거를 두고 많은 이야기들이 오갔다. 여야 모두 대세론을 장악하고 있는 후보들이 있었지만, 어느 누구도 흔쾌히 받아들여지지 않고 있었다. 비록 기적이겠지만, 개혁적인 인물이 후보로 선출되기를 바랐다. 만일 그렇게 된다면 어떤 방식으로든 당선을 돕겠다는 생각을 하고 있었다. 그런데 천신만고 끝에 채택된 민주당의 후보 경선은 개혁 성향의 노무현 후보를 대통령 후보로 만들었다.

그러던 2002년 3월의 어느 날, 뜻밖의 제안이 왔다. 밤늦은 시간, 고등학교 1년 후배이자 얼마 전 정치에 입문한 이종걸 의원과 지역의 몇몇 지인들이 함께한 자리였다. 지나가는 말처럼 세 달 앞으로

다가온 안양시장에 출마하는 것이 어떻겠느냐는 것이었다. 그때는 자리가 자리인지라 고민해보마 하고 가볍게 응수하였다.

그런데 그 가벼운 응수가 이튿날부터 비 맞은 솜이불처럼 점점 무거운 고민거리로 변하기 시작하였다. 시장 출마는 현실정치 참여를 의미한다. 연구소 생활을 답답하게 느끼기 시작하고 있던 터라 정치 참여는 새롭게 도전해볼 만한 것이었다. 더구나 사회운동을 시작한 이래 늘 정치 변화에 관심을 가져온 터였다. 지역시민운동에 참여하면서부터 열린 마음을 가진 단체장 한 사람의 역할이 지역사회에 끼치는 영향력이 얼마나 큰지 알게 되었다.

하지만 현실정치 참여는 이상과 논리만으로 가능한 것이 아니었다. 우선은 적지 않은 비용이 들어간다는 것부터 시작해 준비된 것이 전혀 없었다. 시민연대의 상임대표를 맡고 있다는 것도 마음 한구석에 걸리는 일이었다. 무엇보다 낙선할 경우 이후의 생활 대책이 막연했다. 당장에 밥줄이 끊어지는 것이다.

그러나 비단 그것만은 아니었다. 보다 중요한 이유는 시장 출마가 과연 내 삶에 어떤 의미가 있는가 하는 고민 때문이었다. 명예 때문인가? 그러나 명예도 내게 그다지 중요하지 않았다. 돌아보면, 앞에 놓인 보장된 편안한 삶을 발로 차면서 자꾸 엉뚱한 길로만 걸어왔다. 미생물학과를 버리고 교육학을 택한 것이 그랬고, 감옥에 다녀온 후 공부만 하겠다는 생각을 버리고 다시 감옥에 가게 된 것이 그랬다. 어쩐지 시장 출마라는 것이 세 번째로 편한 길을 버리는 일인 것 같았다. 교육학자로서, 정책전문가로서 월급도 그리 박봉은 아니었으니 조금만 노력하면 평탄한 삶이 보장되어 있었다. 그것을 버리기란 쉽지 않았다.

살아오면서 언제나 선택의 기로에 설 때면 '어떻게 살 것인

2002년 안양시장 출마 시절 당시
노무현 대통령 후보가 지원 연설을 해주셨다.
내게 안양시장 출마라는
현실정치 참여 결정은 그리 쉽지 않았다.
많은 고민이 따랐다.
정치란 무엇인가?
정치라는 것이 지금까지 추구해온
내 삶의 가치에 부합하는가?
내가 정치에 참여하는 진정한 목적은 무엇인가?

가' 자문해보았다. 잘 살고 싶다는 생각, 제대로 살고 싶다는 생각 같은 것이었다. 이 물음이 삶의 좌표를 정하는 데 길잡이가 되어주었고, 한편으로는 망설임이 되기도 하였다. 다시 그 물음 앞에 서 있었다.

정치란 무엇인가? 과연 내가 정치에 참여하는 것이 바람직한 일인가? 그것은 내가 지금까지 추구해온 삶의 가치에 부합하는가? 아니, 그렇다면 내가 추구해온 가장 중요한 가치는 무엇이었는가? 내가 정치에 참여하는 진정한 목적은 무엇인가?

정신없이 바쁜 생활 속에서도 이런 질문들이 뇌리를 떠나지 않았다. 당연히 답은 없고 생각만 꼬리에 꼬리를 문 채 도무지 결론이 나지 않았다. 하루는 큰아이가 다니는 한빛고등학교가 있는 담양을 갔다 오는 길에 대천 해수욕장에 들러, 아내와 백사장을 걸으며 함께 의논도 해봤지만 답을 찾기 어려웠다. 그날 밤, 창문으로 들어오는 달빛을 응시하면서 뜬눈으로 날을 지새우기까지 했다.

그렇게 여러 날 고민하다 내린 결론은 현실 여건상 '할 수 없다'는 것이었다. 더구나 이미 현직 시장이 그런 대로 일을 잘한다고 인정받아 지역여론에서 차기 시장으로 굳어진 상황에서 행정 경험이 없는 내가 나선다는 것 또한 그리 명분이 있어 보이지 않았기 때문이다. 그러나 마음은 개운하다기보다 내 개인적 안정을 위해 대의를 포기한 것에 대한 부채감 같은 것이 짙게 남아 있었다.

그때 출마 여부를 놓고 의논을 했던 운동권 죽마고우가 나 포기의사를 듣고는 일갈했다.

"이 친구야, 우리가 어렵게 살면서도 추구해온 것이 잘못된 세상을 바로잡아 보자는 것이었고 그 노력은 지금도 계속되고 있는데, 단지 먹고사는 문제가 불확실하다고 해서 절호의 기회를 포기하는 게 말이 되냐?"

그 말을 듣는 순간 내 간은 콩알만 해졌고 얼굴은 화끈거렸다. 한국교육개발원 연구원 월급도 기득권이라고, 안정된 직장에서 7년 가까이 지내는 동안 나도 모르게 안정 지향적인, 지극히 평범한 소시민으로 변해 있었던 것이다. 친구의 말은 조용했지만 내게 추상같은 일갈이었다.

돌아보니, 학창시절을 빼놓고는 대체로 아웃사이더로만 지내온 내가 안양시장이 된다면 그 자체로 뉴스거리이며, 또 기존의 주류 사회 멤버가 시장이 되는 것에 비해 안양 지역사회에도 의미 있는 변화들을 추구할 수 있으리라 싶었다. 그것은 내가 살아온 과정이나 추구하는 가치와도 크게 다르지 않은 선택이었다.

생각 끝에 '아직도 우리는 좀더 사람답게 살 수 있는 세상을 만들기 위한 노력을 포기하지 않았다'는 동지의 말을 가슴에 새기며, 결국 결연한 마음으로 처음의 결정을 번복했다. 원칙에 입각한 정치 참여가 명분 있는 일이라면 당락을 떠나 한번 도전해보자는 생각을 하게 된 것이다. 그동안 개혁운동을 하면서 정치인 욕을 많이 했는데 정치권 밖에서 욕하지만 말고 들어가서 잘해보자는 생각도 있었다. 결국 4월 말경, 지방선거에 새천년민주당 후보로 나서게 되었다. 많은 동료 연구원들의 우려 섞인 눈길을 뒤로 한 채, 경제적으로나 학문적으로 나름의 기반을 다져왔던 한국교육개발원을 떠났다.

그후 선거를 어떻게 치렀는지 기억에 남아 있는 것은 거의 없다. 내가 지금껏 살아온 세계와 판이하게 다른 세계를 보았고, 참으로 많은 사람들을 만났다. 뒤늦게 선거전에 뛰어든데다 정치와 선거에 관한 한 그야말로 아마추어였던 탓에, 잘나가는 현역 시장을 상대하기에는 아무래도 역부족이었다. 더구나 김대중 대통령의 아들들이 줄줄이 구속되거나 스캔들에 연루되어 연일 매스컴에 대서특필되는

'3홍 사건'으로 민주당 지지도는 바닥을 치고 있었다.

선거 결과는 패배였다. 그것도 상당히 큰 표 차이였다. 하지만 많은 분들이 선전했다고 칭찬하였다. 물론 낙선자를 위한 위로의 말이었지만, 실제로 민주당 후보가 수도권에서 전멸하다시피 한 상황을 고려하면 빈말만은 아니었다.

나는 무엇보다 선거 과정 내내 헌신적으로 도와주신 분들에게 미안하고 또 미안할 뿐이었다. 수많은 분들이 물심양면으로 도와주셨고, 혈육이나 다름없는 아우들과 친지들은 온몸을 던져 선거운동에 나섰다. 그 과정에서 경제적으로나 정치적으로 손해를 본 분들이 적지 않았다는 것도 나중에서야 알게 되었다.

그러나 학계와 지역의 선후배를 제외하고 아는 사람이 거의 없었던 내가 새롭게 많은 분들을 알게 된 것은 큰 소득이었다. 그분들은 대체로 험난한 한국정치사에서 꾸준히 야당을 지지해온, 말하자면 한국 민주세력의 바탕이기도 하였다. 비록 당선되지는 못했지만, 이들과의 만남은 2002년 선거를 좋은 기억으로 남게 하였다.

다만 아직도 미안하고 죄송스러운 것은, 선거 마무리 과정에서 최악의 아마추어 정치인 티를 내고 말았다는 것이다. 선거가 끝난 뒤 응당 신세 진 분들에게 일일이 감사의 인사를 전했어야 하는데, 이를 너무도 소홀히 했다. 이것이 많은 분들에게 얼마나 상처가 될 수 있는가를 훨씬 뒤에야 깨달았다.

2002년 초여름, 무명의 후보를 위해 땀과 시간과 돈을 쓰면서 자발적으로 애쓰셨던 모든 분들에게 이제라도 사죄하는 마음으로 감사 인사를 드리고 싶다. 보이지 않는 곳에서, 알아주든 알아주지 않든 간에 헌신하는 분들이 없다면 당선은 요원하다. 그런 점에서 모든 정치인은 빚진 자들이기도 하다.

2002년 나는 안양지역 새천년민주당 후보로 안양시장에 나섰다.
많은 동료 연구원들의 우려 섞인 눈길을 뒤로 한 채,
그동안 경제적으로나 학문적으로 기반을 다져왔던
한국교육개발원을 떠났다.
그동안 개혁운동을 하면서 정치인 욕을 많이 했는데
정치권 밖에서 욕만 하지 말고 안양을 위해 몸을 던져
한번 잘해보자는 생각이었다.

| 참여정부와의 아쉬운 인연

낙선 이후의 전망은 막막했다. 선거 과정에서 어쩔 수 없이 적지 않은 부채를 안게 되었지만, 상환은커녕 당장 아무런 수입도 없이 생활을 꾸려가야 하는 처지였다. 학술진흥재단 프로젝트 참여 등으로 얼마간의 수입이 있었을 뿐 다시금 적자가 누적되는 생활이 시작되었다. 그러나 절망이나 방황의 늪에 빠지지 않았다. 당장 안정된 가정을 꾸리기 위한 직업을 택해야 했지만, 쉽지 않은 결단 끝에 정치에 나선 마당에 무언가 이루기 위해서는 노력해야겠다는 생각이 들었다.

그러던 차에 새로운 계기가 왔다. 선거가 끝나고 얼마 뒤, 생면부지의 김병준 교수로부터 연락이 왔다. 후일 참여정부의 정책실장과 교육부총리 등을 역임하신 분이었는데, 노무현 캠프의 정책자문 교수단에 참여해달라는 것이었다.

노무현 후보와는 이미 구면이기는 하였다. 과거 통일민주당 시절 공채 전문위원으로 있을 때, 노무현 후보는 초선 의원이었다. 또 1990년대 말 안양의 한 보궐선거에서 유세 지원을 위해 거리에 혼자 서 있던 노무현 의원과 인사를 나누기도 했고, 안양시장 선거에서는 두 차례나 오셔서 유세 중에 교육정책 보좌진이라는 말씀도 해주셨다. 하지만 개인적으로 가까이 접할 기회는 없었다. 제안을 받아들인 후 정책자문 교수단이 공식적으로 발족하는 자리에서 노무현 후보를 처음 제대로 대면한 셈이었다.

이후 분야별 팀장 위주로 매주 한 차례 정도 정책자문 교수단 모임이 진행되었다. 여기서 논의된 주요 전략이나 정책 과제는 자문 교수단 단장 김병준 교수를 통해 선거대책본부로 전해졌다. 정치권에 낯설었던 나는 처음 몇 달 동안 그저 참관인 정도로 참여했다. 학교교육 맥락에서 미시적 정책만을 다루었던 내가 국가 차원의, 그것도 선거전략 차원에서 득표에 도움이 되는 정책을 적극 제안하기에는 역부족이었기 때문이다. 그러나 점차 분위기에 익숙해지면서 내게도 할 일이 주어졌다.

첫째 노무현 후보의 교육정책 학습을 돕는 일, 둘째 교육분야 공약을 최종 정리하는 일이었다. 당시 교육 공약의 초안은 그야말로 한 권의 책을 방불케 할 만큼 엄청난 양이었다. 나는 텅 빈 중앙당사에 앉아, 초안을 만드는 데 주도적으로 참여한 사람의 의견을 들어가며 내용을 줄이고 다듬었다. 교육개혁을 추진할 대통령자문기구의 이름이 제대로 정해져 있지 않은 상황이라, 그 자리에서 '교육혁신위원회'로 명명하였다. 2003년 8월, 이 이름대로 대통령자문기구가 발족하였다.

10월 들어 선거운동이 본격화되면서 더욱 바빠졌다. 당 공식기구가 선거운동을 거의 포기하다시피 하는 상황에서 후보 캠프는 전국의 노사모 조직을 근간으로 한 국민참여운동본부를 결성하고 지역별로 조직을 확대하였다. 나는 경기 중부 국참 상임본부장을 맡아 돼지저금통 모금을 하는 한편, 젊은 노사모 동지들과 함께 지역 선거운동을 벌였다. 서울로 안양으로 정신없이 뛰어다녔다. 그런 와중에 후보 연설문을 쓰라는 임무까지 맡게 되면서 눈코 뜰 새 없는 나날이었다. 약 6개월간의 대통령 선거 과정은 내게도 참으로 바쁜 나날이었던 셈이다.

실로 많은 사람들의 눈물과 헌신, 그리고 노무현 후보의 진실성과 타고난 승부사 기질이 기적을 만들어냈다. 나는 지금도 선거운동 마지막 날 저녁, 정몽준 씨의 지지의사 철회 발표에 울부짖던 운동원들의 모습을 잊지 못한다. 그러나 진실의 신은 멋진 전화위복의 역사를 만들어냈다. 극적인 대선 승리는 대다수 보통 사람들에겐 그야말로 감격이었다. 원래 성격이 담담한 나도 노무현 대통령이 이끄는 대한민국의 변화가 과연 어떤 양상일까, 자못 흥분된 기대를 안고 있었다.

물론 이런 분위기와 무관하게 한편에서는 새로운 권력의 중심에 접근하려는 사람들이 꿈틀거리고 있었다. 언론에서도 앞 다투어 노무현의 사람들을 소개하기 시작하였다. 지식인들 대부분이 이회창 후보 측에 섰던 터라 노무현 진영의 지식인들은 대체로 빈약한 편이었다. 특히 교육분야에서는 나를 필두로 한두 명만 거론될 뿐이었다. 교육분야의 보수성이 다른 어떤 분야보다 심하다는 것도 그 이유였다. 이런 상황에서 지인들은 이종태가 어떤 형태든 자리를 차지할 것으로 기대했지만, 나는 어떤 욕심도 갖지 않았다. 누구에게든 내 진로에 관해 의논하려고 하지도 않았다. 참신하고 유능한 인재를 골라 좋은 정부를 만들어야 하는데, 방해가 돼서는 안 된다는 심정이었다.

단지 선거 과정의 공으로만 본다면 내가 교육분야 인수위원이 되는 것이 순리였지만 솔직히 두려웠다. 새로운 정부의 교육정책의 기초를 세우기에는 내 경험과 역량이 부족하지 않은가 싶었던 것이다. 더구나 객관적으로 당시의 나는 아무런 직함도 없는 무직자인데다 전직도 고작 연구기관 직원에 불과하였다. 간판이 중시되는 한국 사회에서 그것은 큰 약점이었다. 물론 따로 적임자가 있다고 생각지는 않았다. 나에게도 작은 역할이나마 할 일이 주어지겠지, 기대하는 정도였다.

주변의 우려대로 나는 인수위원회 구성 과정에서 밀리고 또 밀렸다. 대선 과정에서 별다른 역할이 없던 사람들이 교육분야 인수나는 노무현 대통령 후보 선거 캠프에서 선거운동을 도왔다.
노무현 후보의 대선과정은 정말 한 편의
드라마를 보는 듯한 극적인 사건들을 만들어 냈다.
대선 승리의 감격은 내 생애 마지막까지 잊히지 않을 것이다.
참여정부 시절, 나는 정책자문 교수단과 교육혁신위원회 발족에 참여했다.

위원과 전문위원으로 지명되었다. 사후약방문 격이지만, 이 일을 겪으면서 나는 정치권에서의 겸양은 덕이 아닐 수 있음을 깨달았다. 스스로 역량이 부족하다 싶어 양보하면 나보다 더 못한 사람이 일을 크게 그르칠 수도 있기 때문이다.

결국 참여정부가 출범하면서 다시 진로를 고민해야 할 처지가 되었다. 그런데 얼마 지나지 않아 청와대로부터 교육혁신위원회 발족을 위한 준비를 해달라는 부탁을 받았다. 임시 작업팀이 만들어지고 팀의 간사 역할을 맡게 되었다. 나는 인수위원회 보고서를 참고하면서도 참여정부 교육정책의 핵심 과제로 학교교육 혁신을 설정하였다. 5·31교육개혁 이후 진척이 없던 현장의 변화를 중심에 놓고자 했던 것이다. 교육정책 방향과 교육혁신위원회 구성 방안에 관한 공청회까지 마친 준비팀은 위원 선정을 위한 후보 명단까지 작성하였다. 생계의 어려움은 있겠지만, 신설되는 위원회에 참여해 일을 해야 겠다고 결심도 하였다.

하지만 그조차도 뜻대로 되지 않았다. 교육혁신위원회 위원장으로 일찍이 내정된 분은 어찌된 영문인지 우리 준비팀원 누구와도 함께 일하기를 원하지 않았다. 게다가 준비팀이 마련한 계획서를 휴지통에 넣어버리고, 나중에는 의도적으로 지방에서 한정된 경험만 쌓아온 인사들을 핵심 위원으로 선정하였다. 위원장의 처사나 그것을 방임하는 청와대의 의도를 도무지 이해할 수 없어, 결국 준비팀의 최종 보고서를 들고 청와대 이정우 정책실장을 만나 정면으로 항의하였다.

"이런 식으로 하면 참여정부 전반기의 교육혁신은 아예 없는 것이나 마찬가지가 될 것입니다!"

실제로 참여정부 전반기의 교육혁신위원회는 외인구단식 위원 구성과 운영으로 정부나 바깥 사회와의 소통에 실패했고, 그 결과 별다른 성과를 내지 못하였다.

나는 이후 강의와 연구 프로젝트 등으로 연명하다 아무래도 새로운 길을 찾아야겠다고 결심하였다. 본격적으로 정치에 참여해보자고 마음먹은 것이었다. 2003년 8월에는 '안양 참여와 자치연구소'를 열고 이듬해 있을 총선 준비를 시작하였다. 참여정부가 의욕적으로 추진하고 있는 지방분권과 참여자치라는 핵심 국정과제에 따라, 이를 지역사회 현장에서 보다 현실적이고 효율적으로 추진하기 위한 것이었다.

이 과정에서 단체장 선거와 총선을 놓고 고민을 하기도 했지만, 결국은 그 출범을 위해 열심히 노력했던 참여정부의 개혁에 힘을 실어주는 쪽을 택했다. 총선에 참여함으로써 여당 의석수를 하나 더 늘리겠다는 생각이었다. 물론 개인적으로는 교육과 교육정책을 제대로 공부한 사람이 적어도 하나쯤은 입법기관에 있어야 한다는 지론을 실천한다는 의미도 있었다. 총선에 뛰어든 나는 정당 개혁을 기치로 내건 열린우리당의 새로운 풍토를 기대하고, 3개월 남짓 부지런히 지역을 누볐다. 하지만 여전히 아마추어리즘을 극복하지 못한데다 프로 정치인의 벽에 부딪쳐 경선도 못 하고 주저앉을 수밖에 없었다. 당시 젊은 당원들은 반칙에 맞서 무소속으로 출마할 것을 강력히 권했지만, 예상 의석수가 100석을 넘지 않았던 신생 정당의 힘을 약화시키는 것이 노무현 대통령에게 반역이라는 생각으로 응하지 않았다. 그후 한나라당의 대통령 탄핵 소추로 정국은 소용돌이쳤고, 열린우리당은 사상 유례없는 대승을 거두었다. 이 일로 나는 크게 상처를 받았고 정치와 멀어지게 되었다.

경선이 끝나고 나니 많은 아쉬움이 남았다. 평정심이 무너져 있었다. 선 굵게 처신하지 못한 자신이 원망스럽기도 하고, 무능과 준비 안 되었음에 스스로를 책하는 일 외에는 달리 할 일이 없었다. 언제나 그렇듯 모든 일의 시작과 끝은 나 자신이었다. 마음을 쉽게 다잡지 못하고 설악산으로 향했다. 솔바람을 맞으며 친구와 긴 산책로를 거닐었다. 친구와 마음의 대화를 나누고서야 지난 몇 개월간 흐트러졌던 마음을 추스를 수 있었다.

돌이켜보니, 지난 수개월 동안 경제적 여유가 없어 주변 친구와 선후배에게 부담만 지우고 뭔가 일을 성사시키려고 애쓰면서 마음의 여유가 사라져버린 것을 알게 되었다. 비록 그럴 수밖에 없었던 그럴듯한 명분은 있었지만, 오로지 뭔가 되어야 한다는 강박관념에 사로잡혀 있었던 것이다. 자욱했던 마음의 안개가 서서히 걷히며 절실하게 깨닫게 된 것은 내가 바로 욕심의 구름에 싸여 있었구나 하는 것이었다.

이것이 나의 패인이었구나…….

오래전에는 이렇게 살리라 하고 결심했던 명분이 있었는데, 지금 무엇이 되는 데에만 집착하는 일은 결코 정도가 아님을 새롭게 확인했다.

비록 경선에 실패한 초보 정치인이 되고 말았지만, 현실정치에서 도덕적 가치와 원칙들이 매우 무력하다는 점을 깨달은 것이 소득이라면 소득이었다. 기득권을 고수하려는 정치권의 욕심과 고집도 생각 이상으로 완강했다. 그러나 원망 같은 건 없었다. 어떤 반칙이라도 해서 자리를 차지하거나, 반칙을 일삼는 사람들을 쉽게 용인하겠다는 마음 역시 없었다.

그저 흐트러짐 없이, 내게 주어진 일에 최선을 다하면서 이 땅과 이웃에 도움이 되는 삶을 살도록 노력하는 일만 남아 있었다. 내가 무엇이 되든 안 되든, 이 나라의 공의, 이 땅의 평범한 사람들이 바라는 상식과 원칙이 바로 서는 사회를 만들기 위해 있는 자리에서 최선을 다하는 삶을 살아가야 했다. 17대 총선에 출사표를 던지며 가졌던 초심 그대로였다. 보통 사람들이 좀더 편안하고 잘살 수 있는 세상을 만들기 위해서는 아직 가야 할 길이 남아 있었다.

그러나 마음과 다르게 경선이 끝나고 나서도 한동안 후유증에 시달려야 했다. 만나는 사람마다 후보가 되면 참으로 좋은 기회였을 텐데, 하는 아쉬움을 토로했기 때문이다. 어떤 분은 눈치 없이 자꾸 그 얘기를 반복하기도 했다.

그러다 참여정부와 다시 인연을 맺게 된 것은 노무현 정부 후반기가 시작되는 2005년 상반기였다. 내가 예고한 대로 참여정부의 교육정책은 다른 분야에 비해 유독 죽을 쑤고 있었고, 청와대에서도 이 문제를 해결하기 위해 불철주야 노력하고 있었다. 상황을 변화시킬 수 있는 길은 두 가지였다. 하나는 교육부 관료가 차지하고 있던 교육문화비서관을 혁신적인 인사로 바꾸는 일이었고, 다른 하나는 제2기 교육혁신위원회를 성공적으로 구성하는 일이었다. 나는 비서관의 유력한 후보자 중 하나로 추천되었다. 진심으로 내가 발탁되기를 바랐다.

나 스스로 학계나 교육현장에 대한 전문성은 물론, 전교조를 비롯한 교육운동 진영이나 정치권과의 소통 등 폭넓은 행동반경을 갖고 있다는 생각에서였다. 하지만 나는 마지막 단계에서 탈락되었다. 이후에 또 한 번의 기회가 있었지만 역시 최종 단계에서 탈락되었다. 아마도 내가 모르는 단점이 있었든지, 교육정책에 관한 전문성보다 더 중요한 요소를 기준으로 삼았든지 둘 중 하나였을 것이다.

내게 주어진 역할은 다시 교육혁신위원회를 새롭게 구성하는 나는 청와대로부터 교육혁신위원회 발족을 위한 준비를 해달라는 부탁을 받고 작업팀의 간사 역할을 맡았다. 나는 참여정부 교육정책의 핵심과제로 학교교육 혁신을 설정하였다. 5·31교육개혁 이후 진척이 없었던 교육현장의 변화를 중심에 놓고자 했던 것이다.

일이었다. 참으로 기구한 인연이었다. 기구의 이름을 정하고 초창기 설계를 했지만 승선하지 못하게 하더니, 이제 기울어가는 해를 보면서 중수를 담당하라는 것이다. 마음은 쓰렸지만 참여정부와 교육에 대한 애착으로 받아들였다. 위원회 구성의 윤곽이 그려진 후에는 실질적인 책임을 지는 선임위원이 될 뻔했지만, 이 역시 교육부의 완강한 반대로 무산되고 말았다. 교육부 정책에 대해 강도 높은 비판을 마다하지 않는 나를 껄끄러워했던 탓이다.

그러나 자리가 중요한 것은 아니었다. 2년 남짓한 기간 동안 교육혁신위원회 상임위원으로 참여해 여러 가지 일을 했고, 또 많은 경험도 하였다. 성과로 뚜렷이 내세울 만한 것은 많지 않지만, 교원정책 개선안, 그 가운데서도 수십 년 동안 손을 대지 못한 승진제도의 많은 부분을 개선하고, 교장공모제를 도입한 것에는 자부심을 가지고 있다.

교육혁신위원회 상근직을 마무리하고 2007년 여름에는 한국청소년정책연구원 원장 공모에 응모를 했다. 이전에도 한 번 실패한 적이 있었는데 이번에는 어렵지 않게 선임이 되어 8월 31일 곧바로 취임하였다. 참여정부가 처음으로 이종태를 배려했다고 주변에서 좋아했다. 연구원장 취임은 내게도 과분할 만큼 신분 상승을 의미하는 것이었다.

그러나 무엇보다 기뻤던 것은 유방암으로 항암치료를 받고 있던 아내에게 큰 위로가 되었다는 점이다. 마음의 안정은 신체 건강과 불가분의 관계이다. 더구나 억대에 가까운 원장의 연봉은 쪼들린 가계를 빠르게 회복시켜주었다.

| 경영자로서 새롭게 출발하다

한국청소년정책연구원 원장에 취임하면서부터 마음가짐은 물론, 행동과 사고방식 자체가 달라지지 않으면 안 되었다. 기관 구성원이 바라보는 지엽적인 입장을 뛰어넘어 전체의 균형을 중시하며, 기관 외부와의 관련을 고려해야 하기 때문이다. 운동이나 연구단체가 아닌, 재단법인의 경영을 실제로 해본 경험은 상임이사로서 사랑의 장기기증 운동본부 살림을 맡았던 것이 거의 전부였다. 우여곡절을 겪으면서도 원칙과 민주적 방식에 입각해 단체 운영을 어렵게 만들었던 몇 가지 요소들을 제거한 경험은 있지만, 2003년 하반기에서 이듬해 1월까지 7개월 동안이었으니, 경영에 있어서는 왕초보나 다름없었다.

나는 원장 취임사에서 시대 변화에 부합하는 청소년 정책의 수립, 국가출연 연구기관의 책무성 완수, 3방향 고객만족 경영을 핵심 원칙으로 제시하였다. 3방향 고객이란 정부와 청소년, 그리고 직원들을 의미하였다. 직원들의 만족도 제고와 관련해 특히 수평적 리더십과 자율성을 강조하였다. 물론 그것은 연구결과의 질에 대한 책무성을 전제로 하는 것인 만큼 듣기에 따라서는 다소간 압박으로 느껴졌을지도 모를 일이다.

왕초보 경영자였지만 비교적 두려움 없이 출발하였다. 국가출연 연구기관의 현실과 당면과제, 그리고 향후 개선 방향 등에 관해 누구보다도 잘 알고 있었기 때문이다. 한국교육개발원에 있을 때는 평연구원 시절부터 기관 운영의 개선 방향에 관해 많은 고민을 했고, 기획조정팀장으로 있을 때는 몇 가지 새로운 시도도 해보았다. 2007년 초 한국교육개발원에 혁신담당관으로 복귀했을 때는 기관 운영

개선이 나에게 주어진 주된 업무였다. 아울러 대통령직 인수위원회 시절 참여정부 청소년 정책의 밑그림을 그리는 데 주무 역할을 하기도 했다. 비록 상근 자문위원이었지만 당시 인수위원은 청소년 정책에 관한 한 전적으로 나에게 일임하였다.

그러나 세상의 이치가 다 그러하듯, 새로운 포부는 주관적 의지만으로 실현되는 것이 아니다. 취임 후 기관 운영의 현황을 파악하면서 내부적으로 오랜 기간 불안정한 리더십 상태가 유지되어온 탓에 운영체계가 제대로 구축되어 있지 않다는 것을 알게 되었다. 당연히 연구기관의 생명이라 할 수 있는 연구보고서의 질 관리도 제대로 되고 있지 않은 상태였다. 나는 직원들과의 정서적 거리를 좁히고 각자의 자율성 범위를 넓히는 한편, 느슨하게 관리되어온 업무처리 방식이나 연구보고서 질에 관해서는 긴장의 끈을 조일 것을 요구하였다. 일종의 충격 요법으로 연말에는 인쇄 결재를 위해 제출된 최종 보고서에 빨간 줄을 쳐 돌려보내기도 하였다. 그런 수준의 보고서로는 우리가 제대로 인정받을 수 없으니 분발하라는 뜻이었다. 아마도 속으로는 불만이 많았겠지만 겉으로 항의하는 사람은 없었다.

그런 와중에 기관 평가를 받게 되었다. 모든 국가출연 연구기관들은 매년 초 연구회에서 주관하는 큰 시험을 치르는데, 결과에 따라 이듬해 연구비나 기관장의 성과급을 차등 지급하기 때문에 경쟁이 치열한 편이다. 2008년이 되면서 나 역시 기관 평가에 관심을 쏟기 시작하였다. 물론 하반기에 취임했기 때문에 나와 직접적인 상관은 없었지만, 전반적으로 침체되어 있는 직원들의 사기와 자존감을 높이기 위해서는 성적을 올려야 했다. 사실 그동안 한국청소년정책연구원은 기관 평가에서 만년 하위그룹에 머물러 있었다. 다행히 직원들과의 합심 노력은 가시적인 성과로 나타나 만년 하위 그룹을 탈피해 중간 그룹으로 올라섰다. 그러면서 직원들과의 일체감을 조금씩 키워갈 수 있었다.

2008년은 내가 기관장으로서의 포부를 펼치는 사실상 첫해였다. 역점을 기울인 일은 크게 두 가지였다. 하나는 기관의 내실을 기하고자 연구의 질을 한 단계 끌어올리는 것이었다. 이를 위해 연구계획서 작성 단계부터 깊이 있는 문제의식을 갖도록 독려하고 시기별로 무엇을 어떻게 할 것인지 구체적으로 정하도록 요구하였다. 실행계획서 심의 때에는 서로 신랄한 비판을 요구하기도 했다. 물론 이미 관행화된 의식과 행동을 당장에 변화시키지는 못하겠지만, 지속적인 자극이 차츰 긍정적인 변화를 이끌어내리라는 확신에서였다.

또 하나의 역점 사업은 기관의 대외 위상을 높이는 일이었다. 이는 청소년 분야의 현실을 고려할 때 단지 한국청소년정책연구원 자체의 업적을 잘 쌓는다고 해서 달성되는 것은 아니었다. 청소년 분야의 학문적 체계가 확고하게 정립되어 있지 못했고, 정부 정책에서 청소년 분야가 차지하고 있는 비중이나 위상도 빈약했기 때문이다. 반면, 나는 잠재적으로 청소년 관련 정책이야말로 기존의 교육학이나 학교교육이 직면한 한계 상황을 돌파하는 좋은 통로가 될 수 있다고 판단하였다. 기존의 교육학이나 교육정책이 새로운 세대를 기성세대에 맞게 길들여야 한다고 본다면, 청소년학이나 청소년 정책은 청소년을 삶의 주체로 설정하고 있다는 점에서 탈근대적 사회의 특성에 부합한다고 보았던 것이다. 가설적인 생각이지만, 대안교육이라는 새로운 실천 영역에서 기존의 교육정책과 청소년 정책의 미래 지향적 만남이 가능하다고 생각하였다.

이런 생각을 바탕으로 청소년학을 새롭게 개념화, 체계화하고 대학의 청소년학과와 여러 종류의 청소년 관련 단체들을 새롭게 네

한국청소년정책연구원 원장에 취임하면서 마음가짐은 물론
행동과 사고방식 자체가 달라지지 않으면 안 되었다.
나는 원장 취임사에서 시대 변화에 부합하는
청소년 정책의 수립, 국가출연 연구기관의 책무성 완수,
3방향 고객만족 경영을 핵심 원칙으로 제시하였다.
3방향 고객이란 정부와 청소년, 그리고 직원들을 의미했다.

트워크화하고자 하였다. 이론과 실천적인 측면에서 청소년 분야의 힘을 결집시킴으로써 청소년 정책의 비중과 위상을 높일 수 있을 것이라 생각한 것이다. 그래서 다양한 청소년 분야 전문가들을 한자리에 초청해 토론회를 개최하기도 했고, 주요 기관장들과 상시적으로 교류하고자 하였다. 청소년 전문가들 역시 호의적으로 협력해주었다.

그러나 나의 의욕적인 시도들은 그 모습을 다 드러내기도 전에 내려놓아야 했다.

| MB정부, 숙명의 대결

그 사이 정부가 바뀌었다. 2008년 2월 말에 출범한 이명박 정부는 이전 정부의 합리적 관행을 뒤집고 임기가 보장된 공공기관장들을 강제로 내쫓기 시작하였다. 처음에는 문화부장관이 임명직 기관장들의 사표를 강요하더니 점차 다른 부처로 확대되었다. 급기야 4월에 들어서는 국가출연 연구기관장들에게까지 사표를 강요하기에 이르렀다.

이명박 정부가 출범할 즈음 주변의 몇몇 지인들은 무사하겠느냐며 나를 염려해준 적이 있었다. 나는 추호의 의심도 없이 무슨 일이 있겠느냐고 응답하였다. 역대 정부들도 그런 적이 없으며, 더구나 국가출연 연구기관장 임기는 출연연구기관법과 공공기관운영법에 의해 보장되어 있기 때문이다. 또 연구기관장 임명권은 정부가 아니라 형식상 민간인으로 되어 있는 재단법인 연구회 이사장이기 때문에 정부가 사표를 요구할 수도 없는 일이었다.

그러나 이 모든 합법적 장치들이 이명박 정부하에서는 무용지

물이었다. 마치 전쟁에서 승리한 점령군처럼 그들은 전리품을 챙기기에 혈안이었고, 또 전리품 앞에서는 원칙도 체면도 다 내던져버리는 파렴치함을 보였다. 그들은 법치를 전가의 보도처럼 휘둘러 평화적인 촛불 시위대를 억압했지만, 정작 스스로는 엄연히 살아 있는 법을 짓밟고 게걸스럽게 남의 밥그릇을 빼앗았다. 사장이 바뀌었다고 간부들에게 일괄 사표를 받는 사기업처럼 국가가 움직이고 있는 형국이었다. 게다가 애초 예정된 3년 임기를 확신하고 한국교육개발원을 사직하고 오면서 3년의 인생을 계획하고 온 것이나 다름없었으니, 개인의 인권 차원에서도 용납할 수 없는 일이었다.

법과 원칙을 무시하고 멋대로 공공기관장을 갈아치우는 권력은 이미 공권력이 아니라 사권력에 지나지 않았다. 그런 점에서 MB와 그 측근들은 권력을 사유화하고 있는 셈이었다. 권력의 사유화는 비단 공공기관장 인사에서만이 아니라 언론정책이나 심지어 민간단체 운영에 이르기까지 광범위하게 영향을 미치고 있었다. 참여정부 시절 걸핏하면 코드 인사라고 비판하더니, 입장이 바뀌자 불과 서너 달 만에 자기 사람들로 몽땅 물갈이를 해버린 것이다.

소문으로만 떠돌던 사표 제출 요구가 나에게 전해진 것은 4월 22일이었다. 당시 국무총리실 차장이 원장실로 직접 전화를 걸어왔다.

"어렵지만 사직서를 내주셨으면 좋겠습니다만."

"참 어려운 말씀을 잘도 하십니다. 검토해보겠습니다."

다소 화도 나고 흥분도 됐지만 직원들에게는 내색하지 않았다. 이미 이사장이나 다른 원장들에게도 사표 제출 요구가 전달되어 있었다. 당시 이종오 이사장은 나에게 참여정부의 자존심을 걸고 버티는 사람도 있으면 좋겠다는 의사를 표명하였다. 다만 자신은 이사장의 인사권을 부당하게 침해한 정부에 항의 표시로 먼저 사표를 제출하겠다는 것이다. 일주일 가까이 시간이 흘렀다. 나는 사표를 쓰지 않았다.

정부의 잘못된 인사정책은 개인적인 문제를 떠나, 연구기관의 안정성과 독립성을 위해 도입된 기관장 임기제를 무너뜨린 만큼 국가의 장래를 놓고 볼 때 불행한 일이었다. 그것은 사람들로 하여금 무엇이 옳고 그른지를 따지기보다 어떤 사람의 비위를 맞추어야 할지 먼저 생각하도록 할 것이기 때문이었다.

4월 28일, 애초의 계획대로 직원들과 상반기 워크숍을 가기 위해 분주한 아침, 다시 총리실 운영실장에게서 전화가 왔다. 공교롭게도 그는 고교 동창생이었다. 주초에 사표 제출 상황을 청와대에 보고해야 하는데 한 사람만 안 냈다고 보고하기는 어려우니 오늘 중으로 제출해달라는 것이었다. 나의 대답은 'No'였다. 그러고는 강원도 횡성의 숲체원으로 워크숍을 떠났다.

막 피어나는 산과 들의 봄 풍경들이 참으로 싱그러웠다. 그러나 나는 앞으로 어떻게 싸워야 하는가에 골몰하느라 제대로 감상할 수 없었다. 어떻게 알았는지 한겨레신문 기자가 전화를 걸어 사표 종용 여부와 향후 거취를 물었다. 나는 결국 모든 것이 공개될 수밖에 없음을 알고 기자에게 이명박 정부와 싸울 것이라 공언하였다. 워크숍이 시작되는 자리에서 직원들에게 상황을 설명하고 동요하지 말 것을 당부하였다. 다음날 한겨레신문에 이어 30일에는 KBS와 MBC의 9시 뉴스 등 여러 매체에서 나의 사표제출 공개 거부 이야기를 보도하였다. 오마이뉴스 기사엔 많은 분들이 격려 댓글을 달기도 하였다.

그후 한 달 동안 겉으로나마 평온한 날들이 유지되었다. 나 역시 아무 일 없다는 듯 일상적으로 업무를 처리해나갔다. 그리고 5월 30일, 드디어 올 것이 왔다. 연구회 사무처장이 원장실로 와 이제 더 이상 사표 처리를 미룰 수 없으니 협조해달라는 것이었다. 그의 전략은 회유였다. 사표가 수리되는 원장들 중 갈 곳이 없는 분들에게는 초빙연구원 채용 등의 길을 마련하고 있으며, 나에게는 원래의 직장으로 복귀시켜주겠다고 하였다. 나는 어떻게 사직을 한 기관에 다시 가겠느냐고 거절했다.

이 무렵 정부는 나를 굴복시키기 위해 여러 수단을 검토했던 것 같다. 이미 한 주 전부터 감사원은 한국청소년정책연구원에 대한 예비감사에 착수한 상태였다. 뒤에 누군가로부터 들은 일이지만 여권 내부에서는 나의 비리를 캐어 손을 봐야겠다는 말도 있었다고 한다. 그러나 나는 도무지 털어봐야 먼지밖에 나올 것이 없으니 두려울 게 없었다.

하지만 한 가지 앞에서는 의기소침하지 않을 수 없었다. 바로 기관 통폐합 방침이었다. 총리실의 고교 동창은 나를 만난 자리에서 분명하게 말했다. 지금 통폐합 계획을 세우고 있는데, 너의 기관같이 작은 곳은 그대로 유지될 가능성이 없다는 것이었다. 그렇게 된다면 나의 버티기는 닭 쫓던 개 지붕 쳐다보는 격이 되고 말 것이다.

이 과정에서 내 마음을 가장 약하게 만든 것은 직원들의 처지와 눈빛이었다. 정부와의 싸움을 공개 선언한 후 나를 대하는 직원들의 태도가 어딘가 모르게 달라졌다. 겉으로는 나를 응원하고 격려했지만 속으로는 불안한 기색이 역력했다. 이러다가 정말 기관이 통폐합이라도 된다면, 아마도 직원들은 나를 가장 원망할 것이다. 원장이 고분고분했다면 피할 수도 있지 않았을까 생각하겠지……. 이런 생각들이 꼬리를 물면서 내 마음은 차츰 정리해야겠다는 쪽으로 기울었다. 나 때문에 연구원들이 피해를 받게 할 수는 없었다.

마침 약해진 내게 달콤한 제안이 주어졌다. 한국교육개발원이 아닌 다른 연구기관의 선임연구위원 자리를 주선하겠다는 것이었다. 여러 날 고심 끝에 이 제안을 따르기로 하였다. 어차피 이명박 정부 하에서 내가 나서서 무엇을 하기는 어려울 테니 연구실 구석에 처박혀 그동안 읽지 못한 책이나 읽고 마음에 두고 있던 주제의 책이나 두어 권 써야겠다고 마음먹었다.

그리고 6월 10일 퇴근시간에 사표를 썼다. 취임 9개월 11일 만이었다. 그래도 자존심이 있어서 사직서의 내용을 '일신상의 사유로 사직서를 제출합니다'로 하지 않고 '피치 못할 사유로 사직서를 제출합니다'로 하였다. 너희들이 강제로 내라고 하니 더러워서 낸다는 항의 같은 것이었다. 사표는 그날 밤 수리되었다.

그러나 이후 다른 연구기관의 선임연구위원으로 발령을 내주겠다던 약속은 끝내 지켜지지 않았다. 모르긴 해도, 사직한 뒤에 언론과 인터뷰를 통해 정부를 비판한 것이 괘씸죄로 작용한 모양이다. 기관의 통폐합 방침도 유야무야되었다. 억울한 마음에 때로 '더 버티면서 싸울걸' 하는 생각도 들지만, 다시 평온을 찾은 직원들을 생각하면 역시 나의 선택이 최선이었지 않나 싶다.

다시 불의한 정권에 맞서며

다시 안양으로 돌아왔다. 우선은 극도로 피폐해진 마음을 회복하는 시간이 필요했다. 버스를 타거나 걸어서 가보고 싶은 곳에도 가고, 고즈넉한 산사에 들러 풍경소리와 스님의 법문에 취해보기도 했다. 다시 평범한 안양 사람으로 돌아온 것이다.

다시금 찾아온 야인의 생활을 어떻게 꾸려가느냐 하는 고민이 시작되었다. 경제적 고민을 비롯한 현실적인 문제들에 관한 것이었다. 고민의 끝은 '다시 광야에 서자'는 것이었다. 광야라고 표현은 했지만 그리 거창한 것은 아니다. 단지, 내일 끼니가 걱정되더라도 지금 주어진 상황을 의연하게, 그리고 담담하게 맞아들이자는 생각이었다.

6년 전 안양시장에 출마한 이래 잠깐씩을 제외하고는 경제적 곤란의 연속이었다. 그 덕에 적잖은 빚만 쌓이게 되었다. 하지만 손해만은 아니었다. 비록 학문적으로는 진전이 별로 없었지만, 오히려 세상을 보는 눈과 사람들과의 연은 다소나마 넓어지고 깊어졌기 때문이다. 다시 광야에 남겠다는 결심은 이런 자산을 사회를 위해 유익하게 쓰라는 하늘의 섭리인지도 모를 일이라며 스스로 위로하였다.

돌아보면 2008년은 한마디로 속상하고 착잡함을 넘어 분노에 가까운 한 해였다. 이미 대선 과정에서부터 그랬다. 상식으로 이해될 수 없는 일들이 인내심을 시험하면서 예견된 수순을 밟았다. 이명박 후보에 대한 국민들의 묻지 마 식 지지도 납득할 수 없었고, 어렵게 싸워 얻은 10년의 민주정권을 그렇게 무기력하게 넘겨주는 민주세력도 이해할 수 없었다. 이 모든 것이 민주세력과 노무현 정부에 대한 반감이자, 경제 살리기에 대한 국민들의 기대감 때문이었을 것이다.

나는 당시를 '홧김에 서방질'이라는 우리 속담에 비유하곤 하였다. 노무현 정부나 민주세력이 아무리 싫더라도 진실이라곤 도무지 찾아볼 수 없는 사람에게 모든 것을 맡기고 그 뒷감당을 어찌할 것인가, 억장이 무너지는 일이었다.

아니나 다를까, 그 예언 아닌 예언은 적중하고 말았다. 인수위원회가 구성되자마자 전 국민 입에서 강부자와 고소영이라는 말이 회자되었고, '오린지' 발언으로 사람들의 비위를 긁어놓았다. 이후 공공기관장 강제 사퇴를 시작으로 언론 장악, 촛불 시위 무자비 폭력 진압, 인터넷 감시와 규제 강화, 촛불집회 시민 검거, 유모차부대 협박, 종부세 유명무실화, 법인세율과 재산세 인하, 언론매체 겸영 허용, 재건축 완화, 그린벨트 해제, 출총제 폐지, 과거사 청산 중단, 역사교과서 강제 수정 지시, 4대강 삽질 예산 날치기 통과, 그리고 최근의 세종시 원안 폐기 등등……. 대한민국에 대한 자부심을 여지없이 짓밟아버린 폭거들이 쏟아져 나왔다. 나를 포함한 기관장의 물갈이는 그야말로 시작에 불과했던 것이다.

그러나 이 모든 것을 다 합한 것보다도 더 큰, 도저히 용서할 수 없는 죄가 있다. 바로 비극적인 노무현 대통령의 죽음이다. 불의한 정권과 보수세력은 전직 대통령을 온갖 거짓 설로 흠집을 내었을 뿐 아니라, 대통령이 평생 추구해온 가치와 인격의 존엄성을 무참하게 짓밟았다. 봉화산 바위 밑으로 몸을 던지신 대통령의 뜻을 다 헤아릴 수는 없지만, 이로써 불의한 정권의 더러운 음모는 표적을 잃고 구석에 움츠렸던 민주세력은 다시 어깨를 펴게 되었다. 하지만 존엄한 한 인간이자 대다수 국민이 존경하는 노무현 대통령을 죽음으로 내몬 정권과 그 충견으로서의 검찰과 보수 언론은 그 어떤 죄값으로도 용서받을 수 없을 것이다.

일주일 간 노 대통령 추모기간을 보내면서 나는 많은 생각을 하며 심경의 변화를 겪었다. 지난 2000년 여름 어머니가 돌아가신 뒤 이제 상주가 될 일은 없다고 생각했는데 예기치 않게 다시 상주복을 입게 되었다. 끝없는 조문 행렬을 보면서 속으로 수없이 흐느꼈다. 도대체 그 무엇이 노 대통령과 아무런 면식도, 이해관계도 없는 사람들이 이토록 끝도 없이 찾아오게 만든다는 말인가!

노 대통령님 영전에

하얗게 피어오르는 향불 뒤에서 환하게 웃으시는 대통령님 모습이 서럽습니다. 대통령님! 왜 거기 계신 겁니까? 지금 봉하마을엔 모내기가 한창인데 밀짚모자 쓰고 들에 나가 말추렴으로라도 거드셔야 할 때가 아닙니까?

대통령님, 보십시오.

홀연히 떠나신 당신의 빈자리를 온 국민이 눈물로 채우고 있습니다. 남녀노소를 불문하고 착하디착한 국민들이 백 리 천 리 길을 마다않고 당신이 누워 계신 봉하마을로 행진하고 있습니다. 서울역과 시청 앞에서는 새벽녘이 되어서야 당신께 미안한 마음을 담은 국화꽃 한 송이를 드리려는 행렬이 잦아듭니다. 그뿐인가요, 전국 방방곡곡에 마련된 분향소에서 그리고 인터넷과 신문, TV 화면을 보면서 고개 숙여 눈물을 뿌리는 분들의 수를 어찌 헤아릴 수 있겠습니까?

돌이켜보면 당신의 삶, 특히 당신의 정치 여정은 파란만장한 아웃사이더의 그것이었습니다. 남부러운 변호사가 되고서도 소외된 이웃을 위해 앞장서다가 옥고를 치르셨고, 청문회 스타로서 화려한 정치 입문을 하셨지만, 만년 금배지가 보장된 3당 합당 합류 대신 망국적 지역감정에 맞서는 정치적 험로를 택하셨습니다. 하지만 당신이 택한 길은 신기하게도 더 큰 기회를 가져왔고 결국은 이 나라 최고의 권좌인 대통령에 오르셨습니다.

아, 그러나 당신은 대통령이라는 자리에 안주하려 하지 않으셨습니다. 당신은 당신 자신과 가족의 안위보다 원칙과 상식이 통용되는 좀더 나은 세상을 만들고자 노심초사하셨습니다. 서민이 웃으면서 살 수 있는 세상, 권력기관의 횡포가 없는 국가, 부정부패가 없는 사회, 동과 서가 하나되고 남과 북이 힘을 합쳐 세계에서 당당한 위세를 떨칠 수 있는 대한민국을 꿈꾸셨습니다. 그러나 이 지당하기 이를 데 없는 꿈은 수많은 기득권 장벽에 부딪쳤고 당신께서는 그때마다 말할 수 없는 고뇌를 삼켜야 했습니다. 탄핵사건은 그 과정에 있었던 하나의 해프닝에 지나지 않았다고 해야겠지요.

길고도 길었던 5년.

당신께서는 아쉬움이 참으로 많으셨겠지만, 그리고 당신께 기대를 걸었던 많은 사람들의 실망도 작지 않았지만, 그래도 당신께서 재임하셨던 지난 5년은 행복했고 자부심을 가질 만했습니다. 여러 대내외적 여건 때문에 경제적인 성과에 대한 체감도는 높지 않았지만 우리 사회의 복지 수준이나 민주화, 청렴도 등은 크게 진전되었고 지역균형과 남북관계 발전을 위한 획기적인 전기를 마련했습니다. 정보화 기술에 의한 국정 운영에 남다른 노력을 기울이신 덕에 세계 최고의 전자정부를 구현하신 것을 아는 사람은 아마도 많지 않을 것입니다.

제 짧은 소견으로 나열한 이러한 업적만으로도 당신은 훌륭한 대통령이셨습니다. 오죽하면 많은 시민들이 반복하여 당신을 '나의 유일한 대통령' '영원한 대통령'이라고 조문록에 썼겠습니까? 그러신 분이 청와대를 나와 고향 마을로 돌아가셨을 때 온 국민이 환호했습니다. 최고의 권좌에서 내려와 평범하고 소탈한 시골 농부가 된 당신의 그 아름다운 모습을 보려고 봉하 마을에는 매일 수백 수천 명씩 관광객이 드나들었지요. 지난 늦가을 그 틈에 끼어 대통령님을 뵈었을 때 행복해하시던 모습이 눈에 선합니다. 유난히 학구적이셨던 당신께서는 식사 중에도 새로운 책과 이론을 말씀하시고 우리 사회를 한 단계 더 업그레이드하기 위한 방안들을 끊임없이 탐색하시는 열정을 보이셨습니다.

그런데, 누가 이 소박한 평화를 깨트렸습니까!

청천 하늘에 날벼락도 유분수지, 어찌 당신께서 몽매에도 놓지 못하던 더 나은 대한민국을 향한 꿈과 열정을 봉화산 부엉이 바위 아래 산산이 흩어버릴 수밖에 없었단 말입니까? 이 말도 안 되는 상황을 아무리 돌려 생각해도 도저히 이해할 수도 삭일 수도 없습니다. 망연자실을 넘어 주체할 수 없는 분노가 끓어오릅니다.

누가 말하지 않아도 우리 국민은 압니다. 권력의 끈을 다 놓고 평범한 서민으로 다시 돌아가 살고자 한 당신의 평화를 처참하게 짓밟은 자들이 누군가를……. 선의를 악의적으로 왜곡하고 은혜를 원수로 갚으며 거짓을 밥 먹듯 하는 악의 세력이 우리 사회에는 아직 너무도 왕성하게 존재합니다. 그들은 국민의 대다수인 힘없는 서민들의 간절하고 소박한 꿈에는 아무 관심이 없습니다. 오로지 극소수인 자기들이 우리 사회의 모든 자원과 특권을 독점하려는 데 여념이 없습니다. 그들은 당신의 소탈하지만 당당한 삶이 응어리진 서민들의 마음을 사로잡는 것이 두려웠을 것입니다. 어린 소녀들의 촛불조차 두려워 짓밟는 그들의 옹졸함과 막돼먹음은 끝내 당신의 순수한 영혼과 육체를 더 이상 이 땅에 머물 수 없게 만들었습니다.

아, 그러나 당신은 또다시 위대했습니다!

마치 십자가의 예수가 수많은 사람들의 마음속에 다시 살아나듯, 당신의 처절한 산화는 슬픔과 분노 위로 온 국민의 가슴 속에 다시금 희망을 되살리고 있습니다. 옹졸한 권력에 의해 망가져가는 국가를 보면서 실의로 가득하던 국민들이 이제 손에 손 맞잡고 불의에 맞서려는 기운을 모으고 있습니다. 전국 방방곡곡에 가득한 당신을 향한 추모의 열기는 이제 당신이 그토록 염원했던 평화와 번영의 새로운 대한민국을 만드는 열정으로 승화될 것입니다. 이 도도한 물결을 누구도 막지 못할 것입니다.

존경하는 대통령님,
아니 사랑하는 노짱 형님!

역사박물관 분향소 상주석에서 맞은 한 아주머니의 흐느낌에 가슴이 저밉니다. "잘 지켜드리지 못해 참으로 죄송합니다." 왜 진작 당신을 사랑하는 사람들이 좀더 지혜롭고 적극적으로 처신하지 못했나 자책이 앞섭니다. 하지만, 당신이 남기신 말처럼 미안함에 머물지 않겠습니다. 슬픔에 잠겨 있지만은 않겠습니다. 대신 당신께서 이루고자 했던 뜻을 이루기 위해 혼신의 힘을 다하겠습니다.

당신의 환한 미소가 한없이 그립습니다.
부디 편히 쉬십시오.

2008. 5. 28.
이종태 올림

추모 열기로 나타난 노무현 대통령에 대한 사모곡은 아마도 그의 삶에서 묻어나오는 진정성 또는 서민적 진솔함을 사랑했기 때문일 것이다. 그것은 누구나 친근하고 부담 없이 접근할 수 있도록 하며, 신분이나 지위의 벽을 쉽게 넘나들게 한다. 노 대통령의 등장으로 비로소 우리 사회에서 권력과 민간의 거리가 가까워질 수 있음을 많은 사람들이 확인할 수 있었다.

노 대통령의 죽음은 이 소중한 성과가 무너져내리고 있음을 의미하는 것이었다. 사람들은 이것을 육감으로 알고 있었다. 그들의 울부짖음은 억울하게 가신 대통령을 애도하는 것인 동시에, 이제 겨우 어렴풋하게 느끼기 시작한 사람 사는 세상이 다시금 불의한 정권에 의해 짓밟히고 있음을 안타까워하는 것이었다.

국민장 기간이 끝나고 나서 나는 깊은 고민에 빠지지 않을 수 없었다. 2004년 총선 출마에 실패한 뒤에는 다시는 정치를 하지 않겠다고 다짐했다. 그러나 이명박 정부와 보수세력의 불의하고도 안하무인 격 행태를 이대로 둘 수 없다는 생각이 고개를 들기 시작하였다. 무엇보다 그로 인해 우리 사회의 밝은 기운이 흐려질 뿐 아니라, 철저하게 가진 자들 위주의 정책으로 사회 분열을 심화시킨다는 점 때문이었다.

동시에 그들은 과거 민주정부의 성과들을 무조건 부정함으로써 역사의 수레바퀴를 과거로 돌리고 있었다. 대운하 또는 4대강 거발에 대한 집착에서 보듯, 미래 디지털 사회를 향해 나아가기보다는 과거 아날로그 사회를 향해 가속 페달을 밟고 있는데, 그것은 발전이 아니라 지난 정부들이 애써 마련한 발전 기반조차 거덜내는 행위나 다름없었다.

내가 다시 정치를 하겠다는 결심은 쉽지 않았다. 생계를 꾸리면서 정치활동에 필요한 비용을 조달하는 것이 가장 큰 장애물이었다. 물론 이전에 경험했듯이 기존 정치권의 벽을 뚫고 들어가는 것 역시 적지 않은 과제였다. 하지만 이러한 현실적인 장애 외에도 더 근본적인 문제와 씨름하였다. 내가 평생 짊어지고 있던 문제, 즉 '어떻게 살 것인가'였다.

이제 내 나이 오십대 중반. 앞으로 건강이 허락한다고 해도 활발하게 활동할 수 있는 기간은 고작 10년 정도이다. 아이들의 장래를 위한 기반을 마련해야 한다고 보면 그것만으로도 벅찬 기간이다. 그러나 그렇게만 살 수는 없었다. 내가 실패를 거듭하면서도 포기할 수 없었던 목표는 좀더 좋은 세상, 가진 것 없고 힘없는 사람들이 소박한 행복과 웃음을 나누며 살 수 있는 세상을 만드는 것이다. 그것은 바로 노 대통령이 염원했던 '사람 사는 세상'과도 일맥상통한다. 나의 남은 생애에서 이러한 목표를 향해 얼마나 나아갈 수 있을까.

쉽게 결론을 내릴 수 없었다. 신의 지혜를 구했다. 한두 해 전부터는 다시금 젊었을 때의 신앙심을 회복해야겠다는 생각에 나름대로 교회 출석과 봉사에 열심을 내고자 하던 터였다. 한동안은 새벽기도회에 나가 무릎을 꿇고 기도를 했다.

주여, 제가 어떻게 살아야 하겠습니까? 저의 존재와 삶에 대한 주님의 참뜻은 어디에 있습니까? 저의 정치 참여가 이 세상을 향한 주님의 뜻을 이루는 데 도움이 된다면, 주여 길을 허락하소서. 그러나 이 모든 생각이 저의 욕심을 채우기 위한 것이라면 어떤 방식으로든 제 길을 막아주소서.

여름이 가고 가을이 올 무렵, 내 마음은 정치에 몸을 싣는 쪽으로 기울었다. 구체적으로 어떤 일을 할 것인지는 차츰 결정하기로 했지만, 불가피한 상황이 아니라면 앞으로 10년 동안은 정치 현장에 몸담고 어떤 일이든 내가 추구해온 더 좋은 세상을 만들기 위해 필요한 일을 하기로 하였다. 어차피 정치를 하는 목적은 명예나 권력을 위한 것이 아니라 더 좋은 세상을 만들기 위한 것이다. 그러니 대의를 위해 필요하다면 어떤 선거든 나갈 수 있고, 다른 사람의 선거를 돕거나 지역의 올바른 정치세력 형성을 위한 일에 헌신할 수도 있을 것이다. 이러한 결심의 결과가 어떤 것이었는가에 대해서는 10년 뒤에나 판단할 수 있을 것이다.

물론 나 하나가 정치에 참여한다고 해서 세상이 달라지고 혼탁한 정치가 맑아진다고 기대할 수는 없다. 아무리 흙탕물이라고 해도 맑은 물을 섞으면 조금은 맑아지기 마련이다. 나 혼자서는 안 되지만, 나 같은 사람이 많아지면 우리 정치도 점차 사람이 마실 수 있는 2급수 또는 1급수 수준으로 바뀔 것이라는 희망을 품는다.

2부
미래
한국교육의
길을 묻다…

프롤로그

1부에서 서술했듯이 교육은 내 젊은 날의 고민과 방황의 삶 속에서 우연히 접하게 된 분야이다. 최근 수없이 터져나오는 교육문제들을 접하며 과연 해답이 있는 것일까 하는 회의를 갖기도 한다. 하지만 '교육'은 이십대 초반에서 오십대 초반에 이르는 30년 동안 내 삶을 이끌어온 주요 축 가운데 하나이다. 나는 미생물 연구 대신 교육학을 전공으로 택한 것이 정말 잘한 일이라고 믿어왔고, 또 교육 운동 분야나 정부 정책 개발 분야에서 나름대로 열심히 일하였다. 많은 연구보고서를 쓰고 여러 편의 학술논문과 저서도 발간하였다. 또 다양한 대안교육 현장과 인연을 맺고 교육 발전을 위해 힘을 보탰다. 그 결과 비록 널리 자랑할 만한 것은 없지만 내 이름은 학계나 정부,

"

많은 교육현장에서 제법 알려져 있는 편이다.

젊었을 때는 교육이 세상을 구원할 수 있는 강력한 힘이라고 생각했었지만, 지금은 이런 믿음이 약해졌다. 학교와 공교육제도라는 틀 속에서 이루어지는 기존 교육은 변화에 둔감할 뿐만 아니라 때로 변화를 거부하는 특성을 내포하고 있다는 점을 깨달았기 때문이다. 물론 한 사람의 생각과 가치관을 올바른 방향으로 변화시켜 전혀 새로운 삶을 영위케 할 수 있다는 교육 본래의 장점은 여전히 유효하다는 생각이다. 따라서 나는 여러 해 전부터 어떻게 하면 교육을 기존의 제도적 틀 속에서 벗어나게 만듦으로써 교육 본래의 힘을 회복시킬 수 있는가에 관심을 기울이고 있다. 이런 교육을 흔히 '대안교육'이라고 하기도 한다.

2부에 실린 글들은 이러한 관심이 집약되어 있다. 대부분은 여기저기에 내놓았던 것을 일부 고치고 다듬은 글들이어서 때로 연결이 어색하고 딱딱할 수 있다.

전체적인 구성은 다음과 같다. '학교교육 제도의 특성'에서는 산업사회와 근대국가라는 근대 공교육제도의 형성 배경을 통하여 학교교육의 특성을 이해하고, 그것이 탈근대적 사회 변화에 직면하면서 갖게 된 위기적 성격을 설명하고자 하였다. 더불어 우리의 학교교육은 식민지와 분단이라는 경험을 가지고 있고 그것이 과도한 경쟁과 서열화로 이어지게 되었다는 점을 지적하고 있다.

다음에는 한국교육의 현주소를 보여주는 몇 가지 단면들을 제시했다. 최근 쟁점이 되었던 조기유학이나 국제중학교 문제, 일제고사, 외고와 특목고 문제 등이 그것이다. 특히 이명박 정부 초기의 교육정책 난맥상을 지적한 글을 덧붙였다.

마지막 챕터에서는 희망적인 미래교육의 방향을 모색해보고 한국사회가 밝은 미래로 가는 가장 중요한 통로는 바로 교육이다.

내가 생각하는 교육이란 순응을 강요해온 기존의 교육 시스템에서

벗어나 우리 아이들이 스스로 삶의 주인이 될 수 있도록 키워내는 것,

우리 아이들이 좀더 큰 세상에서 자신의 모양과 크기로 자유롭게

자라는 것이다. 이러한 희망이 현실로 이루어질 때

우리 아이들은 행복한 꿈을 꿀 수 있을 것이다.

자 하였다. 미래사회가 요구하는 인간상이란 어떤 것이며 그러한 인
간상을 양성하는 미래교육의 방향은 어떤 것인지, 그리고 한국교육
의 대안을 어디에서 찾을 것인지 등을 논의하였다. 마지막 부록에 덧
붙인 글은 최근 우리 사회에서 논의되고 있는 새로운 진보의 의미에
대해서 다루고 있다.

1.
학교교육 제도의 특성

최근 여러 곳에서 학교교육에 대한 불만의 소리를 듣는다. 많은 사람들이 학교가 잘못 가르친다고 불평하면서 아이들을 사설학원으로 보내고 있고, 소수 부유한 사람들은 학교가 아이들을 개별적으로 보살피지 않는다는 이유로 조기유학을 보낸다. 또 다른 소수는 아예 학교교육을 외면하고 대안학교나 홈스쿨링을 찾기도 한다.

왜 이런 문제가 생긴 걸까? 오늘날의 교사들이 과거에 비하여 실력이 낮아졌는가? 아니면 학교시설이나 예산이 예전보다 못한가? 아니다. 오히려 교사들의 학력이나 재정적 여건은 훨씬 좋아졌다. 그럼에도 불구하고 학교교육에 대한 불만의 소리가 점점 높아지는 이유를 어디에서 찾을 수 있을까? 혹자는 정부의 정책 실패 때문이라고 진단하기도 한다. 하지만 잘해보겠다고 엄청난 예산을 투입하고 수많은 전문가들을 투입하며 매년 시행된 정책에 대하여 평가를 하는데도 정책이 계속 실패한다고 볼 수 있는가? 게다가 교사와 마찬가지로 공무원들의 지적 수준도 갈수록 좋아지고 있다.

그렇다면 답은 한 가지이다. 나는 오래전부터 우리의 학교교육이 직면한 문제들은 사회 변화와 기존 학교체제의 불협화음에서 비롯되었다고 진단하고 있다. 즉, 사회는 빠르게 변화하는데 학교는 그 자리에 그대로 서 있거나 아주 느리게 변화하기 때문이라는 것이다. 아이가 자라면 새 옷을 사 입혀야 한다. 옛날 옷은 작고 낡아 불편하기 때문이다. 다음 글에서는 이런 관점에서 우리에게 익숙한 학교교육이 본래 어떤 것이었으며, 시대 변화 속에서 어떤 점이 문제이고 달라져야 할 것인지 살펴보고자 한다. 예전에 써 놓았던 글의 일부를 다듬은 것이어서 다소 어렵고 딱딱하리라 생각된다. 독자들의 아량을 구한다.

| 공교육제도의 형성 배경

현재 우리에게 익숙한 공교육제도는 근대의 산물이다. 즉, 서구 근대사회의 형성 과정에서 서서히 등장하여 틀이 만들어지고 정착되어 오늘에 이른 것이다. 따라서 근대 이전의 교육과 확연히 다르며, 마찬가지로 근대 이후에는 또 다른 것으로 전환될 것이라 예상할 수 있다. 달리 말하면 지금 우리가 익숙하게 알고 있는 공교육제도란 긴 역사 속에서 보면 매우 제한된 생존기간을 갖는 유한한 제도에 불과하다는 것이다. 그것이 형성되는 주요 배경으로는 다음과 같은 세 가지를 들 수 있다. 그 형성 배경은 근대 공교육제도의 중요한 특성과 관련이 있다.

첫째, 시민혁명이다. 17세기 영국을 필두로 다음 세기까지 진행된 유럽의 시민혁명은 14, 15세기부터 진행된 중세사회의 해체를 완성하여 새로운 사회로 전환되었음을 선언한 것이었다. 정치적으로는 군주의 지배가 인민의 지배(정확하게 말하여 부르주아 지배)로 전환되었으며, 사회적으로는 신분제 사회에서 만인평등의 사회(적어도 법적으로는)로 이행한 것이었다. 교육적으로 보면 이전의 특정 신분에 속한 소수에게만 열려 있던 교육기회가 모든 사람들에게 개방되었다. 물론 실질적인 교육기회의 평등이 실현되기 위해서는 시민혁명이 완성된 이후에도 많은 시간이 더 흘러야 했지만 적어도 이념적, 법적으로는 모든 사람을 위한 교육의 필요성이 주장되고 강조되었다.

둘째, 산업혁명이다. 산업혁명 역시 15세기 지리상의 발견이나 종교개혁, 그리고 이후의 계몽주의 등 오랜 준비 과정을 거쳐 등장한 근대 과학의 발달이 산업 생산에 적용된 결과이다. 이 과정에서 눈에 잘 띄지는 않지만 매우 중요한 변화로 꼽을 만한 것이 바로 정신세계의 변화이다. 흔히 서양 중세에서 근대로의 이행을 신의 지배에서 인간 중심(이성이 지배하는) 세계로의 전환이라고 표현하는데, 이를 달리 표현하면 내세보다는 현세를 중시하고 형이상학보다는 형이하학을 우선시하며 정신세계보다는 물질세계를 선호하게 되었다고할 수 있다. 교육적으로는 자유교육 전통에서 중시하는 이론과 개념 중심의 지식에서 실제 사회의 유용성을 중시하는 실용주의적 지식으로 중심이 옮아갔다고 할 수 있다.

이와 관련되어 교육에서는 또 다른 중요한 변화가 일어났다. 하나는 교육 내용의 변화이다. 산업혁명 이전에는 교육을 통해 배우는 것이 주로 통치자의 자질과 덕목에 관한 것이었다. 서양의 7자유학과라는 것이 혹자는 최고의 교양이라고 하지만 달리 보면 그것은 먹고사는 일에서 자유로운 유한계급이 자신의 권력을 유지하는 데 필요한 당시의 유일한 무기이자 수단이었다고 할 수 있다. 동양의 경전 내용도 마찬가지이다. 그러나 시민혁명 이후에는 모든 사람이 스스로 먹고사는 문제를 해결해야 했기 때문에 이제는 교육 내용이 실용성을 가질 수밖에 없다. 오랜 시간이 걸리기는 했지만 중세까지 핵심 교과였던 7자유학과들이 18세기를 거치면서 거의 전부가 근대적인 교과들로 바뀌게 된 것은 이런 관점에서 이해될 수 있다.■

다른 하나는 교육의 기능상 변화이다. 종래에는 교육이 특정 신분의 소수만을 대상으로 하였으며, 따라서 그것은 곧 지배자를 훈련시키는 기능이었으나 이제는 모든 사람을 대상으로 한다. 따라서 다수의 피지배자, 즉 산업사회의 노동자를 훈련시키는 기능을 담당하였다. 이것은 교육이 심오한 철학이나 자유로운 사고보다는 단순한 기술과 행동양식을 반복 훈련을 통하여 습득하도록 하는 데 주안점을 두게 되었음을 의미한다. 물론 근대교육 역시 지배자(달리 말하면 지도자)를 기르는 역할도 수행해야 한다. 이는 능력주의라는 이름 하에 지속적인 선별 과정을 통하여 이루어진다. 물론 이것이 지배계급 간 카르텔에 의해 사실상 승자가 이미 정해진 게임에 불과하다는 재생산 이론의 지적은 여전히 설득력이 있다. 다만 아주 희박하기는 하지만 대의명분으로 내세운 능력주의가 계층 간 이동의 여지를 만들어주고는 있다.

셋째, 근대국가의 등장이다. 근대국가란 탁월한 무력으로 주

■ 물론 이처럼 새롭게 등장한 근대의 실용적 교과들도 시간이 흐르면서 종래의 자유학과들처럼 실용성보다는 이론적 측면을 강조하고 마치 그것이 그 교과의 본래적 특성인 양 포장하게 된다. 이는 학자 집단 내의 헤게모니와 같은 내적 동학(dynamics)의 결과이지만, 결과적으로는 자유교육 전통이 지금까지도 이어지게 만든 주요인이다(이종태 외, 2006).

변 지역을 정복하여 전제권력을 휘두르는 고대 국가나 신분과 종교
적 권력을 배경으로 하여 일정한 권력을 행사하던 중세 국가와는 달
리, 이른바 인민주권의 이념을 바탕으로 하나의 공동운명체를 의제
적으로 형성하여 실질적으로는 산업혁명 이후 팽창 일로에 있던 자
본과 시장을 보호하려고 했던 정치적 주체를 말한다. 거의 단일한 종
족으로 구성된 우리의 경우에는 민족과 국가의 개념이 분리되기 어
렵지만 복잡한 여러 종족이 어우러져 살던 유럽에서 여러 종족들을
하나로 묶어 국가를 세우기 위해서는 이질적인 구성원들을 하나의
단일한 대오로 묶기 위한 이데올로기가 요구되었다. 그것이 바로 '국
민'(nation=민족)이었다. 민족주의(nationalism)를 종족에 기초한 개념
이 아니라 자본주의 발달 과정과 연관시켜 이해해야 한다는 주장은
여기에 근거를 두고 있다.

'국민' 혹은 '민족'이라는 의제적 공동운명체를 만들어내는
가장 유력한 수단은 바로 '교육'이었다. 교육은 다양한 배경과 특성
을 지닌 구성원들에게 통일된 내용과 가치관을 학습시킴으로써 동질
성을 키우고 공동의 목표를 지향하도록 의식을 통일시킬 수 있었기
때문이다. 이러한 효과를 극대화하기 위해서는 국가의 모든 구성원
이 교육에 참여해야 한다. 여기서 의무교육이라는 정책이 등장한다.
물론 노동운동이 발전하는 과정에서 노동자의 권리를 확보하기 위한
수단의 하나로 국가가 모든 노동자 자녀에게 일정한 교육기회를 제
공해야 한다는 요구가 제기되었는데, 이것을 오늘날의 의무교육제도
의 원천으로 보아야 한다는 시각도 있지만, 이것은 우선순위에서 보
면 후순위라고 할 수 있다. 프로이센 제국의 빌헬름 1세나 그 아들 프
리드리히 대제의 조치(또는 훨씬 앞선 종교개혁가 루터의 의무교육론)에
서 알 수 있듯이 의무교육의 주체는 국가이며 인민은 국가가 제공하

는 교육을 받아 '착실한 신민'(혹은 국민)이 되어야 할 의무를 지닌다.

| 공교육제도의 특징

근대 공교육제도의 성격은 이상과 같은 배경에 의해 결정된다. 그것은 적어도 외형적으로는 모든 사람에게 기회가 개방된다. 즉, 신분이나 성별, 인종 등에 의해 차별받지 않고 누구나 자신이 원하는 교육을 선택하여 제공받을 수 있는 권리를 갖는다. 이른바 보통교육 시대가 열린 것이다. 다만, 교육기회를 누리는 데 필요한 경제적 부담은 부모의 몫이다. 이는 실질적인 교육기회가 경제적 능력에 따라 제한될 수 있음을 의미한다. 무상교육제도는 이러한 한계를 최소한으로 줄이기 위한 장치이다. 따라서 그것은 흔히 평등교육을 위한 가장 바람직한 제도로 간주된다. 다수 빈민을 위한 무상교육의 실현은 근대 초기의 노동운동이 가장 중요시하던 목표 가운데 하나이다.[■] 오늘날까지도 평등교육을 중시하는 사람들은 무상의무교육제도의 확대 필요성을 강조한다. 그러나 무상교육이 많은 나라에서 실현된 시기는 20세기 중반 이후이다.

그런데 보통교육의 다른 얼굴은 값싼교육이다. 소수의 선발된 인원이 아니라 다수 대중을 상대로 하는 교육이기 때문에 학습자 하나하나의 특성을 배려하기 어려우며 표준화된 내용과 방법으로 정해진 시간에 최대의 능률을 발휘할 수 있는 방식을 선호하기 때문이다.

■ 주지하다시피 보울즈와 진티스는 무상교육조차도 노동계급보다는 자본가계급의 이해관계에 더 부합하는 제도였음을 19세기 중반 매사추세츠 주의 사례를 통해 주장하고 있다.

이것은 산업혁명 이후 정착되기 시작한 대량생산체제의 특성과 호응한다. 공장에서 똑같은 제품이 쏟아져 나오듯이 학교에서도 표준화된 의식과 상식, 태도를 가진 노동력이 쏟아져 나온다.

산업사회에서 필요한 노동자는 기본적인 지식과 능력(skill) 이상의 것을 요구하지 않는다. 그러나 매우 엄격하게 요구되는 덕목이 있다. 그것은 시간과 규율을 엄격하게 지키는 것이다. 이것은 오랜 기간을 두고 습관화되어야 한다. 오랜 기간 격리된 공간에서 집단생활을 훈련시키는 학교교육은 이런 덕목을 습득하는 데 최적의 조건을 구비하고 있다. 학교 역시 관리의 용이함 때문에 마치 군대 조직처럼 다수의 학생들을 연령별(학년) 및 소집단별(학급)로 나누어 조직하고 있다. 이 속에서 학생들은 자신의 고유한 빛깔을 잃어버리고 체제 순응적인 존재로 길들여지게 된다.

이러한 근대 공교육제도를 유지하고 있는 중심적인 요소는 다음 네 가지를 들 수 있다.

첫째, 국가권력이다. 근대 공교육제도는 국가권력과 분리하여 생각할 수 없다. 달리 말하자면 근대 공교육제도는 그 자체가 국가기구이며 그 운영은 곧 국가권력의 작용이다. 여기서 가장 중요한 것은 공교육제도의 작동 방식을 제도화하는 것이며, 동시에 제도의 운영에 필요한 각종 지원을 하는 것이다. 제도화는 법적 근거의 마련을 의미하며 제도의 운영을 위한 지원은 각종 행정기구의 동원과 필요한 예산의 공급을 의미한다. 보통교육을 지향하는 근대 공교육제도는 막대한 인적, 물적 자원을 필요로 하기 때문에 사실상 국가가 아니면 그 운영이 불가능하다. 아울러 개인은 자신이 비록 원하지 않더라도 공교육제도에 편입되지 않을 수 없다. 그 이유는 부분적으로는 의무교육이라는 강제 조항에 의해, 또 부분적으로는 공교육제도 외의 대안적 통로가 사실상 없기 때문이다. 그런 점에서 최근 전 세계적으로 점차 확산되고 있는 대안적 교육체제에 대한 선호도는 근대 공교육제도의 근원적인 위기 양상의 단초라 할 만하다.

둘째, 관료체제이다. 막스 베버가 말한 대로 무사성과 합리성을 근간으로 하는 관료체제는 근대 국가의 고유한 산물이다. 중앙에서 결정된 내용을 효율적으로 집행하고 거대한 국가 사무를 체계적으로 관리하기 위해서는 정해진 원칙에 따라 일사분란하게 움직이는 관료체제가 필수적이다. 대규모 학생 집단을 대상으로 이루어지는 공교육제도 역시 마찬가지이다. 전국의 다종다양한 학생들을 국가가 필요로 하는 의식과 능력을 갖춘 인적 자원으로 만들어내기 위해서는 중앙에서 지방, 지방에서 지역, 지역에서 학교로 이어지는 위계조직을 이용해야 하며 나아가 교육 내용이나 방식 등을 전국 수준에서 표준화시켜 적용해야 하기 때문이다. 그러나 필연적으로 개인보다는 전체가 강조되고, 따라서 개성이나 독창성보다는 획일성이 우선시되는 이러한 방식은 소품종 대량생산이 주종을 이루는 산업사회와 어울릴 뿐이다. 이는 거시적인 사회 변화에 따라서는 관료체제에 의존하여 운영되는 공교육제도에 근본적인 동요가 올 것임을 시사한다.

셋째, 거대한 교사 집단이다. 교사는 원칙적으로 가르치는 사람이다. 가르침이란 교사와 학생의 인격적인 일대일 만남을 통해 이루어진다. 하지만 근대 공교육제도에서 교사는 단지 가르치는 사람이 아니다. 그는 가르칠 뿐만 아니라 거대한 관료체제의 일원으로 국가라는 거대 조직의 신경과 근육이 되어 국가의 의사를 학생에게 전달하고 학교라는 말단 조직을 통하여 국가의 의지를 관철시키는 역할을 수행한다.

이러한 구조 속에서 교육이란 철두철미하게 교사 중심으로 이루어질 수밖에 없다. 정확하게 말하자면 교사 중심이라기보다는 교사를 대행자로 하는 성인사회, 나아가 기존의 지배집단이 주도하는 국가 중심의 교육이다. 따라서 학생(학습자)의 의견이나 특성이 있는 그대로 수용될 가능성은 구조적으로 차단된다(아주 우연적으로 교사 개인 차원에서 그러한 교육이 시도될 수는 있다). 그것은 관료체제에서 비롯되는 획일적이고 경직된 교육의 또 다른 측면이다.

넷째, 교육과정이다. 본래 교육과정이란 체계적인 교육의 핵심적인 내용 요소라고 할 수 있다. 그것은 무엇을 어떤 순서로 배워야 할지, 배운 것을 어떻게 확인해야 할지 등을 포함하고 있기 때문이다. 그런데 근대 공교육제도의 교육과정은 이런 일반적인 의미를 넘어 좀더 특수한 성격을 지니고 있다. 그것은 교육과정의 핵심 내용이 근대 학문을 기반으로 하는 교과지식으로 구성되어 있다는 점이다. 이것은 이중적인 뜻을 담고 있다. 하나는 근대 공교육제도의 교육과정이 주로 지식 중심으로 되어 있다는 것이고, 다른 하나는 그 지식의 내용이 근대적 학문에 기반을 두고 있다는 것이다. 여기서 중요한 것은 근대 학문의 성격이다.

근대 학문이란 근대 이전의 형이상학적 기반을 탈피하여 관찰과 실험, 합리적 추론 등을 바탕으로 새롭게 성립된 지식체계이다. 그것은 계몽사상 이후 체계화된 현세적이고 인간 중심적인 사유체계이며 흔히 '이성'이나 '합리성'을 핵심적 기반으로 한다. 나아가 그것은 '과학'이라는 말과도 내포가 같다. 독일어의 'wissenschaft'에서 볼 수 있듯이, 학문과 과학은 근대적인 맥락에서는 동의어이다. 과학적이지 않으면 학문일 수 없으며 학문적 지식은 과학적 원리를 떠나 성립할 수 없기 때문이다.

이러한 근대 학문이 궁극적으로 추구하는 바는 무엇인가? 그 미래사회가 요구하는 인간상은 어떤 것일까?

올바른 아이로 키울 수 있는 미래 교육 방향은 어떤 것일까?

한국교육의 미래를 위해 어떤 노력을 기울여야 할까?

한국교육의 미래를 위한 노력과 실천은 계속되어야 한다.

것은 인간의 물질적 욕망을 극대화하고 이를 충족시키기 위한 노력이라고 할 수 있다. 달리 말하자면 근대 학문의 본질은 실용성에 있다고 할 수 있다. 동서양을 막론하고 근대 이전의 학문은 인격의 완성이나 신적 세계의 도달 등이 궁극적인 목표였던 반면, 근대 학문은 인간의 현세적인 욕망을 충족하는 데 있다는 것이다. 따라서 흔히 학문 연구를 심오한 진리의 탐구라고 표현하지만, 그것은 중세 이전의 학문에서 유래한 표현이며 근대 학문에는 어울리지 않는다고 할 수 있다.

따라서 근대 공교육제도가 지난 2세기 남짓한 세월 동안 인류 사회의 발전에 지대한 공헌을 했다는 말은 주로 물질문명의 융성에 기여했다는 의미로 이해되어야 한다. 뒤집어 말하면, 근대 공교육제도는 인류의 물질적 풍요와 생활의 편리함을 가져오는 데 지대한 공헌을 한 동시에, 오늘날 온 인류가 자각하고 있는 전 지구적 생태위기와 그로 인한 각종 질병과 재앙에 시달리게 만드는 데에도 큰 책임이 있다는 말이기도 하다. 오늘날의 그러한 위기에 대한 책임을 자연을 무분별하게 착취해온 근대산업에 돌리는 것 이상으로 근대 공교육제도에도 돌릴 수 있다는 것이다.

| 공교육제도가 직면한 문제들

이상에서 살펴본 근대 공교육제도는 다음과 같은 총체적 위기에 직면해 있다.

첫째, 정당성의 위기이다. 앞에서 본 대로 근대 공교육제도는 평등의 동기보다 자본 주도의 산업 발전에 필요한 노동력 확보라는 동기에 더 크게 의존하였음에도 불구하고 교육기회의 확대가 사회적 불평등을 완화시킬 수 있다는 이데올로기를 바탕으로 계속 확대되었다. 대를 이은 가난에도 불구하고 학교교육을 받은 결과 중산층의 일원으로 계층 상승하는 사례가 심심치 않게 보고됨으로써 이러한 이데올로기는 많은 사람들에게 강한 믿음으로 각인되기도 하였다. 그러나 이것은 하나의 신기루에 불과함이 1960년대 후반 이후 일련의 재생산 논의에 의해 입증되었다. 더구나 모든 나라에서 교육기회가 확대되고 교육에 대한 투자가 조기화, 복합화되면서 성적에 의한 단순 경쟁이 종합적 능력 경쟁으로 바뀌고 이에 따라 저소득층 자녀가 학교교육을 통해 계층 상승할 수 있는 기회는 갈수록 줄어들고 있다. 학교에서의 경쟁은 이제 천부적인 능력에 의한 경쟁이 아니라 후천적인 능력, 즉 부모의 경제력과 지적, 문화적 안목에 의존하는 경쟁으로 변모함으로써 학교교육에 대한 의존도가 높을수록 학교체제에 의한 불평등 구조의 유지는 더욱 확연하게 드러나고 있다. 이것은 도덕적인 면에서 평등 원리에 정당성의 근거를 두고자 했던 근대 공교육제도에 대한 파산 선고와 다름없다.

둘째, 효용성의 위기이다. 도덕적 정당성의 상실에도 불구하고 세계의 근대 공교육제도는 1970~80년대에도 크게 흔들림 없이 지속적으로 확대, 성장하였다. 그 이유는 간단하다. 공교육제도가 여전히 사회적인 효용성을 유지하고 있었기 때문이다. 사회적인 효용성이란 공교육제도를 통하여 기존의 산업사회에 필요한 인력이 공급되고 그것이 경제성장을 지속적으로 지지할 수 있었음을 의미한다. 달리 말하자면 근대산업의 소품종 대량생산체제가 1980년대 중반까지는 경제 발전의 주축으로 유지되었다는 이야기이다.

그러나 이러한 상황이 1980년대 후반에 이르러 달라진다. 정보화, 지식기반사회가 본격 전개되면서 종전의 규격화, 표준화된 인재는 별 쓸모가 없어지고 오히려 학교의 영향력을 덜 받은 주변부 출신 인재가 선호되는 경향이 나타나기 시작하였다. 이에 따라 교육은 물론 산업사회에 대하여 가지고 있던 학교 및 공교육제도의 위세와 영향력은 점진적으로 약화되고 있다. 여러 대안적인 학교나 교육체제의 등장은 이러한 추세를 촉진하고 있으며, 다양한 분야에서 포스트모던 경향들이 부각되면서 심화된 근대성에 대한 비판적 성찰들은 근대 공교육제도가 견지해왔던 가치나 방식들에 대한 부정적 인식들을 확산시키고 있다.

이것을 근대 공교육제도의 효용성 위기로 표현할 수 있다. 본래 이념적인 목적보다 실용적 목적을 더 중요한 근거로 하여 출발한 근대 공교육제도이기에 정당성의 위기에 대하여 나름의 내성을 가지고 버틸 수 있었지만 효용성 위기에 대해서는 훨씬 취약하다고 할 수 있다. 여기서 세계 각국은 종래의 교육체제를 근본적으로 바꾸기 위한 노력을 앞다투어 기울이게 된다. 교육개혁, 교육혁신, 교육의 패러다임 전환 등으로 표현되는 이러한 변화의 움직임은 새로운 사회의 요구에 부응하는 새로운 교육체제를 구축하기 위한 것이다. 달리 말하자면 그것은 탈근대적인 것이며 미래적인 교육체제의 모색이다.

셋째, 정체성의 위기이다. 근대 공교육제도는 통일된 의식과 가치관의 함양을 통한 '국민'의 형성과 기초적인 지식과 기술의 전수를 통한 역내 산업에 필요한 노동력의 공급이라는 명료한 목표를 가지고 있었고, 아울러 잘 짜인 교육과정과 지원 행정체제 및 교사 집단을 바탕으로 그러한 목표를 충분히 실현할 수 있었다. 달리 말하자면 근대 공교육제도하에서는 교육제도가 무엇을 위한 것이며, 학교란 어떤 역할을 해야 하고, 교사가 해야 할 일은 무엇인지가 분명하였다. 아울러 학교에서 성공한다는 것은 무엇이며, 학교가 배제해야 할 사람과 행동, 가치는 어떤 것인지도 망설임 없이 말할 수 있었다.

그러나 이제 상황이 근본적으로 달라지고 있다. 급격하게 달라지는 사회에서 학교 및 공교육제도가 제대로 작동하지 않게 되면서 기존의 명백하던 교육의 개념이나 목표, 학교의 기능은 어느 것 하나 확실성과 명료성을 견지하지 못하고 있다. 교육을 통하여 가르쳐야 할 내용의 성격이 어떠해야 할지, 유능한 인재의 특성을 어떻게 설정해야 할지도 모호해지고 있다. 가장 근본적으로는 생태위기로 인한 지구적 차원의 생명 절멸 가능성이 제기되고 삶의 의미가 불분명해지는 상황에서 인간이 잘 사는 게 어떤 것인지, 교육에서 강조해야 할 가치가 무엇인지 등의 근본적인 가치 지향이 애매해지고 있다. 한마디로 교육이란 무엇이며 교육을 통하여 무엇을 할 수 있는지가 확실하지 않으며, 따라서 학교나 공교육제도를 왜 유지해야 하는지에 관한 사회적 합의가 취약해지고 있다.

이상과 같은 위기적 증상들은 기존의 근대 공교육제도에 대한 근본적 대안이 모색되어야 함을 웅변해주고 있다고 할 수 있다.

| 한국 초중등교육 문제의 특수성

우리의 서구식 근대 학교제도는 구한말 외세 열강들의 침입이 빈번해지자 풍전등화 신세에 처한 나라를 구하기 위한 유력한 방책으로 고종이 처음 도입하였다. 그러나 그것이 채 형태를 갖추기도 전에 을사늑약과 병술합병을 당함으로써 우리의 교육체제는 처음부터 식민통치기구의 일환으로 출발하게 되었다. 이것은 우리의 교육체제

가 서구의 일부 국가에서 보였던 사회 평등화 기제로서의 성격을 전혀 갖추지 못하고 오로지 정당성을 결여한 통치기구의 일부로 작동하게 되었음을 의미한다.

이것은 8·15해방 이후에도 오랫동안 크게 변하지 않은 채 유지되었다. 전후 냉전체제의 제물로 초래된 남북 분단 상황에서 새로운 식민 세력을 등에 업은 친일 및 친미 세력에 의해 주도된 해방국가의 '새교육'은 표방된 민주주의 교육은 간데없이 철저하게 식민지 시절의 관료주의적이고 강압적인 교육체제를 유지하였으며, 국민의 지지를 받지 못하는 지배체제의 정권 안보를 위한 수단으로 활용되었다. 특히 이러한 기제는 남북의 첨예한 이데올로기적 대립 속에서 사상 통제라는 명분으로 국민의 다양한 사고를 막고 권력에 대한 맹목적 순응을 강요하였다. 한마디로 특수한 정치적 상황을 배경으로 하여 근대 공교육제도가 당초부터 안고 있는 통제와 경직성을 극단적인 수준까지 확대한 형국이었다. 이것은 1980년대 중반 이후 교육 현장 중심의 강력한 교육 민주화 운동 및 1987년 6월 민주화운동 이후 점차적으로 성과를 거둔 정치 민주화에 의해 1990년대 중반부터 개선되기 시작하였다. 1990년대 말 국민의 정부에 의한 전교조의 합법화는 일견 교육제도의 경직성을 크게 완화한 것으로 평가할 수 있으나 학교의 운영이나 교육과정, 교원 인사 등 교육체제의 작동 방식은 아직도 과거의 관행을 크게 벗어나지 못하고 있다. 크게 보아 교육에 대한 인식이나 학교를 중핵으로 한 교육제도의 획일적인 운영 방식은 산업사회 초창기의 조야한 수준에서 별로 탈피하지 못한 것으로 파악된다.

교육제도 운영에서 나타나는 강압적이고 경직된 관료주의와 함께 다른 나라에서 찾아보기 어려울 정도로 우리만의 특수한 현상은 부모의 과잉 교육열과 이로 인한 극심한 입시경쟁, 그리고 그 파생적 현상으로서의 과도한 사교육 등이다. 과잉 교육열에 대하여 일부에서는 글을 숭상하던 선비의 전통에까지 연결하여 긍정적으로 보기도 하지만, 보다 직접적인 이유는 식민 치하와 해방 후의 극심한 사회 혼란의 와중에서 출신 계급(층)을 막론하고 사회적 지위를 획득하는 데 학력(學歷)이 가장 유력한 수단이 되면서 생긴 현상으로 볼 수 있다. 그런데 문제는 그러한 교육열이 작동하는 방식에 있다. 교육을 많이 받음으로써 좋은 사회적 지위를 선점하겠다는 것 자체를 나무랄 수는 없지만, 애초부터 '교육'에 관심이 있는 것이 아니라 그것을 통해 획득하게 될 사회적 지위에 관심이 집중되기 때문에 '교육'이라는 과정은 얼마든지 부실해지거나 편법이 동원될 수 있었던 것이다. 이를 방지하기 위해서는 교육을 담당한 교사나 제도의 운영자들이 바른 정책을 펼쳐야 하는데, 입시를 앞둔 학부모의 압력이나 여론 동원을 통한 정치적 이득을 보려는 정치가들에 의해 시간이 갈수록 모든 교육정책이 시험과 선발을 둘러싼 다툼의 해결에 집중되고, 다시 그것은 모든 국민으로 하여금 교육에 대한 관심을 입시로 집중시키는 결과를 초래하였다. 그것은 결국 초등학교에서 대학에 이르기까지 학생이나 학부모를 막론하고 무엇을 얼마나 배워 제대로 알고 있는가보다는, 시험 점수와 등수가 얼마인가를 먼저 묻도록 하였으며, 따라서 점수가 단지 소수점 이하에서도 앞서기만 하면 더 유능한 사람이라는 평가가 너무도 당연하다는 점수 만능주의가 만연한 현실로 드러났다.

점수 만능주의가 초래한 부정적 결과는 크게 두 가지이다. 하나는 이미 언급하였듯이 학생들의 진정한 앎을 원천적으로 방해한다는 점이다. 특히 1960년대 이후 보편화한 선다형 중심의 객관식 평가

관행은 교과나 학문 분야의 지식을 전체적으로 이해하려고 하기보다
는 출제 빈도가 높은 부분만을 선별하여 공부하도록 하였으며, 그나
마 그 부분조차 원리를 이해하기보다는 주어진 답지 중에서 정답을
빠른 시간 안에 고르고 찍는 연습만을 하도록 하였다. 그 결과 우리
의 학생들은 시험 점수는 잘 받는데 정작 그것에 대한 설명은 단 한
마디도 못 하는 똑똑바보가 되고 있다.

또 하나의 문제는 사교육의 병적인 열풍이다. 해방 이후 우리
사회의 사교육은 5공 정권의 무지막지한 과외 금지조치가 시행될 때
를 제외하고 반 세기 이상 지속적으로 증가했다고 할 수 있을 것이
다. 물론 그동안 거의 모든 역대 정권들이 불법 과외 금지 등의 사교
육 억제정책을 지속적으로 펼쳐온 결과이기도 하다. 오히려 사교육
비를 줄이기 위한 정책을 강력하게 펼친 정부일수록 결과적으로는
사교육비 수준을 더 올려놓았다고 보는 게 맞을 것이다. 이처럼 우리
사회의 사교육은 왜 갈수록 증가하기만 하는가?

혹자는 그것을 높은 교육열이나 사교육업자들의 편법으로 설
명하려고 하지만, 정책적 대안을 모색한다는 견지에서 볼 때 원인은
우리 교육의 작동 방식에서 찾아야 할 것이다. 앞에서 언급한 바와
같이 우리 교육은 배움과 앎 자체보다는 평가를 통한 시험 결과가 더
중시되는 풍토이다. 그러한 시험은 학생들이 교실에서 실제로 배운
것을 확인하기보다는 보편적으로 각 교과에서 학생들이 알아야 할
것들 중심으로 출제된다. 이것은 학생들이 학교에 가지 않아도, 또는
수업을 듣지 않아도 시험을 잘 볼 수 있음을 의미한다. 참고서나 학
원 또는 과외수업을 통해 얼마든지 출제 빈도가 높은 문제를 찾을 수
있고 학교 교사보다도 더 확실하게 문제풀이 요령을 배울 수 있다.
이것이야말로 사교육이 번성하는 핵심적인 기제이다. 학생들이 공부

하는 제1목표는 시험 점수를 잘 받는 데 있으며, 현재와 같은 시험 방식과 풍토에서는 유능한 학원 강사를 따라갈 사람이 없는 실정이다. 이런 상황에서 사교육을 줄이기 위한 정책을 아무리 펼쳐도 소용없으며, 학교시설을 개선하거나 교사들의 능력 향상을 위한 연수를 아무리 독려해도 효과를 보기 어렵다. 문제의 핵심인 평가 방식을 근본적으로 바꾸는 수밖에 없다.

시험 만능주의 및 사교육 번성의 이면에 숨어 있는 참으로 중대한 문제가 있다. 그것은 우리 학생들의 지적 호기심이나 탐구력, 창의력 등이 뿌리째 고갈된다는 점이다. 실제 사물이 작동하는 방식에는 정해진 답이 없는 경우도 많으며 조금만 조건이 변해도 다양한 결과가 나오는 게 상식이지만, 우리의 학생들은 모든 문제에는 오로지 하나의 정답만이 있다고 믿는다. 조금만 생각하면 해결될 수 있는 문제도 생각하기 싫어 답안지를 보고 외우며, 잘 아는 문제도 순서나 숫자를 바꿔 물어보면 답을 찾지 못한다. 옆에서 공부 스케줄과 내용을 제공하지 않으면 자기 스스로 무슨 공부를 어떻게 해야 할지 모르는 의존성과 과외중독증 환자가 대다수이며, 따라서 대학이나 직장에 다니면서까지 사교육에 의존하는 기막힌 풍조도 점차 확산되는 현실이다. 이러한 풍토를 근본적으로 해소하지 않고는 우리의 미래를 낙관하기 어렵다.

2.
한국교육의
현주소

얼마 전 보도에 의하면 외국에 공부하러 나가 있는 우리나라 십대들이 2006년 기준으로 10만 명을 넘었다고 한다. 그 가운데 10세 미만도 4만 6천 명이나 된다니 어안이 벙벙할 따름이다. 2006년 한 해만도 3만 명에 가까운 초중고생이 출국하였다는 점을 감안하면 이 숫자는 앞으로 더 가파르게 증가할 전망이다.

이처럼 조기유학이 성행하는 이유가 무엇일까? 가장 흔하게 지적되는 이유들을 몇 가지 들어보면 다음과 같다.

우선 국내 학교교육에 대한 불만이 많다. 과밀 학급에 획일적인 수업, 불친절한 교사, 초등학교 고학년부터 지게 되는 대입시 경쟁과 시험 성적에 대한 부담 등이 주된 이유이다.

다음은 영어에 대한 기대이다. 국내에서는 아무리 사교육을 시켜도 잘 되지 않는 영어 말하기, 듣기가 2, 3년만 외국의 학교에 다니면 마스터할 수 있다는 기대가 자녀의 외국행을 부추긴다. 하나 더 든다면 이른바 세계화에 대한 능동적 대응이다. 어차피 지구촌 시대니 일찍부터 외국에 나가 폭넓은 경험을 시키는 것이 자녀의 앞날을 준비하는 것이라는 현대판 맹모지성인 셈이다.

이러한 기대들이 조기유학의 실제 결과와 얼마나 거리가 있는 것인지는 이미 많은 사람들과 매체들에 의해 지적되었기 때문에 여기서는 언급하지 않으려 한다. 다만 유학을 결정하기 전에 '비용 대비 효과'라는 단순 경제 원칙만이라도 찬찬히 고려할 필요가 있다는 점을 추가하고 싶다.

어떤 사람들은 이러다가 우리 아이들이 대부분 외국의 학교로 나가버리고 우리나라의 학교는 텅 비게 되는 것은 아닌가 우려하기도 한다. '설마 그럴 리야' 하겠지만, 강남이나 수도권 신도시의 학교들에서 2년 동안 한 학급당 서너 명씩 빠져나가는 것을 보면 그런 위기감이 드는 것도 무리는 아닌 듯싶다.

그런 우려를 반영하는 것인지는 몰라도 요즘 각 교육청별로 기존의 교육을 탈피하기 위해 다양한 노력을 기울이는 것 같다. 지난 8월에 안양교육청이 발표한 '명품교육' 전략이 그 한 예이다. 이미 오래전부터 정부 차원에서 교육개혁이다 혁신이다 하면서 공교육을 살리기 위해 애쓴 것도 같은 맥락에서 이해할 수 있지만, 상부의 지시가 아니라 일선 교육현장에서 능동적으로 그러한 노력을 기울이는 것 같아 반갑고도 다행스러운 일이라고 생각되기도 하다.

그러나 반가운 마음은 명품교육 전략의 내용을 뜯어보는 동안 어디론가 사라지고, 대신 '이건 아닌데' 하는 실망과 답답함이 가슴을 채운다. 명품교육 전략의 핵심 내용은 다음과 같다. 문화예술 명품·명장 인증제 운영, 무한도전-인간자산 과학영재 육성, 체험 빌리지 Happy-향토사랑 운동, 맞춤형 체력 글로벌 스포츠영재 육성, Edu-Book 1130-책 향기 피우기 운동

아마도 기존의 학교교육이 만족스러운 상태라면 이러한 전략이 나름대로 '명품교육'을 만들어낼 수도 있을지 모른다. 하지만 현재는 할 수만 있다면 빠져나가고 싶어 하는 상태이다. 추가 전략이 필요한 것이 아니라 생기와 매력을 상실한 기존의 교육 자체를 되살리는 일이 필요한 상황이다. 학교교육 자체에 흥미가 없는데 무슨 예술교육이나 과학영재 교육이 가능하며 글로벌 스포츠 영재가 나올 수 있는가?

현재 우리 학교교육이 외면당하는 이유는 거기에 '명품 전략'이 없어서가 아니라 변화된 아이들의 생각과 사회 현실에 아랑곳하지 않는, 오래된 어른들의 기준으로 정한 공부 내용과 방법, 시험과 성적 산정 방식을 고집하기 때문이다. 아이들은 졸업장이라도 따야 하기 때문에 할 수 없이 학교에 다닐 뿐이지 그곳에서 즐거움과 희망을 찾는 것은 포기한 지 오래이다. 이런 현실을 두고 어른들 눈에 화려해 보이는 '명품 전략'은 기력이 쇠한 환자에게 강도 높은 근력운동을 처방하는 격이다. 그렇다면 우리 교육의 환골탈태를 위한 새로운 변화의 바람은 어디에서 시작될 수 있을까.

국제중은 위헌적 발상이다

서울시교육청의 국제중학교 설립 추진이 뜨거운 쟁점이 되고 있다. 추진하는 쪽에서는 수월성 교육과 국제화시대의 인재 양성 필

요성을 내세워 설립의 당위성을 주장하고, 반대하는 쪽에서는 이미 초등 단계부터 망국적 입시경쟁과 사교육비 증가를 초래할 것임을 강조하고 있다. 얼핏 보면 양자의 주장이 모두 일리가 있는 것처럼 보이며, 따라서 국제중학교 설립 논란은 '옳고 그름'보다 '정책적 선택'의 문제로 생각되기도 한다.

그러나 각도를 달리하여 보면 국제중학교 설립은 수월성 교육이나 사교육비 증가 등과는 종류가 다른 본질적인 문제들을 안고 있다. 문제의 핵심은 긍정적이든 부정적이든 정책의 효과가 문제가 아니라 상식적으로나 법적으로 성립될 수 없는 발상을 기반으로 하고 있다는 점이다. 그러나 이상하게도 이 점에 관한 우리 사회의 진지한 검토는 거의 없었던 것으로 보인다.

무엇보다 먼저 지적하고 싶은 것은 보통의무교육의 단계인 중학교에서 교수언어를 우리말 대신 외국어로 하는 것이 용인될 수 있는 일인가 하는 점이다. 보통의무교육이란 한 국가의 구성원이 되기 위하여 누구나 공통적으로 받아야 할 교육을 말한다. 헌법과 교육관계법은 모든 국민의 자녀가 9년 간의 의무교육을 받도록 규정하고 있으며, 그 교육은 교육부장관이 고시한 국민공통기본교육과정에 따라 이루어지도록 되어 있다. 명시적 규정은 없지만, 그러한 교육을 매개하는 언어가 '국어'여야 함은 너무도 당연하다.

이 점에서 외국어 교과가 아닌 일반 교과의 수업을 영어로 진행하겠다는 소위 영어몰입교육은 상식적으로 용납될 수 없다. 그것은 이미 국적을 포기한 교육이며, 몇 년 전 헌법재판소가 수도 이전 정책을 관습헌법을 내세워 위헌으로 판단한 예에 견주어 '위헌적 발상'이라고 하지 않을 수 없다. 우리말도 제대로 못 하는 아이들이 영어를 좀 잘하도록 한다고 해서 무슨 이득이 있을까. 아무리 영어가 중요하고 국제 전문인력의 양성이 시급하다고 하더라도 어떻게 이런 비교육적, 반국가적 발상이 버젓이 국가의 정책으로 추진될 수 있는 지 통탄하지 않을 수 없다.

'국제중학교'라는 명칭도 국민을 기만하는 것이며 그 점에서 법 위반의 소지가 있다. 현재 국제중학교 설립 근거는 초중등교육법 시행령 제76조의 특성화중학교 관련 조항이다. 여기에는 교육감이 '교육과정 등의 운영을 특성화하기 위해' 특성화중학교를 지정 고시 할 수 있도록 하고 있는데, 이에 따라 대안교육과 예능교육을 위한 학교들이 이미 설립되어 있다. 그런데 이들 학교의 명칭은 여느 중학 교처럼 고유명사 '○○ 중학교'로 되어 있지 '○○ 대안중학교'로 되어 있지 않다.

'국제중학교'라는 명칭은 '청심국제중고등학교'의 설립에서 유래된 것으로 보인다. 그런데 '국제고'는 특목고의 한 유형으로 법 적 근거를 가진 명칭이지만, '국제중'은 아무런 근거도 없는 명칭이 다. 물론 교육과정 특성화의 한 방편으로 국제이해교육을 강조할 수 는 있다. 그러나 그것은 교육과정의 내용 문제이지 교수언어의 문제 는 아니다. 요컨대 '국제중'이라는 말은 은연중에 그것이 '국제고'와 유사하게 특수 목적 중학교인 양 보이도록 하여 시장 가치를 높이려 는 기만적이고 위법적인 용어이다. 그럼에도 불구하고 이를 처음 인 가한 경기도교육감과 다시 이를 서울 도심에 설립하고자 하는 서울 시교육감은 교육적, 법적 책임을 져야 할 것이다. 아울러 특성화중학 교의 지정 고시와 관련하여 교육감이 협의하도록 되어 있는 교육과 학기술부 장관은 국제중학교의 명칭 자체를 폐지하도록 지도해야 할 것이다.

마지막으로 부연하고 싶은 것이 있다. 중고등학교 시절은 학문과 세계의 이해를 위한 기초를 다져야 하는 시기이다. 그런데 낯선 언어로 서툴게 구사되는 교사의 설명을 통해 아이들이 배우는 내용에 얼마나 깊이가 있을까. 도덕시간에 영어로 열심히 가르친 똑같은 내용이 우리말로 하는 국사 수업에서 반복되기에 "이거 도덕시간에 다 배웠지?"라고 물으니 "아뇨, 처음 보는데요" 하더라는 청심중학교 사례를 영어몰입교육에 목매는 사람들이 깊이 생각해볼 문제다.

│ 미래 향한 열차엔 일제고사호가 없다

일제고사를 거부하거나 거부를 방조한 교사들이 파면과 해임이라는 중징계를 받았다. 지난 10년간 보지 못했던, 비리가 아닌 교육적 소신 때문에 강제로 교단을 떠나야 하는 교사들을, 이 정부 출범 후 1년도 채 안 되어 보게 되니 마음이 착잡하기 이를 데 없다. 취임 전부터 전교조를 손보겠다던 공공연한 태도가 이제 본격적인 행동으로 나타나는 기미이다.

이렇게 말한다고 해서 전교조를 두둔하고자 하는 것은 아니다. 전교조는 지난 10년간, 그야말로 시절 좋을 때 학생을 위해 무엇을 할까 고민하고 행동하기보다 주로 이념적 이유를 내세워 정부와 대립하고 교사 이기주의를 극대화하다가 국민과 학부모로부터 외면당하는 처지에 이르렀기 때문이다. 이제 추운 정치 환경을 맞은 그들을 감싸줄 우군이 우리 사회에 많지 않아 보인다. 안타까운 일이다.

징계를 당한 교사가 전교조 조합원인지 아닌지는 관심사가 아니다. 문제의 핵심은 과연 일제고사를 거부한 것이 중징계의 사유가 될 수 있는가이다. 혹 애매하게 표현된 법조문이나 규정의 해석 여하에 따라서는 그럴 수 있을지 모른다. 하지만 그런 사례는 지난 독재 정권들 아래서 신물 나게 보아온 터이다. 여기서 따져보고자 하는 것은 교육적인 눈으로 볼 때 일제고사가 어떤 의미를 가지며, 그것이 지식기반사회의 막바지로 가는 현 시점에서 과연 필요한 것인지 하는 문제다.

일제고사란 근대교육의 산물이다. '개인주의'를 바탕으로 출범한 근대사회는 아이러니하게도 교육에서는 '개인'을 부정해왔다. 무수히 많은 교육학자들의 개인주의 교육이론에도 불구하고 학교교육은 프로크루스테스의 침대처럼 개개인의 특성을 최대한 없애버리고 표준화된 인간을 만들어내는 데 주력했던 것이다. 그렇게 된 이유는 학교라는 것이 본래 근대국가의 부국강병을 핵심 수단으로 만들어졌으며 따라서 주된 기능은 산업사회에 필요한 노동력을 공급하는 것이었기 때문이다.

'개인'이 없는 집단은 한낱 무의미한 개체들의 더미일 뿐이다. 이들을 활용하려면 쓸모에 따라 분류를 해야 하는데 근대 산업사회에서는 굳이 복잡한 특성이 요구되지 않아 성적이라는 양화(量化)된 잣대를 사용하였다. 마치 나무에서 딴 귤을 분류기를 통과시켜 크기에 따라 분류하듯이, 학교는 왜 배우는지도 모르는 교과지식을 억지로 암기시키고 그것을 얼마나 성공적으로 뱉어놓는가에 따라 점수를 매기고 등급을 정했던 것이다. 이것이 바로 일제고사이다. 말하자면 학생 분류기인 셈이다.

우리는 지난 20년 가까이 귀가 아프게 정보사회니 지식기반사회니 하는 이야기를 들어왔다. 어김없이 따라오는 말은 이제야말로 우리가 획일적인 교육을 버리고 개성과 창의성을 기르는 교육을 해야 한다는 것이었다. 맞다. 정말이지 우리 모두가 지금부터라도 그러한 교육을 위해 그야말로 '올인'해야 할 때다. 그런데 다시 일제고사 라니…….

외고 없으면 '글로벌 리더' 육성은 불가능한가?

외고 논란을 보는 시각

우리 사회에서 잘나가던 외고에 빨간불이 켜졌다. 이전에도 몇 차례 외고에 매서운 비판이 제기된 적이 있었지만 이번처럼 존폐 자체를 걱정할 정도로 위협적인 적은 없었다. 특히 이번 논란의 시작은 전통적으로 외고를 옹호해오던 한나라당과 여권 일각에서 비롯되었다는 점에서 이전과는 다른 결과를 낳을 수도 있다는 생각이 확산되고 있다. 사태가 이렇게 전개되자 위기감을 느낀 일부 외고 교장들이나 학부모들은 공개적으로 강력 반발하면서 어떻게든 위기를 모면하려 하고 있고, 교과부 수뇌 역시 기존 체제 유지 쪽으로 여론을 유도하는 양상이다. 반면 오래전부터 외고를 비판해오던 쪽에서는 이참에 외고를 완전히 퇴출시켜야 한다고 목소리를 높이고 있다.

이 사태를 어떤 시각으로 바라보아야 하는가? 일부 보수 언론이나 자칭 고상한 학자들은 이번의 외고 논란에 대해서도 우리 사회의 뜨거운 쟁점에 대해 늘 그래왔듯이 너도 옳고 나도 옳다는 식의 양시론적 시각에서 적절한 타협을 주문하기도 한다. 하지만 나는 이러한 접근에 반대한다. 그것은 기본적으로 현상유지를 의미하기 때문이며, 또 그러한 엉거주춤한 타협은 문제의 해결은커녕 오히려 악화시켰을 뿐인 전례 때문이다. 따라서 나는 다소 시간이 걸리고 적지 않은 에너지를 쏟더라도 이번 기회에 확실하게 외고 문제(나아가 우리

나라 고교 및 중등교육 문제 전체) 해결을 위한 국민적 합의를 도출하여 더 이상의 논란이 재발되지 않도록 하는 것이 올바른 태도라고 생각한다. 그것은 특히 우리나라의 미래나 우리 자녀 세대의 내일을 위해서 절실하다.

외고, 무엇이 문제인가?

도대체 외고는 어떤 성격의 학교이며 어떤 문제를 안고 있기에 지속적으로 공격을 받으며, 또 그럼에도 불구하고 일부 사람들은 어떤 이유로 악착스럽게 외고의 유지와 확대를 주장하는가? 이미 상식화된 내용이지만 이에 관하여 간단하게나마 정리해보자.

우선, 외고의 탄생 배경과 과정부터 보자. 외고의 기원은 1980년 7월 30일에 발표된 이른바 '7·30교육개혁 조치'에서 찾을 수 있다. 대학정원 확대와 과외금지를 주 내용으로 하는 이 개혁 조치 속에는 영재교육도 포함되어 있었는데 거기에는 과학과 외국어를 위한 특별 학교(평준화 정책의 예외 학교) 설립 방안이 들어 있었다. 이후의 논의에서 과학 영재를 위한 과학고 설립 방안이 채택되었으며 1984년에 경기과학고가 문을 열게 되었다. 하지만 이 과정에서 외국어 학교의 설립 방안은 배제되었다. 아마도 언어 영재의 개념이나 판별이 이론적으로 정립되지 않은 상황에서 평준화 체제에 정면으로 역행하는 학교를 설립하는 것이 부담스러웠기 때문이 아니었을까 추측된다. 그러나 이 무렵 호시탐탐 탈평준화 체제를 추구하던 일부 사학 자본가들은 발빠르게 외국어 학교를 설립하였는데(1984년) 외국어고 설립 불발로 정규학교가 아닌 각종학교로 남을 수밖에 없었다. 하지만 본래 권력친화적인 그들은 처음부터 학력인정 학교의 지위를 확보하는 저력을 보여주었고 평준화 체제하에서 중3 성적 우수자를 모셔오는 특혜를 누릴 수 있었다. 그 결과 서울시내 일부 외고는 각종 학교 시절에 이미 입시명문고로서의 명성을 쌓기 시작하였다.

1990년대 들어 이러한 기형적 체제에 변화가 오게 된다. 양김 분열 속에서 중산층 지지를 바탕으로 출범한 노태우 정부는 과외 금지 해제를 시작으로 노골적인 친중산층 정책을 추진하였고, 한 걸음 더 나아가 1990년 초에는 아예 평준화 해제를 추진하였다. 그러나 이 방침은 강력한 반대 여론에 부딪쳤고 '꿩 대신 닭' 격으로 특목고 확대와 외고 설립이 추진되었다. 이에 따라 과학고가 추가 설립되고 기존의 예술고와 체육고가 특목고로 지정되었으며, 새롭게 외국어고등학교가 설립되었다. 이에 따라 1992년 신학기에는 11개(공립 1교, 사립 10교)의 외고가 특목고의 간판을 달고 개교하였다. 이를 계기로 이미 각종 편·불법으로 물의를 일으키면서 서울시내에서 입시 명문고의 명성을 얻고 있던 기존의 각종학교 외고들이 화려하게 부활했음은 물론 입시 위주의 교육은 날개를 달게 되었다.

여기서 짚고 넘어가야 할 점은 외고가 출범 당시부터 '외국어 영재 양성'이라는 설립 목적은 형식적인 명분에 지나지 않았으며, 실제로는 평준화 체제에서 벗어나고자 하는 중산층의 선발 욕구에 부응하려는 것이었다는 점이다. 외고의 학생 선발 기준이 이를 말해준다. 1991년 가을, 서울시교육청은 외고 설립 계획을 발표하면서 입학 지원 자격을 내신 성적 5% 이하로 제한하겠다고 했는데, 이는 언어 영재 양성이라는 설립 목적과는 무관한 것이었다. 이후 모든 외고의 학생 선발 기준에서 내신성적 상위자는 움직일 수 없는 지위를 유지해왔다.

이상에서 보는 바와 같이 외고는 태생적으로 문제가 있는 학교이다. 명분과 실제가 다르며 우리 사회 구성원이 폐기하기로 합의

했던 입시 명문고를 버젓이 부활시켰기 때문이다. 그러나 이러한 지적에 대하여 일부 사람들은 다음과 같이 반문하기도 한다. 비록 일부 문제는 있지만 이미 만들어진 학교를 없앨 수는 없지 않은가? 어차피 다른 고등학교들도 입시 위주의 교육을 하는 마당에 유독 왜 외고에만 입시 위주의 교육과 사교육비 유발에 앞장선다고 비난하는가? 어느 사회에나 남보다 더 좋은 교육을 받고자 하는 수요층이 있기 마련인데 이들의 요구에 부응해야 하는 것 아닌가? 국가 경쟁력을 위한 수월성 교육기관이 반드시 있어야 하는데 외고가 그런 역할을 한다고 볼 수 있지 않은가? 세계가 점점 더 글로벌화되고 있는 마당에 '글로벌 인재'의 육성에 앞장서고 있는 외고를 유지해야 하지 않는가?

이러한 반문들에 대하여 일일이 반박하는 것은 어렵지 않다. 다만 지면 관계상 몇 가지로 압축하여 그 허구성을 지적하고 우리 사회에서 외고가 초래하는 병폐를 지적하고자 한다.

우선, 외고가 글로벌 인재 육성에 공을 세웠다는 주장에 동의하기 어렵다. 단지 외국어를 잘하고 외국 명문대를 입학했다고 해서 글로벌 인재가 되는가? 아니다. 중요한 것은 글로벌한 시야와 실제로 세계 우수 인재들과의 경쟁에서 이길 수 있는 종합적 역량을 갖추는 일이다. 하지만 유감스럽게도 한국인들(유학생과 미국이민 1.5세대)의 미국 명문대 중도 탈락률이 절반에 가깝다는 보도는 외고들의 외국 명문대 진학교육이 얼마나 취약한가를 잘 보여준다. 혹자는 국내 소위 일류대학 진학 실적을 들어 외고의 공을 인정하고자 한다. 하지만 그것은 외고가 잘 가르친 결과라기보다 본래부터 성적이 우수한 아이들을 선발한 효과로 보아야 한다. 이것은 비난성 추측이 아니라 2007년 한국교육개발원에서 수행한 특목고 연구에서 입증된 결론이다. 이 연구에서 확인된 바로는 외고의 학교 효과는 없으며 외고생들의 높은 진학 실적은 단지 선발 효과나 부모의 사회경제적 지위 등에서 비롯되고 있다는 점이다.

다음으로 왜 외고만 입시 위주의 교육이나 사교육 유발의 책임이 있는 양 비난하느냐는 볼멘소리에 답해보자. 외고가 사교육비 증가의 주범임은 상식적인 공론이고 전문적인 조사 결과에서도 확인되었다. 앞에서 언급한 한국교육개발원의 연구 결과에 따르면 외고 입시를 준비하는 초중학생들의 사교육비가 그렇지 않은 학생들보다 월등히 높았으며, 외고 재학생들의 사교육비 지출도 과학고나 일반고 학생들에 비하여 훨씬 높았다. 이것만으로도 외고의 존재 자체가 우리 사회의 사교육비를 증가시키는 요인이 됨을 인정해야 할 것이다.

물론 사교육비를 유발하는 근본적인 요인은 우리 사회의 그릇된 경쟁 방식이며 구체적으로는 점수 경쟁에 기반하고 있는 대학입시 체제라고 보아야 한다. 하지만 외고(특히 대도시 사립 외고) 역시 그러한 구조와 관행을 유지하는 데 중심적인 역할을 수행하고 있다는 점에서 비난의 화살을 피할 길이 없다. 그 핵심적인 기제는 특권적인 선발 제도이다. 외고는 허울뿐인 언어 영재 양성이라는 명분을 쓰고 다른 일반계 고교에선 금지된 성적 위주의 선발을 하고 있다. 이로 인하여 외고는 별다른 노력 없이도 성적 위주로 학생을 선발하는 대입체제에서 절대적으로 유리한 위치에 설 수 있다. 학생으로서는 외고 입학이 명문대로 가는 급행열차이다. 그러기에 외고 입학 경쟁이 치열해지는 것은 너무도 당연한 일이다.

문제는 여기에서 그치지 않는다. 어쩌면 외고의 가장 심각한 폐해는 외고의 존재와 작동 방식이 끼치는 중등교육의 퇴행적 왜곡이라고 할 수 있다. 자식의 미래를 위해 모든 것을 희생할 각오가 되어 있는 한국의 학부모들은 명문대로 가는 급행열차를 타기 위해 수단 방법을 가리지 않고 점수 경쟁에 몰입한다. 객관식 시험을 통한 점수 경쟁에 몰입하는 사이에 아이들은 자기주도적 학습능력이나 창의성, 문제해결력 등을 기를 수 없다. 말하자면 과거 대량생산 체제의 산업사회 경쟁 방식에 몰두하느라 미래사회에 대한 대비를 철저하게 외면하는 셈이다. 이 결과가 불과 수십 년 뒤에 어떤 양상으로 다가올 것인지 생각하면 모골이 송연할 뿐이다. 외고 당사자들은 단지 남보다 좋은 좌석에 앉게 되어 다소 미안한 감은 있지만 온갖 사회적 비난을 받아야 할 나쁜 역할은 하지 않았다고 믿고 싶겠지만, 마치 절박하게 요구되는 도시 재개발을 끝까지 방해하여 결국 시행사와 시민들을 파산시키는 '알박이' 행위처럼, 내가 보기에 외고는 그들의 주관적 의지와 무관하게 초중등교육의 변화를 가로막아 결국은 우리의 미래를 파탄 낼 암적 존재 그 자체이다. 사교육비 증가 유발이라는 폐해는 이에 비하면 아무것도 아니다.

외고의 존재가 우리 사회에 끼치는 해악은 또 있다. 이미 여러 차례 언론매체에 보도되었지만 대도시의 몇몇 사립 외고들은 평준화 제도 도입으로 사라진 과거의 고교 학벌을 대체할 만큼 새로운 학벌로 등장하고 있다. 명문대 입학자나 사법시험 등의 국가고시 합격자 수에서 발군의 실적을 보이고 있기 때문이다. 이로부터 이들 외고 출신자들이 강한 동질감을 바탕으로 보이지 않는 네트워크를 이루어 우리 사회의 새로운 권력집단을 이룰 것이라는 우려가 제기된다. 이것이 폭넓은 공감을 얻는 이유는 외고 입학자들의 사회경제적 배경이 대부분 중산층 이상이기 때문이다. 외고 입학을 위해서는 높은 사교육비 부담 능력이 있어야 한다는 점에서 당연한 현상이지만, 문제는 그러한 기제를 통해 우리 사회의 계층 양극화가 고착화될 수 있다는 점이다.

나는 이상에서 언급한 내용들로 볼 때 외고가 더 이상 존속해서는 안 된다고 생각한다. 그렇다고 외고만 없어진다고 해서 문제가 해결된다고 보지도 않는다. 국제고나 심지어 과학고도 문제의 대부분을 공유하고 있다. 자립형 사립고도 매한가지다. 따라서 진정한 해답은 성적 위주의 선발에 기생하는 모든 학교들이 질적으로 달라져야 한다는 것이다.

외고 문제 해결의 방향

우선, 특권 구조를 해체해야 한다. 외고라는 이름을 없애는 것도 필요하지만 더 중요한 것은 외고가 갖는 부당한 특권 구조를 무너뜨릴 수 있어야 한다. 즉, 영재교육이라는 미명하에 일부 특권 중산층 자녀들에게 부모의 지위를 상속하는 특혜적 선발제도를 원천적으로 봉쇄해야 할 것이다.

둘째, 형식과 내용을 일치시켜야 한다. 앞에서 지적한 바와 같이 외고는 영재교육이라는 명분과 성적 중심의 선발 및 대입준비 교육이라는 실제가 서로 괴리되어 있다. 이를 용인하는 것은 유학 비자로 입국하여 취업하는 외국인들의 편법을 방치하는 것처럼 정당성을 결여한 것이며, 교육적으로도 정당하지 못한 방법으로 경쟁에서 승리하는 것을 어려서부터 가르치는 꼴이다. 따라서 영재교육이라는 명분을 폐기하든가 아니면 대입준비 교육을 금지하든가 해야 할 것이다.

셋째, 미래 지향의 교육 풍토를 조성할 수 있도록 해야 한다. 교과지식의 습득만을 위주로 한 시험과 점수 경쟁은 과거지향적 교육의 표본이며 외고는 그 한가운데에 있다. 외고 출신자들이 외국 유

학에서 중도 탈락률이 높은 현상, 대학 입학 후 지방의 일반고 출신
자들보다 더 낮은 성취를 보이는 현상은 점수 경쟁 위주의 교육이 갈
수록 시대적 적합성 및 경쟁력을 잃고 있음을 시사한다. 따라서 외고
폐지라는 과제는 단지 외고라는 이름의 학교를 없애는 것을 넘어 고
교교육의 패러다임을 바꾸는 방향에서 모색되어야 한다.

결론적으로 이러한 외고 문제 해결의 최종 귀착점은 고교교육
의 정상화라고 할 수 있을 것이다. 다만 외고 문제 해결을 위해서는
다음과 같은 기본 원칙을 견지해야 한다.

첫째, 단순한 외고 선발 방법의 개선은 해결책이 아니며, 따라
서 현행 외고체제는 전면 폐기되어야 한다. 사립 외고 교장들이 외고
폐지론에 반발하면서 사교육비 유발의 원인으로 지목된 영어 듣기평
가와 구술 면접을 폐지하겠다고 하였지만, 여전히 내신 중심의 성적
순위로 선발한다는 방침을 고수하고 있다는 점에서 근본적인 문제
해결과는 거리가 멀다. 따라서 외고 문제의 완전한 해결은 초중학교
학생들의 성적 경쟁을 유발하지 않도록 성적 위주의 학생 선발 관행을
폐기하는 동시에 '외고'라는 이름 자체를 폐기하는 것이어야 한다.

둘째, 그럼에도 불구하고 외고에 최소한의 출구를 열어주는
방향의 대안이 제시되어야 한다. 20년 가까이 존속된 외고를 하루아
침에 아예 폐지할 수는 없으며 전환을 위한 합리적 경과 기간과 선택
의 여지를 허용해야 할 것이다. 이는 외고가 선택할 수 있는 대안이
적어도 복수여야 하며 또 가급적 전향적이어야 함을 의미한다. 전향
적이어야 한다는 것은 단지 기존의 고교체제로 단순 회귀하기보다
미래사회에 필요한 교육을 추구할 수 있도록 길을 열어주어야 함을
의미한다.

셋째, 외고 폐지는 미래사회에 대비한 고교체제 개편의 시발

점이어야 한다. 외고는 여러 특목고 중 하나이며 특히 과학고와 국제고 역시 많은 부분에서 외고와 유사한 문제를 안고 있다. 이 점에서 외고 폐지는 현행 특목고 제도의 폐지를 전제하며 고교 수준의 교육 내용과 방식에 대한 전면적인 재편의 계기로 삼아야 할 것이다. 아울러 현행 대입제도는 고등학교 교육의 정상적인 운영을 제약하는 근원적인 한계로 작용하고 있다. 따라서 고교체제의 개편은 입시제도와 함께 그와 연계된 고등교육체제의 일부까지도 근본적으로 변화시키는 계기가 되어야 할 것이다.

대안에 관한 주장들

지난해 10월 중순 한나라당 정두언 의원이 외고 폐지법안 제출을 공언한 이래 이러저러한 논란의 와중에서 드러난 외고 폐지의 대안은 대략 특성화고 전환, 일반고 전환, 혁신형 자율학교 전환 등의 세 가지로 요약될 수 있다.

특성화고 전환 방안은 10월 30일 국회에 제출된 정두언 의원 안에서 찾아볼 수 있다. 그것은 먼저 고교 유형을 일반고, 전문고, 특성화고, 영재고로 규정하고, 현 초중등교육법 시행령에 규정된 특목고와 특성화를 모두 법률 수준으로 끌어올려 특성화고로 만들었다. 단, 종래의 외고나 국제고, 신설한 인문사회고의 학생 선발은 일반고와 같이 선지원 추첨으로 하도록 하였다. 특기할 것은 외고가 원할 경우 현행 자율형 사립고(성적 상위 50% 이내에서 지원하고 추첨하여 선발)로 전환할 수 있도록 한 점이다.

이 안의 특징은 고교 유형을 단순화하고 특목고를 특성화고로 통합함으로써 논란의 소지를 원천적으로 차단했다는 점이다. 물론 특성화고의 운영 과정에서 편법 운영의 가능성이 남아 있어 시행 과정에서 특성화의 의미를 어떻게 적용하는가가 과제로 남아 있다. 다만 미진하다고 보이는 것은 안 자체에 기존의 일반고나 자립형 사립고(성적 순위로 선발)의 변화를 포함하고 있지 않아 고교체제의 미래 비전을 제시하지 못한다는 점이다.

일반고 전환은 주로 전교조를 중심으로 한 진보 진영에서 강하게 주장하는 방안이다. 그런데 정두언 의원이 외고 폐지론을 제기했을 당시 민주당의 교과위 소속 의원들이 국정감사 현장에서 간담회를 갖고 정 의원의 의견에 동조하기보다 나름의 독자적 견해로 일반고 전환 방안을 제시한 적이 있었다. 이 의견은 최근 민주당의 김영진 의원이 법안으로 정리하였다. 아직 국회에 제출되지는 않았지만, 발표된 내용의 골자를 보면 특성화중학교의 계열을 과학, 체육, 예술, 인성 분야로 한정하여 국제중학교 등장 가능성을 차단하고 특목고를 특성화고로 통합하되 외고와 국제고는 특성화고 전환의 길을 차단하고 단지 일반고로 전환하도록 하고 있다.

이 안의 특징은 특성화중학교 제도를 구체화하고 이를 종래 시행령 수준에서 법률 수준으로 격상시켰다는 점이다. 그러나 학생 선발권을 학교에 줌으로써 현행 특목고와 같은 성적 선발의 가능성을 열어놓고 있음을 문제점으로 지적할 수 있다. 특성화고등학교 역시 법률 수준으로 격상시키고 특목고 관련 분야를 정두언 안처럼 특성화 영역으로 규정하고 있는데, 중학교와 달리 학생 선발에 관한 규정을 포함하고 있지 않아 과거 특목고의 전철이 될 가능성을 열어놓고 있다. 가장 큰 문제는 경과 규정에서 현행 외고와 국제고의 경우에는 전환의 길을 봉쇄하고 단지 교육감의 지정 취소 기한만을 정함으로써 기존 일반고로의 전환만을 허용하고 있는데, 이는 당사자들의 반발 유발은 물론 고교교육 개선을 위한 비전을 담고 있지 못하다는 점에서 설득력이 떨어진다고 할 수 있다.

혁신형 자율학교 전환은 민주당 김진표 의원이 주장하는 방안이다. 이는 앞의 두 의원과 마찬가지로 외고를 폐지한다는 점에서는 같지만 대안의 방향을 꼭 외국어 교육기관으로 두거나 종래의 일반고 형태로 묶어두기보다 고교교육을 좀더 미래지향적으로 바꾸어나갈 수 있도록 폭넓게 길을 열어주자는 점에서 다르다. 핵심 내용은 현행 학교들의 운영상 특례 조항을 담고 있는 초중등교육법 제61조(현행 자율학교의 근거 규정)에 규정된 혁신적인 내용(교장과 교감의 자격, 학년제, 학년도, 수업연한, 교과용 도서 등을 제약받지 않아도 됨)을 모두 적용하는 학교를 '혁신형 자율학교'로 명명하고 종래의 특목고, 특성화 중고, 자율학교, 자립(율)형 사립고 등을 모두 이 범주로 통합하되 과학이나 예체능 분야 영재교육, 대안교육을 위한 학교를 제외한 모든 학교가 일반고와 같이 선지원 후추첨 방식으로 학생을 선발하게 한다는 것이다. 말하자면 기존의 과학고와 예술고, 체육고는 영재교육이라는 틀 안에서 유지하되 나머지 분야의 학교들은 모두 혁신형 자율학교라는 틀 속에서 과감한 학교 운영의 혁신을 허용하자는 방안이다. 물론 어느 경우든 성적에 의한 학생 선발 가능성은 봉쇄된다.

이 안의 특징은 특목고의 문제를 해결한다는 점에서는 다른 두 안과 같되, 일반고의 미래지향적 개편 통로를 열어놓았다는 점이 특기할 만하다. 아울러 우리 사회의 뜨거운 감자 중 하나인 자립형 및 자율형 사립학교에 대해서도 학교 운영의 자율성에 대해서는 크게 양보하면서도 성적에 의한 선발의 길을 막고자 하였다는 점을 눈여겨볼 필요가 있다. 김진표 의원 측에서는 이 안을 민주당의 당론으로 하여 초중등교육법 개정안을 마련, 국회에 제출하는 것을 추진하고 있다.

굳이 어느 것이 가장 문제 해결을 위해 최적이냐를 따진다면 세 번째 안을 택하고 싶다. 이것은 앞서 제시한 문제 해결을 위한 원칙에 가장 부합하며 특히 미래지향성을 지니고 있다는 점에서 그렇다.

결론

외고 폐지 논란이 제기된 후 정부 여당은 한동안 혼란에 빠진 듯했다. 하지만 이내 안정을 찾아 전반적인 기조는 외고라는 틀을 유지하되 선발 전형 방법이나 교육과정 등에서는 크게 개편하려는 것으로 보인다. 그러나 앞서 지적한 바와 같이 그것은 단지 미봉책에 불과할 뿐이며 우리 고교교육의 미래지향적 비전을 마련하는 데 아무런 도움이 되지 못한다.

현재 국회 교육과학위원회에 제출된(혹은 앞으로 제출될) 법안들의 내용만으로도 현행 외고체제는 존속하기 어려울 것으로 보인다. 물론 사교육비 절반이라는 이명박 대통령의 공약 실천보다는 범보수 진영의 분열을 우려한 여권이 절대 다수 여당의 힘을 이용하여 교과위 법 개정을 원천 봉쇄할 가능성도 없지 않다는 점에서 낙관하기는 어렵다. 하지만 이미 임계점을 넘은 외고 폐지론을 다수 의석으로 막는 것은 그만큼 정치적 부담이기도 할 것이다.

마지막으로 두 가지만 추가로 언급하고자 한다. 하나는 이번 사태를 계기로 우리의 고교체제를 미래지향적으로 개편하기 위한 범국민적 논의 구조를 만들 것을 제안한다. 그것은 이전의 대통령자문기구나 교육부장관 자문기구 수준이 아니라 특별법에 의한 상설기구로서 범국민적 의견 수렴과 전문적인 연구를 바탕으로 미래의 고교체제, 나아가 우리의 유초중등 및 전체 교육체제에 대한 비전과 제도를 마련하는 것이 되어야 한다. 나는 대통령자문기구에 몸담고 있으면서 그 한계를 절감하고 수년 전부터 이러한 기구의 필요성을 주장해왔다. 최근 민주당의 당대표가 이에 관한 제안을 한 바 있다. 이것이 구체적인 법안으로 제안되어 공론화되기를 기대한다.

다른 하나는 우리 사회가 가지고 있는 '수월성 교육'에 관한 오해를 짚어보고자 한다. 어느 사회나 수월성 교육은 필요하다. 하지만 중요한 것은 수월성 교육의 내용이다. 시대에 따라 수월성 교육에 대한 이해가 달라져왔고 또 그 범위나 형식도 크게 변모되었다. 과거에는 주로 지적 수월성이 강조되었으며 선발을 통한 정예교육이 주된 형태였다. 하지만 이미 오래전부터 수월성의 영역은 다양하다는 점이 인정되었으며 최근에는 '모두를 위한 수월성' 개념이 주류를 이루고 있다. 말하자면 각자 장기에 따라 여러 형태의 줄 세우기가 가능하며 이것이 미래사회에는 경쟁력이 있다는 것이다. 이러한 추세에 비추어보면 여전히 선다형 시험 점수를 모든 경쟁의 척도로 삼는 우리의 학교와 사회 관행들은 후진적이기 짝이 없다. 강조하건대 외고나 자사고 등은 결코 수월성 교육의 모델이 아니라 폐기되어야 할 낡은 교육 모델이다.

늦었지만 우리 교육에 변화의 서광이 비치기를 학수고대한다.

MB정부 1년, '사교육비 절반' 약속 어디로?

이명박 대통령은 후보 시절, 교육을 통한 가난의 대물림을 차단하겠다는 비장미를 보이며 '교육만족 두 배, 사교육비 절반'이라는 공약을 내걸었었다. 이것은 정부 출범시 교육과학기술부의 정책

목표로 반영되었으며 이를 실현하기 위한 주요 정책 과제로는 '고교 다양화 300프로젝트' '대입 3단계 자율화' '영어공교육 완성' 등이 제시되었다. 꼭 1년이 지난 지금, 이명박 대통령의 약속은 얼마나 지켜졌을까? 과연 교육만족도가 올라가고 사교육비는 감소되었을까?

불행하게도 답은 'No'다. 엊그제 진보신당이 발표한 자료에 따르면 이명박 정부하에서 사교육비가 줄기는커녕 오히려 크게 증가한 것으로 드러났다. '정상JLS'라는 영어 사교육 전문업체의 매출은 전년도에 비해 무려 76.2%나 증가하였고, 2008년 3·4분기 전국 가구 평균 학원·개인교습비는 16만 5천 원으로 전년 동기 대비 15.5% 증가했다고 한다. 일반적인 서민의 경우 국제적 금융위기로 인한 경기 침체로 다니던 학원도 끊어야 하는 큰 폭의 소비 위축 와중임을 고려하면 엄청난 증가폭이라 하지 않을 수 없다.

사실, 이명박 정부에 들어 사교육비가 늘어났다는 것은 아무런 뉴스거리가 못 된다. 이명박 대통령의 후보 시절 공약 내용이나 정부 출범 후 교육정책 방향이 모두 사교육비 수요를 늘리는 것들이었고, 굳이 전교조 조합원이 아니더라도 교육에 웬만한 관심이라도 있는 사람이라면 그런 정책들이 사교육 경쟁을 심화시킬 것이라는 우려를 하고 있던 터였기 때문이다. 여기저기서 들리는 말로는, 이명박 정부가 들어선 뒤 학원가는 쾌재를 불렀고 밀려오는 학원생들을 받기 위해 더 많은 투자계획을 세웠다고 한다.

그렇다면 세상이 다 아는 사실을 이명박 대통령이나 그 참모들만 몰랐단 말인가? 그들은 정말 자기들이 생각하는 정책을 추진하면 사교육비가 줄 것이라고 믿었을까? 그들은 진정으로 사교육비를 줄이고자 하는 의지를 가지고 있었을까? 아니, 그들이 사교육비를 줄여야 한다는 생각을 정말 하기는 한 것일까?

'사교육비를 줄이는 게 뭐 그리 대수로운 일인가'라고 묻는다면 별로 할 말은 없다. 그것은 사람마다 사정과 형편이 달라 일률적으로 말하기 어려운 문제이기 때문이다. 다만, 이명박 정부하의 사교육비 증가와 관련하여 다음 두 가지 문제는 꼭 짚고 넘어갈 필요가 있다고 본다.

첫 번째는 이명박 정부의 도덕성 혹은 능력에 관한 문제이다. 선거 과정에서 나를 포함하여 많은 사람들은, 이명박 후보 진영에 있는 사람들에게 당신들이 주장하는 정책을 펼친다면 사교육비가 급등할 것이라는 점을 누차 강조하였었다. 그러나 그들은 귀담아듣지 않았다. 선거 후에도 앵무새처럼 똑같은 발언을 하면서 성적 경쟁을 조장하는 정책들을 밀어붙였다. 수능 비중을 확대한 대학입시 자율화가 그렇고 자율형 사립고 설립 추진이 그렇다. 크게 논란이 되었던 서울시교육청의 국제중학교 설립 문제 역시 중앙정부와의 교감이 낳은 작품이다. 최근에 크게 논란이 되고 있는 일제고사도 같은 맥락에서 불거진 문제이다. 이러한 정책 추진 태도는 둘 중 하나이다. 자기들이 표방하는 상위 목표(사교육비 절반)와 추진하는 정책의 상관성을 전혀 판단할 수 없는 무능한 사람들이거나 실은 양자의 관계를 잘 알면서도 국민들을 향하여 거짓말을 하는 부도덕한 사람들이거나. 어느 편이든지 국민이 용납하기 어렵다.

두 번째 문제는 이명박 정부가 조장하고 있는 성적 경쟁 풍토 그 자체이다. 세계는 지금 단순한 지식 습득이나 시험성적으로 아이들의 능력을 판단하는 일이 시대 변화에 맞지 않는다는 점을 강조하면서 새로운 교육 패러다임을 구현하기 위한 노력에 박차를 가하고 있다. OECD가 내세우고 있는 '핵심 역량'이 그러하고 3년마다 치르는 PISA 평가에서 매번 세계 최고의 성적을 내고 있는 핀란드가 그러

하다. 이들은 산업사회가 아니라 이미 상당히 깊어진 지식기반사회
를 성공적으로 살아가기 위해 필요한 능력을 어떻게 길러줄 것인지
고민하고 대안을 모색하고 있다. 반면 주어진 교과지식만을 암기한
시험성적이 모든 것을 결정하는 한국의 교육체제는 너무나 과거지향
적이다. 이렇게 가면 오래지 않아 우리가 세계의 후진국이 될 것이
뻔하다. 따라서 이를 미래지향적으로 바꾸려는 노력이 너무나 절실
하다. 그러나 이명박 정부는 반대의 길을 택하고 있다. 미래가 아니
라 과거로 가고 있는 것이다.

하지만 지난 1년을 돌아볼 때 이명박 정부가 미래지향적으로
바뀔 가능성은 전무한 것 같다. 그래도 이 정도는 요구할 수 있지 않
을까? 제발 당신들이 약속한 '사교육비 절반'을 위해 진지한 노력이
라도 한번 해보라고.

3.
미래 한국교육, 어디로 가야 하나?

| 21세기에 필요한 인간상

21세기에 접어든 지 10년이 흘렀건만, 아직도 우리에게는 21세기라는 말이 다소 낯설게 느껴진다. 무엇이든 익숙해지는 데 시간이 걸리는 탓도 있겠지만, 아마도 더 큰 이유는 우리의 환경과 삶의 관행들이 20세기의 것들에서 크게 벗어나지 않고 있다는 이유 때문이리라.

이 점은 교육 현실에서 특히 두드러진다. 학교시설도 대부분 그렇지만, 특히 교육제도의 골격이나 그 안에서 이루어지는 각종 교육 '행위'들이 이 전 세기에서 한 치도 벗어나지 못하고 있다. 수직적 권위주의, 눈속임 행정, 구태의연한 학교교육, 일제고사와 점수에 의한 서열화, 과정을 무시한 결과(점수) 지상주의와 그 위에서 독버섯처럼 무성하게 자라는 사교육……. 반면, 학교 밖의 세상은 갈수록 빠르게 변하여 어느덧 학교는 외양으로도 초라한 오두막이 되었고, 교육적 측면에서 보더라도 새로운 지식의 원천은 옛말이 된 채 자격증(졸업장) 부여 권한에 기대어 겨우 연명하고 있는 실정이다. 당연한 결과로 학교의 교육적 영향력이 급감하고 학교를 떠나는 이들도 빠르게 늘어나고 있다.

한마디로 위기다. 귀 아프게 들어온 '교육은 백년대계'라는 말이 무색하다. 모름지기 교육은 백년 앞의 세상을 내다보는 전략이 필요하다는 것인데, 지금의 교육은 거꾸로 사회 변화를 따라가지도 못하고 오히려 뒤에서 바짓가랑이를 붙잡는 형국이다. 아이들은 새로운 지식이나 스스로 생각하는 능력보다 '기출문제'를 암기하기에 바쁘고 교사들은 새벽부터 심야까지 아이들을 네모난 교실에 가두고 들볶기에 여념이 없다. 학생, 교사, 학부모, 대학, 정부 누구도 미래에는 관심이 없고 오로지 대학 입학시험에만 목을 매고 있다. 대학에 들어간 뒤에도 진짜 공부에 몰입하기보다는 '에라 놀자'거나 고시 아니면 취업시험 준비에 매달린다. 그러는 사이에 우리의 다음 세대들은 자신도 모르게 우물 안 개구리 식의 무능한 소시민이 되어간다. 비전도 실력도 열정도 없고 단지 약삭빠른 처세술에만 능한. 정말이지, 이런 상태가 몇 년 더 지속된다면 한 세대 후 우리나라는 치열한 글로벌 경쟁에서 완전히 탈락하고 말지도 모른다. 참으로 걱정스러워 자다가도 벌떡 일어날 일이다.

어찌해야 할까. 늦었지만 이제라도 서둘러야 한다. 서둘러 미래사회에 대비해야 한다. 아니, 정확하게 말하자면 미래는 이미 우리 앞에 와 있다. 지식기반사회니 평생학습사회니 하는 말들은 이미 우리가 근대 산업사회와 학교 중심 교육사회를 지나 새로운 시대에 살고 있음을 일깨우고 있다. 따라서 우리가 해야 할 일은 과거의 관행과 제도에 대한 집착을 버리고 한시바삐 변화된 현실을 직시하고 적응하며, 한 걸음 더 나아가 새로운 상황을 주도할 수 있는 힘을 기르는 것이다. 물론 그것이 말처럼 쉽게, 또 하루아침에 이루어질 수는 없다. 또 현 기성세대에게 그것을 기대하는 것은 거의 불가능하다. 따라서 우리의 관심은 다음 세대에게 집중될 수밖에 없다. 다음 세대만은 미래사회의 명실상부한 주인공으로 살아가는 데 필요한 자질을 갖추도록 해야 한다.

미래사회를 성공적으로 살아가기 위해서는 어떤 자질들이 필요한가? 이 물음에 답하기 위해서는 다음 두 질문을 먼저 검토할 필요가 있다. 첫째, 지금까지 이른바 '근대사회'는 어떤 사회이며, 이 사회에서 성공적으로 살기 위해 요구되는 자질은 무엇이었는가? 둘째, 새롭게 펼쳐지고 있는 '탈근대사회'는 근대사회와 얼마나 다르며 또 요구되는 자질들은 어떤 것들인가?

우선 첫째 질문부터 검토해보자. 주지하다시피 근대사회란 서구 시민혁명과 산업혁명을 거치면서 종래와는 질적으로 다른 사유 양식과 생산 양식, 그리고 정치구조가 확립된 사회를 말한다. 그 기본적인 동인은 인간의 이성적 사고를 바탕으로 한 과학의 발달이었다. 종전과 비교할 때 근대사회의 가장 큰 특징은 오랜 전통의 신분제 대신, 법 앞에서 인격의 가치가 동등하게 인정되는 평등사회가 확립되었다는 점이며, 아울러 이를 바탕으로 누구나 시장에서 자신의 이윤을 추구할 수 있는 자유를 누리게 되었다는 점이다. 이것은 과학기술의 발달과 결합하여 생산력의 비약적인 발달을 가져왔으며 이를 통해 제조업 중심의 근대 산업사회가 성립되었다.

근대 산업사회의 주류는 대규모 공장제 기계공업이다. 여기서 이른바 포디즘으로 명명되는 생산의 과학적 관리는 제품의 철저한 규격화와 표준화를 지향하며 이를 통해 소품종 대량생산체제를 실현한다. 동시에 모든 공정에 대한 세부 분업으로 구축되는 극단적 효율화의 추구도 빼놓을 수 없는 특징이다. 당연히 이러한 생산과정에 참여하는 노동자들은 자신의 개성이나 취향을 발휘할 기회를 얻을 수 없으며 획일적이고 기계적인 노동과정에 철저하게 순응해야 한다.

이러한 근대 산업사회에서 필요로 하는 인간상은 다음과 같이 그려진다. 무엇보다 튀지 않는 평범한 성격의 소유자여야 하며 표준을 지향하는 '평균인'일 것이 요구된다. 아울러 시간이나 사소한 규정이라도 엄격하게 준수할 수 있어야 하며, 특히 위계질서에 철저하게 순응할 줄 알아야 한다. 새로운 것의 창안보다는 주어진 임무의 완수가 중요하며, 비록 개인적인 손해를 보더라도 전체(회사, 국가)의 이익을 위해 자신을 희생할 수 있는 성실성이 강조된다.

이러한 유형의 인간은 오랜 기간의 학교교육을 통해 길러져왔다. 대량생산체제에 상응하는 대중교육체제는 군대와 유사한 학년-학급 조직을 통하여 대규모 학생들을 효율적으로 관리하는 한편, 엄격한 규율과 수직적 통제구조를 유지함으로써 주어진 규정과 위계질서에 대한 순응을 체질화하였다. 분절화된 지식체계와 표준화된 교육내용은 학생들에게 진정한 지식의 탐구보다 박제된 지식을 천편일률적으로 습득하게 만들었다. 오랜 기간 이러한 학교교육을 거치는 동안 대부분의 학생들은 본래 타고난 개성을 잃어버리고 언제 어디서나 주어진 임무에 충실한 표준적인 인간형으로 길들여질 수밖에 없었다. 주기적으로 치러지는 시험과 성적에 의한 줄 세우기는 아이들이 자발적으로 이러한 과정에 몰입하게 만드는 탁월한 수단이자 기제였다.

그러나 이제 이러한 인간형은 별로 쓸모가 없는 세상이 되었다. 지식기반사회로 특징지어지는 탈근대사회가 이미 도래했기 때문이다. 그렇다면 이 새로운 사회는 이전의 근대사회와 얼마나 다르며 따라서 어떤 특징의 새로운 인간을 요구하는가? 가장 많이 지적되는 것은 다품종 소량생산체제로 이행함에 따라 개성과 창의성이 강조된다는 것이다. 소품종 대량생산체제에서 다품종 소량생산체제로 이행하게 된 것은 두 가지 흐름의 결합 결과이다. 즉, 경제성장에 의한 물질적 풍요는 소비자들의 기호를 다양하게 만들었으며 동시에 기술의 발달은 다양화된 기호에 부응할 수 있는 생산체제를 가능케 하였던 것이다. 급속한 인터넷 기술의 발달이 이러한 추세를 가속화했음은 물론이다.

다품종 소량생산체제는 결국 누가 소비자의 기호에 맞게 '튀는' 제품을 먼저 만드는가의 경쟁이라고 할 수 있다. 표준화된 교육과정에 오랜 기간 적응해온 보통의 인간들은 이러한 환경에서 제대로 능력을 발휘할 수 없다. 그들은 이미 개성이나 창의성이 거의 소멸된 상태이기 때문이다. 이 점에서 서태지나 빌 게이츠처럼 오히려 기존의 학교교육 과정에서 일탈한 사람들이 시대적 전환기에 탁월한 기량과 업적을 보인 것은 필연이라고 할 수도 있다.

물론 개성이나 창의성이 새로운 사회에서 요구되는 자질의 전부는 결코 아니다. 1999년 독일 교육연구부는 여러 전문가들을 상대로 한 델파이 조사를 통하여 새롭게 등장하는 지식기반사회의 여러 특징들을 정리하고 거기에서 새롭게 요구되는 능력들을 다국가 문화의 이해능력, 대인관계 능력, 외국어 능력, 기술적·방법론적 학습 능력, 매체 활용 능력, 특정 부문과 관련된 능력 등으로 제시한 바 있다. 전통적으로 학교에서 중시해온 교과지식의 탁월성 못지않게 때로는 이런 능력은 더 중요하며, 앞으로는 새로운 세대에게 이러한 능력을 길러주어야 한다는 것이다. 부언하자면, 이러한 지적은 종래의 학교 중심 교육체제나 교육내용이 근본적으로 달라져야 한다는 의미를 담은 것이기도 하다.

비슷한 시기에 OECD는 더욱 야심찬 프로젝트를 추진하고 있었다. 그들은 "사회가 원활하게 기능하고 개인들이 성공적인 삶을 영위하도록 하기 위해서는 어떤 역량들(competencies)이 필요한가?" 하는 질문을 바탕으로, 성공했다고 인정받는 개인이나 사회의 다양한 특징과 요인들을 광범위하게 조사한 뒤 공통점들을 추리고 또 추려서 몇 가지 핵심 요인들을 가려내었다. 그들은 그것을 '핵심 역량'(key competencies)으로 명명하였는데, 그 세 가지 범주와 핵심 요소들은 다음과 같다.

- 범주 1 : 도구의 상호작용적 이용

언어나 상징, 텍스트를 상호작용적으로 사용하는 능력

지식과 정보를 상호작용적으로 활용하는 능력

기술을 상호작용적으로 이용할 수 있는 능력

- 범주 2 : 이질적인 집단 내에서의 상호작용

다른 사람들과 좋은 관계를 맺는 능력

협동할 수 있는 능력

– 갈등을 관리하고 해결하는 능력

- 범주 3 : 자율적으로 행동하기

큰 그림(big picture) 안에서 행동할 수 있는 능력

생애 설계와 개인적 프로젝트를 만들고 수행할 수 있는 능력

권리와 관심사, 한계와 필요를 주장할 수 있는 능력

여기서 눈에 띄는 것은 전통교육에서 강조되어온 지식이나 기술의 습득은 세 가지 영역 중 하나에만 해당된다는 점이다. 그나마 그것도 '상호작용'이라는 단서가 붙어 있다. 즉, 아무리 유용한 지식이나 기술이라고 하더라도 혼자서 많이 알고 있는 것만으로는 부족하며, 그것을 다른 사람들과 협력하며 활용할 수 있을 때 비로소 핵심 역량의 하나가 될 수 있다는 것이다. 그리고 그런 능력 말고도 더 요구되는 것이 두 가지나 된다. 그것은 물론 전통적인 학교에서 거의 주목하지 않던 것들이다. 자기와 이질적인 사람들과 얼마나 잘 협력하고 좋은 관계를 맺을 수 있는지(범주 2), 자신의 문제를 스스로 판단하고 결정하며 생애 설계를 해나갈 수 있는지(범주 3) 등이 그것이다.

이런 역량들을 어떻게 길러줄 것인가? 아마도 세계 각국이나 OECD 차원에서도 위의 핵심 역량들을 기르기 위해 어떤 전략을 채택할 것인지, 기존의 교육체제를 어떻게 재편해야 할 것인지 등에 관하여 아직 본격적인 논의가 이루어지지는 않고 있는 것 같다. 그러나 호주와 뉴질랜드 등 일부 국가에서는 국가 교육과정에 핵심 역량 개념을 접목시키기 위한 시도를 하고 있기도 하다. 기존의 교과들도 물론 유지하지만, 종래 교과지식과는 전혀 개념이 다른 핵심 역량 기반의 교육목표와 학습영역을 신설하고 학교에서 구체적인 학습내용이나 전략을 채택하도록 하는 방식이다. 이러한 시도는 조만간 다른 나라로 확산될 전망이며 그 성과 여하에 따라서 근대교육의 해체와 탈근대교육의 성립을 강하게 촉진할 것으로 보인다.

탈근대사회를 특징짓는 용어로는 지식기반사회 말고도 평생학습사회가 있다. 사실 양자는 동전의 앞뒷면이라고 할 수도 있다.

지식기반사회는 지식이 부와 가치 생산의 가장 중요한 요소라는 의미다. 그 이면에 지식의 폭발이라고 할 만큼 새로운 지식이 엄청난 속도로 생겨난다는 의미도 내포하고 있다. 지식의 증가가 빠르다는 말은 어느 한 지식이 의미 있게 유통되는 기간이 짧아진다는 말이기도 하다. 새로운 지식은 그 이전 지식보다 효용성이나 생산성이 높기 마련이며, 따라서 이전 지식은 폐기될 수밖에 없다. 말하자면 지식의 생멸 주기가 갈수록 짧아지는 것이다. 한번 배운 지식은 얼마 가지 않아 곧 쓸모가 없어지며 따라서 새로운 지식을 습득해야 한다. 지식의 증가 속도가 갈수록 빨라진다는 점을 감안하면, 앞으로 사람들은 태어나서 죽을 때까지 끊임없이 새로운 지식을 습득하기 위해 노력해야 할 것이다. 글자 그대로 '평생학습(을 해야 하는) 사회'인 것이다.

종래의 학교에서는 누구나 자신이 학습해야 할 내용이 이미 주어져 있다. 만일 이를 제대로 습득하지 않으면 교사나 부모가 제재를 가한다. 특출한 사람이 자기가 하고 싶은 것을 할 수 있도록 허용하지도 않지만, 아주 게으름을 피우는 사람도 그렇게 할 수 없도록 내버려두지 않는다. 그러나 평생학습사회에서는 그런 제재가 별로 없다. 제재 이전에 생존을 위해 스스로 배워야 할 지식을 고르고 배울 수 있는 기관이나 가르쳐줄 교사를 찾아나서야 한다. 흔히 말하는 자기주도 학습능력이나 OECD가 말하는 자율적 행동능력이 중요한 이유가 여기에 있다. 미래사회는 누구나 모두에게 열려 있는 지식의 바다 속에서 자신만의 나침반을 가지고 자기가 설정한 항구를 향해 나아가야 하기 때문이다. 만일 게으름을 피우거나 서툴게 항해를 할 경우 자칫 표류하다가 풍랑을 맞아 좌초하거나, 아니면 다른 사람의 배에 매달려 이끌려가는 비참한 삶을 살게 될 것이다.

지금까지의 이야기는 미래사회에 대한 논의에서 비교적 흔히들을 수 있는 내용들이다. 이를 한마디로 표현하면 '경쟁력 담론'이라고 할 수 있다. 미래 지식기반사회 혹은 평생학습사회에서 개인이나 사회가 치열한 경쟁을 뚫고 생존하기 위해 갖추어야 할 자질이나 능력을 구비해야 한다는 것이다. 물론 그것은 이전의 산업사회 혹은 학교 중심 교육사회와 판이한 방향이며 따라서 종래 교육의 형식과 내용을 환골탈태시켜야 하는 과제가 남아 있다. 이것으로 충분한가?

아니다. 21세기에 필요한 인간은 생존을 위한 경쟁력을 갖추어야 할 뿐만 아니라 추가적으로 다른 안목과 자질도 지녀야 한다. 그것은 21세기가 지식기반사회만이 아니라 다른, 훨씬 더 중요한 특징들을 가지고 있기 때문이다.

가장 먼저 꼽아야 할 것은 생태위기와 자원고갈이다. 산업혁명 이후 인류가 누린 물질적 풍요는 문명의 부산물로 심각한 환경오염을 낳았고 20세기 말부터는 전반적인 지구 생태계의 위기를 초래하고 있다. 지구 온난화로 인한 해수면의 상승이나 심각한 기후 변화, 내륙 사막화의 확산은 대표적인 사례들이다. 최근 천정부지로 치솟고 있는 원유 값이나 국제 곡물가는 한정된 지구의 자원이 고갈되어가고 있음을 보여준다. 이런 위기의 시대를 살아야 하는 인간들은, 개발할 수 있는 자원이 무한하며 질서 있는 자연의 섭리를 파악하여 얼마든지 이롭게 활용할 수 있다고 믿던 근대시대의 인간들과는 무언가 확연히 다른 의식과 태도를 견지해야 할 것이다. 그렇지 않다면 앞으로 수많은 재앙을 피하기 어려우며, 급기야 지구의 종말을 맞을지도 모른다.

이와 관련하여 지금까지 많은 국가와 개인들이 외쳐온 것은 '지속가능한 개발'이었다. 인간의 욕망을 충족시키기 위한 개발 행위를 원천적으로 중단할 수는 없지만 대신 자연의 순리에 역행하지 않는 선을 지키자는 것이다. 그러나 이것은 논리적으로는 성립할지 몰라도 실제로는 고작 개발의 속도를 아주 조금 늦출 뿐 지난 수백 년간 지속되어온 개발의 방향과 그 파괴력에는 별다른 영향을 끼치지 못한다. 따라서 수많은 생태학자들이 예견하는 재앙을 막기 위해서는 새로운 접근이 요구된다. 아마도 그것은 미래의 모든 인간들이 생태적 민감성을 갖도록 하는 일일 것이다.

생태적 민감성이란 삶의 모든 요소들이 지구 생태계의 건강과 긴밀하게 연관되어 있음을 예민하게 느끼는 것이다. 그것은 음식물 쓰레기를 줄이고 물건을 아껴 쓰는 것에 그치지 않는다. 기름진 음식을 먹고 값비싼 자동차를 타는 것이 지구 생태계에 커다란 부담을 준다는 자각만으론 부족하다. 근본적으로 말하자면, 인간 생존을 위한 최소한의 소비를 넘어 풍요와 편리를 위해, 또는 더 많은 소유를 위해 자연물을 변형하는 일체의 행위가 지구 생태계의 건강을 치명적으로 위협할 수도 있다는 항상적인 인식이 필요하다. 나아가 인간은 절대로 만물의 영장이 아니며 지구상에서 지극히 작은 생물 하나와 동일한 권리만을 가질 뿐이라는 겸손함을 가져야 한다.

이러한 생태적 민감성이 앞에서 지적한 경쟁력과 어떻게 양립할 수 있는지는 답하기 까다로운 문제다. 하지만 분명한 것은 지구 생태계가 붕괴될 경우 개인들이 구비하고 있는 핵심 역량이나 경쟁력은 아무런 의미가 없어진다는 점이다. 생태적 민감성은 생산과 소비, 개발 등과 관련한 미래의 인간 행위들을 자발적으로 제어하고 그야말로 '지속가능한 대안'을 모색하게 만드는 동인이 될 것이다. 이미 적지 않은 사람들이 이를 위한 생태주의 운동을 벌이고 있고, 교육분야에서도 대안교육이라는 이름하에 자라나는 세대에게 생태적 민감성을 길러주기 위한 노력을 기울이고 있다.

생태적 민감성과 친화력이 높지만 그와는 유를 달리하는, 그러면서도 미래사회의 인간들에게 꼭 필요한 자질이 있다. 그것은 한마디로 비물질 세계에 대한 안목과 존중감이라고 할 수 있다. 다소간 생소하게 들리는 이 말은 두 가지 흐름을 포함하고 있다.

하나는 '영성'(spirituality)에 대한 강조이다. 본래 영성이란 종교에서 강조하는 것이지만 20세기 말부터 비종교적 영역에서도 중요성을 인식하는 사람들이 늘고 있으며 21세기 혹은 지식기반사회 다음의 시대를 '영성의 시대'가 될 것이라고 전망하기도 한다. 이처럼 영성을 강조하는 배경은 다양하다. 패트리셔 에버딘은 『메가트렌드 2010』이라는 책에서 다양한 마음수련 단체들이 급증하고 있고 이것이 기업경영에서 중요한 역할을 하는 것을 보고 21세기를 영성의 시대가 될 것으로 예측한다. 그런가 하면 물리학자 카프라는 미립자 세계를 연구하다가 영성의 세계를 발견했다. 그가 다른 저자들과 함께 쓴 『신과학과 영성의 시대』(원제는 Belonging to the universe)는 유한적 물질세계만을 대상으로 하는 과학의 한계를 넘어 존재 간의 상호관계와 사랑을 중핵으로 하는 영성의 중요성을 강조한다. 한편, 미래학자 윌리엄 하라는 2020년경부터 지식시대가 가고 새롭게 지식 이상의 가치와 목표를 중시하는 영성의 시대가 시작된다는 예언을 하였다. 그가 말하는 영성의 대체적인 내용은 사람의 품성, 적극적이고 창의적인 자세, 이타적인 태도 등을 강조하는 가치이다. 영성에 대한 다양한 강조를 한마디로 요약하면 아마도 물질보다 인간 자체를 중시하며, 그중에서도 인간의 내면세계가 갖는 의미에 주목하고자 하는 흐름이라고 할 수 있을 것이다.

똑같이 비물질적 세계의 중요성을 강조하지만 내용과 방식에서 영성과 다른 특징을 보이는 흐름이 있다. 미래학의 대부로 일컬어지는 짐 데이토는 오래지 않아 세계는 정보사회 대신 꿈과 이미지에 의해 움직이는 '드림 소사이어티'(꿈의 사회)로 진입한다고 보았다. 그에 따르면 한국은 꿈의 사회로 진입한 제1호 국가라고 한다. 그 이유는 한국이 '한류'라는 흐름 속에서 스스로의 이미지를 상품으로 만들어 수출했기 때문이란다. 그가 말하는 '꿈'이란 미래에 거는 희망이라는 통상적 의미보다 가상세계에서 표현되는 이미지나 캐릭터 등에 가까운 것으로 보인다. 물론 그러한 이미지는 본인이 그렇게 되었으면 하는 염원을 상징하는 것이기도 하다.

짐 데이토가 말하는 꿈의 사회는 앞에서 말한 영성의 시대가 추구하는 방향과는 거리가 있다. 영성의 시대가 과학(이는 유한한 물질세계를 대표한다)의 한계를 인정하고 그 빈자리를 메우려는 노력이라면, 꿈의 사회는 오히려 비물질 세계의 효용성을 이용하여 경제적 이익을 추구하는 것이라고 할 수 있다. 정보사회에서 부의 주된 원천이 지식과 정보였다면 꿈의 사회에서는 꿈과 이미지가 부의 주된 원천이 되리라는 것이기 때문이다. 이 점에서 짐 데이토가 말하는 꿈의 사회론은 물질적 풍요를 추구하는 경쟁력 담론의 연장선상에 있다고 보는 것이 자연스러울 듯하다.

지금까지의 논의를 간략히 요약해보자. 미래를 살아갈 인간은 개성과 창의력은 기본이고, 그밖에도 폭발적인 지식의 증가를 소화할 수 있는 자기주도의 학습능력을 지녀야 한다. 아울러 이질적인 개인들과 협력할 수 있는 대인관계 능력과 스스로 판단하고 결정할 수 있는 자율적인 역량 등 종래의 산업사회 또는 학교에서 요구되던 것들과 질적으로 다른 능력들을 구비해야 한다. 아마도 이를 좀더 일반론적으로 풀어 말한다면, 끊임없이 달라지는 사회에서 생존을 위한 경쟁력을 갖기 위해서는 부와 가치의 주된 원천이 어떻게 달라지는

지 간파하고 이에 부응할 수 있는 자질을 스스로 습득하는 존재가 되어야 한다고 말할 수 있을 것이다. 그러나 동시에 고려해야 할 것이 있다. 그것은 인류의 존재론적 기반인 지구의 지속가능성 문제이다. 어쩌면 모든 사람들이 생태적 민감성을 갖는 일은 다른 어떤 능력과 가치보다 더욱 절실한 문제일 수 있는 상황이다. 영성의 의의와 가치에 대한 자각은 물질세계와 과학의 한계에 직면한 인간에게 새로운 가능성을 열어주는 것일 뿐 아니라 생태적 민감성과 상승작용을 가능케 할 수도 있다.

그렇다면 이러한 21세기형 인간은 어떻게 길러질 수 있을까? 물론 이미 우리 사회에서도 많은 사람들이 다양한 방식의 실천을 통하여 새로운 세대가 이러한 유형의 자질과 능력들을 습득할 수 있도록 노력하고 있다. 그중에서도 열악한 여건에서나마 시류에 아랑곳하지 않고 새로운 내용과 방식의 교육을 시도하고 있는 일부 학교들과 대안교육 현장들은 희망의 묘목장이라고 할 만하다. 하지만 전체적으로 볼 때는 답답하고 어두운 전망을 부정할 수 없다. 분명 이 길은 아닌데 하면서도 당장의 이윤, 당장의 인사고과, 당장의 학교 평판 등을 이유로 학원은 물론 교사와 학교, 당국 나아가 사회 전체가 학생들을 입시 경쟁으로 내몰고 있다. 그 궁극적 결과는 우리의 다음 세대들을 20세기 산업사회형 인간으로 고착시킴으로써 미래사회의 낙오자로 만들 뿐이다. 따라서 돌파구는 현재의 교육구조를 과감하게 무너뜨리는 것이다. 차일피일 미루다가는 그야말로 미구에 재앙을 맞을 것이기 때문이다. 그러나 과연 누가 스스로 딛고 있는 누각의 기둥을 도끼로 찍을 수 있을 것인가!

미래의 학교교육은 어떻게 달라질까?

서언

고대 그리스 철학자 헤라클레이토스의 '만물은 유전한다'는 명제는 오늘날 모든 사람의 머릿속에 각인된 근대 공교육제도에도 적용된다. 비록 우리가 보는 학교의 형태와 작동 방식이 30년 전의 것과 별반 다를 게 없다는 점에 당혹스럽기는 하지만 그렇다고 그것이 앞으로도 변함없이 유지되리라고 믿는 사람은 아무도 없을 것이다. 겉으로 보이는 학교 현 실태의 완강함과 달리, 내부적으로 이미 학교로 대표되는 근대 공교육제도가 효용성과 존립의 위기를 맞고 있다는 징후는 여기저기서 발견된다. 학교 밖의 사교육기관에 비해 학교의 경쟁력이 떨어진다는 불평이나 홈스쿨링을 포함한 다양한 대안적 교육기관들의 등장은 단적인 예이다. 특히 여러 수준에서 모색되는 대안적 교육체제에서는 방법론의 변혁에 머무르지 않고 내용과 형식, 나아가 가치 지향의 전환에 이르기까지 근본적이고 심층적인 변화를 추구한다. 보기에 따라 이러한 변화는 근대 공교육제도의 종언으로 해석되기도 한다.

그렇다면 앞으로 지금 우리에게 익숙한 학교제도는 얼마나, 어떤 방향으로 달라질 것인가? 이에 대해서는 사람마다 보는 시각과 강조점이 다를 것이다. 여기서 제시되는 내용 역시 있을 법한 다양한 견해 중의 하나이다. 다만 막연한 상상에 의거하거나 교육제도의 특정 부분에 집중하기보다는 세계사적 흐름 속에서 현재 공교육제도가 필연적으로 겪게 될 거시적 변화를 조망해보고자 한다.

미래 교육체제의 기본적인 특징

미래사회의 교육은 산업사회에서 구축된 공교육제도와는 많은 점에서 달라질 것이다. 교육에 대한 사회적 요구가 달라지고 또 학습자와 교육 환경의 근본적인 변화에 의해 교육의 존재양식 자체가 달라질 수밖에 없기 때문이다. 이러한 관점에서 미래의 초중등 교육체제가 가지게 될 기본적인 주요 특징들을 다음 몇 가지로 전망해 볼 수 있다.

첫째, 학습자 중심의 교육체제가 될 것이다. 근대 교육이 철저하게 교사 또는 국가의 의도가 관철되는 교육체제였다면 미래사회의 교육은 기본적으로 학생 또는 학습자가 주도하는 교육체제로 전환될 것이다. 이렇게 예상할 수 있는 주요 근거는 미래의 교육이 대량생산 방식이 아니라 다품종 소량생산 방식, 나아가 개인을 단위로 하는 개별화 교육 방식으로 전환될 것이라는 점이다. 달리 말하자면 모든 학습자가 동일한 내용을 동일한 진도에 맞추어 동일한 방식으로 학습하는 것이 사실상 불가능하게 되고, 각자가 자신의 관심과 필요에 따라 배우고자 하는 내용 및 방법, 시기, 교사 등을 선택하고자 할 것이기 때문에 이에 맞는 교육체제가 구축되어야 한다는 것이다.

학습자 중심 교육체제는 형식만이 아니라 내용에서도 큰 변화를 가져올 것으로 예상할 수 있다. 종래의 근대 공교육제도는 누구에게나 공통적으로 배워야 할 교육 내용으로 학문이라는 보편적 지식을 제공하였지만 이제 학습자가 중심이 되는 교육체제에서는 그러한 보편적 지식에 국한되지 않고 학습자 개개인이 자신의 진로나 관심에 따라 필요로 하는 내용들까지도 교육 내용으로 채택할 수 있을 것이다. 물론 학습과정에서 학습자는 교수자의 조언을 통하여 자신의 성장을 위해 필요하다면 종래의 학문적 지식들도 선택할 수 있을 것이다. 이와 함께 최근 OECD가 제안하고 있는 '핵심 역량'을 기르기 위한 새로운 접근도 적극적으로 수용될 것으로 예상된다. 이미 호주나 뉴질랜드 정부의 노력에서 그 예시적 특성이 나타나고 있는 바와 같이 핵심 역량을 기르기 위한 교육과정은 종래의 학문 기반 교과체제와는 크게 다르다.

학습자 중심 교육체제라고 하여 전적으로 모든 학습 내용이 학습자에 의해 결정되거나 교수자의 역할이 조력자에 그친다는 의미로 이해되어서는 안 될 것이다. 정확하게 말하자면, 그것은 교육의 무게중심이나 출발점이 어디에 있는가를 특징적으로 말해줄 뿐 학습자의 특성에 따라 적절한 학습 내용을 구성하고 최적의 방법을 선택하도록 하는 것 등은 교수자의 몫이기 때문에 여전히 교사의 역할은 중요한 의미를 갖는다고 보아야 할 것이다. 아울러 하나의 표준적인 학습 경로와 모델 또는 도달해야 할 기준이라는 의미에서 국가 수준의 교육과정과 교과체제도 필요하다고 본다. 다만 그것은 학습자가 주도하는 교육체제에 맞게 내용이나 형식에서 많은 변화가 수반되어야 할 것이다.

둘째, 평생학습사회에 부합하는 다양하고 유연한 학습체제가 구비될 것이다. 이것은 크게 두 가지 의미를 내포하고 있다. 하나는 앞서 말한 바와 같이 개별 학습자가 스스로 학습을 주도할 수 있는 제도와 여건을 갖추어야 한다는 점이고, 다른 하나는 그러한 개별 학습자의 분포가 학령기에 국한되는 것이 아니라 성인과 노인까지도 포괄한다는 점이다.

개별 학습자가 스스로의 학습을 주도할 수 있는 제도와 여건을 갖추어야 한다는 것은, 현행 학제처럼 교육의 장에 들어가 타인으로부터 자유롭지 못한 폐쇄성과 경직성을 극복하고 언제든지 자신의 관심과 필요에 따라 학습 내용과 과정을 선택할 수 있으며 그 결과를 바탕으로 공적인 자격을 인정받을 수 있도록 한다는 것이다. 아직 제도적으로 이를 시행하는 나라는 찾아보기 어렵지만, 개념상으로는 학습계좌제라는 이름으로 오래전부터 소개되어왔다. 이와 밀접하게 연관된 것으로는 바우처라는 지원제도가 있다. 학습자의 선택을 확대할 경우 경제적 여건이나 지역적 특성으로 인하여 학습기회에서 개인 간 격차가 발생할 가능성이 커지는데, 이를 완화하기 위하여 저소득층을 대상으로 개개인에게 국가(혹은 지방자치단체)가 직접 지원을 하는 방식이다. 아마도 나라마다 정도 차이가 있겠지만, 미래사회에서 이러한 요소들은 광범위하게 적용될 것으로 예상된다.

학습자의 연령별 분포가 넓어진다는 것은 이제까지의 학령기 인구를 대상으로 하던 교육과는 전혀 다른 교육적 수요가 등장한다는 것을 의미한다. 이와 관련하여 두 가지 주요 변화를 예측할 수 있다. 하나는 미래사회의 특징 중 모든 사람이 직업을 빈번하게 바꿀 수밖에 없다는 것과 관련된다. 즉, 지금도 취업과 재취업을 위한 직업훈련 수요가 빠르게 확대되고 있지만 앞으로는 이것이 거의 항상적인 수요로 존재하며 따라서 이를 충족시킬 수 있는 다양한 학습기회를 제공하는 것이 국가의 중요한 책무가 될 것이다. 다른 하나는 고령인구의 급격한 팽창에 대비한 교육기회의 제공이다. 현재 선진국의 평균수명이 80세를 넘어섰고 우리나라도 엇비슷한 추세로 수명이 연장되고 있다. 미래학자들에 의하면 오래지 않아 인류의 평균수명이 100세를 넘을 것이라고 한다. 이에 따르면 앞으로 대부분의 사람들은 은퇴 후 40년 가까운 삶을 살게 될 것인데, 이전 생애와 맞먹는 기간을 안정되고 유익하게 보낼 수 있도록 돕는 교육 내용과 형식을 서둘러 구안할 필요가 있다.

셋째, 능력 중심의 학습인증체제가 마련될 것이다. 근대 공교육제도하에서 사람의 능력은 학력에 따라 판단되었고 그 학력은 대체로 얼마나 오랜 기간을 학교체제에 머물러 있었는가를 나타내는 것이었다. 졸업장이라는 것도 습득한 지식의 양이나 태도의 완벽성을 평가해주는 것이 아니라, 정해진 기간에 학교가 정한 과정을 무난하게 이수했음을 증명하는 것에 불과하다. 그러나 모든 학습자가 각기 나름의 코스와 내용을 선택하여 학습하는 상황에서는 이러한 과정 이수 중심의 자격증 부여가 불가능하다. 따라서 여기서는 불가피하게 어떤 과정과 경로를 거쳤는가는 불문에 부치고, 각자가 최종적으로 어떤 지식과 능력을 습득했는가를 사정하여 그 수준에 맞는 자격을 부여하는 방식의 학력 인증체제가 요구된다.

이러한 방식은 영국을 비롯한 일부 국가들에서 이미 시도되고 있다. 모든 국민이 습득해야 할 다양한 분야의 능력(skill)을 설정하고 그 각각에 대한 생애 단계별 성취 목표를 정한 뒤 국민 각자를 테스트하여 그 결과에 따라 국가가 공인하는 자격을 부여하는 것이다. 만일 이러한 제도가 전면적으로 도입된다면 기존의 학력체제가 갖는 영향력이 현저하게 줄어들 수 있고 궁극적으로는 이것이 학력체제를 대체하게 될지도 모른다.

교육 시스템의 변화

학습자 중심의 교육이 보편화될 경우 초중등교육의 시스템은 다음과 같은 특징들을 갖게 될 것이다.

첫째, 단위학교(또는 교육기관)가 교육에 관한 의사결정의 실질적인 주체가 될 것이다. 즉, 교사의 임용이나 교육 내용의 결정권, 나아가 교육 재정의 집행이나 조성권의 일부까지 단위학교가 행사하게 된다. 여전히 중앙정부나 교육청은 존속되겠지만 이들의 기능은 국가나 광역 차원에서 공통적으로 적용될 정책을 기획하고 소단위 지역이나 학교에 필요한 정보 및 재정을 지원하는 역할에 국한될 것이다. 학교는 학생과 학부모, 지역사회와 일체가 되어 그들의 학습 요구를 충족시키기 위한 노력을 최우선시할 것이며 따라서 학교는 자연스럽게 지역사회의 학습센터 역할을 하게 된다.

둘째, 학교의 형태나 운영 방식이 학교 운영의 주체와 지역에 따라 매우 다양해질 것이며 자연스럽게 기존의 학교와 매우 다른 특성을 지닌 다양한 대안학교들도 차별 없이 인정될 것이다. 이미 여러 나라에서 합법성이 인정되고 있는 홈스쿨링 형태의 교육 방식도 보편화될 것이다. 아울러 학교가 아니라 직장이나 다른 여러 형태의 삶의 공간에서 습득한 학습 경험들도 일정한 요건을 충족시킬 경우 학습경험으로 인정하는 제도도 도입될 것이다.

셋째, 사회적 취약 계층의 교육에 대한 국가 지원이 확대될 것이다. 앞서 언급했지만 학습자의 선택권이 확대될 경우 자연적 또는 경제적, 사회적 약자는 불이익을 당하기 쉬우며 결과적으로 심각한 교육 격차를 유발하게 된다. 장애인이나 다문화 가정, 외국인 노동자 가정, 새터민 가정, 경제적 취약 계층 등이 여기에 해당된다. 종래에 비하여 국가의 교육정책 집행 기능은 축소되지만 교육 격차를 완화하기 위해 이들에 대한 역차별적인 지원 기능은 확대될 것이다.

교육 내용의 변화

교육 내용 측면에서 미래의 교육은 다음과 같은 특징을 보일 것이다.

첫째, 국가 교육과정의 성격이 크게 달라질 것이다. 우리의 현행 국가 교육과정은 각 교과별로 학생들이 무엇을 얼마나 배워야 할지 내용 요소별로 상세하게 규정하고 있으며, 과목별로 학생들이 참여해야 할 수업시수(단위)까지 거의 획일적으로 규정하고 있다. 우리의 교육이 대도시의 과대 규모 학교에서 학생이 몇 명도 안 되는 산촌과 섬마을 학교에 이르기까지 천편일률적일 수밖에 없는 주된 이유가 여기에 있다. 이와 달리 국가 교육과정을 두고 있는 대부분의 다른 나라들은 학생들이 도달해야 할 과목별 성취 기준을 교육과정의 주된 내용으로 하고 있다. 그 기준에 도달하기 위한 방법이나 경로는 학교와 교사들이 정할 수 있어 우리보다는 획일성이 훨씬 덜하다.

학습자의 권한이 확대되면 모든 학생들을 획일적으로 대하는 현행 국가 교육과정 체제는 유지되기 어렵다. 앞으로 학습사회의 진전에 따라 국가 교육과정의 의미는 학습자들이 참조하고 선택해야 할 보편적인 준거와 기준들로 받아들여지게 될 것이다.

둘째, 종래의 학문 중심 교과체제가 약화되고 핵심 역량 중심의 교과 개념이나 대안적인 가치들을 추구하는 활동들이 등장하여 점차 기존의 교과들을 대체할 것이다. 앞으로도 상당 기간 종래의 학문 중심 교과지식들이 초중등교육의 내용으로 존속되기는 하겠지만 그 영향력은 급속하게 축소되고 있다. 교과지식들이 주로 아날로그적 특성을 지닌 근대사회의 산물인 탓도 있지만 피터 드러커의 말처럼 그것은 학교 수업시간이 아니더라도 학습자들이 개별적으로 얼마든지 습득할 수 있는 것이기 때문이기도 하다. 기존의 교과 대신 학습자들이 선호하는 것들은 다양하다. OECD가 주창하고 있는 핵심 역량 개념은 디지털 시대에 사회적으로 성공하는 데 긴요하며 대안교육에서 지구적 차원의 생태위기 극복을 위해 제시하는 대안적 삶의 방식과 가치들도 주요 관심 대상이 될 수 있다.

셋째, 교과서의 개념과 형태가 완전히 달라질 것이다. 교사와 학생이 가르치고 배우는 데 사용되는 전범이라는 의미를 지닌 교과서는 지식과 정보가 제한되어 있고 모든 학습자에게 표준화된 내용을 획일적으로 가르치고자 할 때에나 유용한 수단일 수 있다. 따라서 학습자 주도의 교육이 보편화되는 미래사회에는 교과서라는 말 자체가 거의 의미를 갖기 어려울 것이다. 이렇게 보면 현재의 국정교과서는 물론 검인정 교과서 체제도 거의 유지되기 어려울 것이며, 자유발행제에 가까운 방식으로 교재가 채택될 것이다.

교원 및 지원행정체제의 변화

학습자 중심의 교육이 보편화되는 미래사회에서 교원의 위치나 역할은 지금과 전혀 다를 것으로 예상된다.

우선 교직의 개념과 역할이 달라질 것이다. 종래 교직이란 학습자를 감독 지도하는 직업으로 이해되었지만 새로운 상황에서는 학습자를 안내하고 조언하는 직업으로 이해될 것이다. 물론 그렇다고 실제로 교사의 역할이나 학습 비중이 가벼워진다고 보기 어렵다. 여전히 학습자에게 모르는 지식이나 정보를 가르쳐주고 어떤 것을 배워야 할지 알려주는 역할을 해야 하기 때문이다. 다만 달라지는 것은 학습자의 의지나 특성과 무관하게 교사가 일방적으로 정한 내용과 스케줄을 가지고 학습자를 끌고 가는 것이 아니라 학습자의 의지와 특성을 먼저 파악하여 그에게 최적의 학습 내용과 방법을 제공해야 한다는 것이다.

이것은 교사의 역할이 단순하게 자기가 알고 있는 전문 분야의 지식을 전달하는 것 이상이 되어야 함을 시사한다. 학습자의 다양한 관심사는 특정 지식 분야에 국한되지 않으며, 나아가 지식만이 아니라 삶의 다양한 맥락에서 요구되는 역량이나 태도 등의 습득도 원할 것이기 때문에 교사는 때로 종합적인 카운슬러나 컨설턴트가 되어야 한다.

이러한 교직의 개념과 교사의 역할 변화는 교원자격증 제도의 근본적인 변화를 요구한다. 특히 학문 영역별로 구획화된 현행 중등 교원 자격증의 표시과목제는 다기능을 요하는 디지털 시대에 맞지 않을 수 있다. 미래의 학습자 중심 교육체제에 맞는 교사 자격은 아마도 학문 영역의 전문성이 아니라 학습자에 대한 이해와 학습 안내를 위한 전문성을 근거로 하여 부여해야 할 것이다. 만일 이러한 요청이 받아들여진다면 현재의 교원양성기관은 전면적으로 재편되어야 할 것이다.

학습자 중심 교육체제하에서는 교육행정체제의 근본적 재편도 불가피하다. 기존의 교육행정체제가 거대한 관료조직과 막강한 권한을 갖게 된 것은 국가를 정점으로 한 공급자 중심의 교육체제 때문이다. 따라서 학습자 중심의 교육이 구현될 경우 중앙 및 중간 단계의 막대한 조직과 권한은 대부분 해체되지 않으면 안 된다. 다만 다양한 학습자들에게 정보와 자료를 제공하고 학습한 결과를 기록하며 취약 계층의 학습자들을 지원하기 위한 업무는 여전히 유지되어야 하기 때문에 대폭 슬림화된 지원행정체제는 존속될 것이다.

미래형 교육체제의 구현을 위한 제언

이상에서 조야한 형태로나마 제시한 미래 초중등 교육체제의 특징은 보기에 따라서는 몽상이라고 할 정도로 현재와는 동떨어져 있다. 어쩌면 앞에서 사라져야 할 대상으로 지목한, 현재의 답답한 교육체제의 상당 부분은 오랜 뒤에도 완강하게 존속될지도 모른다.

그럼에도 불구하고 미래의 교육체제를 이처럼 강한 그림으로 제시해 본 것은 현재의 교육적 상황에 대한 필자의 위기의식 때문이다. 즉, 우리의 교육체제는 특수한 역사 및 정치적 배경에 의해 이례적으로 경직되어 있으며 변화의 요구에 대하여 내성이 강하여 시대 변화에 대한 지체가 갈수록 증폭됨으로써 교육에 대한 의존도가 높아지는 미래사회에 우리 국가 및 개인들의 생존이 크게 위태로울 수 있다는 것이다. 달리 말하면 교육이 시급히 변화하지 않으면 우리의 미래가 매우 불안하다는 것이며, 그만큼 현재의 교육체제에 대한 강한 부정이 필요하다는 것이다.

| 　대안교육은 한국교육의 대안일 수 있는가?

벽에 부딪친 한국교육

한국에서 교육은 입 가진 사람들에게 가장 쉬운 스트레스 해소감이다. 욕먹어야 할 대상이 애매하기는 하지만 한껏 불만을 실어 분풀이를 하기에 딱 좋은 주제이기 때문이다. 대개는 동상이몽일지라도 교육 현실에 만족하지 못하는 처지라는 점에서는 누구나 매일반인 탓이다.

교육문제에 관하여 나름대로 구체적인 고민과 실천을 모색해 온 지 20년이 넘었지만 갈수록 난감함을 느낀다. 어느 자리에서나 가볍게 시작한 교육 이야기는 채 5분을 넘기지 못하여 미궁으로 빠져들기 시작하고 10분을 넘기지 못하고 머리가 지끈거리기 일쑤이다. 분명 이론적으로는 해법이 있을 법한데, 현실의 구석구석에서 막무가내로 버티고 있는 미시, 거시적 기득권들이 모든 길을 봉쇄한다. 그러다 보니 어느 것이 이론이고 어느 것이 현실적 요인인지 헷갈리고, 정론을 말해야 할 학자 집단까지도 서슴없이 편갈이 말싸움에 한몫한다.

두어 해 전부터 나는 예언가연하고 있다. 우리 교육이 이대로 가면 2030년 이전에 후진국 대열로 추락할 것이라는 그야말로 암울한 예언을 하고 있다. 그 까닭은 다음과 같다.

많은 사람들이 우리 교육의 가장 심각한 문제로 입시 위주의 교육과 천정부지의 사교육을 꼽는다. 특히 사교육은 교육의 양극화를 통해 우리 사회의 분열과 대립을 조장하며, 이것이 부동산 가격을 매개로 한 지역 분열로 이어짐으로써 한국사회의 해체를 가속화하는 주범으로 드러나고 있다. 최근 수년간 급증하고 있는 조기유학은 한국교육의 심각한 병증을 보여주는 또 다른 사례이다. 물론 이러한 현상들은 전체적으로 공교육 또는 학교교육체제의 심각한 무기력증과 동전의 양면을 이루고 있다.

그러나 이러한 시각에 대체적으로 공감하면서도 나는 좀 다른 각도에서 우리 교육의 문제를 본다. 그 핵심은 현재의 교육이 미래를 살아갈 우리 아이들의 역량을 길러주지 못한다는 것이다. 아니, 좀더 심하게 표현하면 타고난 잠재력조차 체계적으로 거세시켜 회복 불능의 불구자로 만들고 있다. 그 주범은 교육현장은 물론 우리 사회에 만연된 점수에 대한 맹신이다. 계속되는 이야기지만, 지금 학생들은 무언가를 알기 위해 공부하는 것이 아니라 점수를 따기 위해 공부한다. 어떤 지식이 중요한지 아닌지는 그것이 시험에 나오는가 여부에 따라 결정된다. 결정적으로, 한 사람의 능력은 그의 전체적인 됨됨이보다 그가 받은 점수의 등급으로 판단된다. 그 점수가 무엇을 의미하고 또 어떤 과정을 거쳐 산출된 것인지에 대해서는 아무런 검토 없이.

이처럼 조금만 정신을 차려보면 난센스에 불과한 일들이 너무나 당연시되고 있으며 우리 교육과 사회 전체의 작동원리가 되고 있다. 그렇다면 그 결과는 무엇인가? 한마디로 존 개토가 말한 바와 같이 바보들의 행진이다. 시험은 잘 보나 아는 것이 없고 학벌은 화려하나 문제 해결력은 형편없다. 더구나 이런 '똑똑바보'들이 우리 사회의 각 분야에서 좋은 자리들을 독식한다. 창의적인 지식이 생존력의 기반이 되는 시대에 이런 사회가 다다를 종착역은 너무나도 분명하지 않은가!

그렇다면 대안은 없는가? 아니 최소한 해결의 실마리라도 될 돌파구는 없는가? 솔직히 이 물음에 대하여 점점 자신이 없어진다. 지난 10여 년간 정부가 추진한 교육개혁이나 교육혁신이 남겨놓은 열매는 너무도 빈약하다. 그것이 해결한 문제보다는 그로 인하여 생긴 문제나 사회 변화에 따라 새롭게 대두된 문제들이 더 많다. 그동안의 개혁정책들이 장기적인 관점에서 우리 교육의 기초 체력을 기르기보다는 단기적이고 대증요법식 처방에만 몰두해왔기 때문이다. 그 과정에서 우리 교육(어쩌면 사회 전체)이 가지고 있는 변화의 리더십이나 모멘텀은 뿌리째 고갈되어가고 있다.

그런데 이 척박한 땅에 여린 싹이 새로 돋고 있다. 이른바 대안교육이다. 아직 널리 퍼지지는 않았지만 우리 교육에 신선한 기운을 불어넣어 주고 있으며, 최소한 거기에 관여하는 대부분의 학생이나 학부모, 교사들에게 높은 만족과 신뢰를 주고 있다. 이 대안교육이 빈사 지경에 있는 우리 교육의 진정한 대안이 될 수 있을까?

대안교육의 꿈과 현실

사전적 의미로 대안교육이란 목표나 내용, 방식에서 기존 교육과는 다른 것을 추구하는 교육이다. 여기서 '다르다'는 것은 무엇을 말하는가? 기존 교육이라 하더라도 목표나 내용, 방식이 얼마든지 다를 수 있는데 도대체 얼마나, 어떻게 달라야 대안교육이라고 할 수 있는가?

우리만이 아니라 선진국에서도 대안교육은 처음에 정규 학교에 제대로 적응하지 못하는 아이들을 위해 시작되었다. 부적응의 원인이 아이들이 가진 고유 특성이나 환경을 배려하지 못한 데 있다고 본 새로운 교육자들은 어른들의 시각에서 필요하다고 생각하는 과제를 아이들에게 부과하기보다는 아이들의 눈으로 어떤 것이 필요한지, 아이들이 무엇을 배우고자 하는지 먼저 찾아내고 아이들 스스로의 노력으로 그러한 것들을 채워나가도록 하였다. 루소가 말한 아동중심의 교육사상을 실제 교육활동에서 구현하고자 했던 것이다.

대안교육은 단지 교육과정에서 발생하는 부적응의 해소만을 목적으로 하지 않고 아이 삶 전체를 행복하게 만들고자 한다. 그러기 위해서는 배움의 과정만이 아니라 평생 삶에서 타인과의 관계를 원만하게 유지할 수 있어야 하며 또 사회 자체가 평화로워야 한다. 이를 위해 대안교육은 아이들에게 혼자만 잘 사는 법 대신 더불어 잘 살기를 가르친다. 따라서 대안교육에서는 경쟁과 서열화를 배격하고 상생의 삶을 중시한다.

1980년대 이후 지구 환경과 생태 문제가 지구상의 생명 전체를 위협한다는 사실을 깨닫고 나서 대안교육이 추구하는 목적에 하나가 더 추가되었다. 그것은 생태적인 삶을 살도록 하는 것이다. 지구적 차원의 생태위기는 바로 물질적 풍요와 편의 지향의 인간 중심적 삶의 태도에서 비롯되었다는 점을 깨달았던 것이다. 따라서 대안교육에서는 아이들에게 욕심의 크기를 줄임으로써 이웃과 더불어 사는 삶은 물론 인간을 넘어 자연, 그리고 초자연세계와 공생하고 교감하며 살기를 가르친다.

이처럼 대안교육은 기존 교육과는 여러 가지 점에서 질적으로 다른 지향을 가지고 있다. 그것은 교육만이 아니라 교육이 놓여 있는 사회 자체를 대안적으로 바꾸기를 원한다. 말하자면 새로운 패러다임의 교육과 사회를 꿈꾼다. 그것은 근대적 양식을 탈피하려 한다는 점에서 그러하고, 물질적 욕망에 기초한 서구적 발전 모델을 거부한다는 점에서도 그러하다. 전자는 일반적인 탈근대 경향과 일치하지만 후자는 오히려 대립적이기도 하다.

물론 모든 대안교육 현장들이 이러한 생각을 똑같이 공유한다고 보기는 어렵다. 강조점의 차이도 있고 때로는 별다른 철학적 기반을 정립하지 못한 곳들도 적지 않다. 하지만 사회적인 지원체제가 거의 없는 상황에서 왜 굳이 어려움을 무릅쓰고 대안교육을 하려고 하는가 묻는다면 이러한 방식으로 스스로를 정당화할 수밖에 없을 것이다.

우리나라에서 이러한 대안교육이 모색되기 시작한 것은 학생들의 성적 비관 자살이 급증하던 1980년대 말에서 1990년대 초에 이르는 시기이다. 1990년대 중반부터는 대안교육에 관한 사회적 관심이 확산되기 시작하였다. 그후 10여 년 동안 대안교육 현장들은 다양한 형태로 빠르게 성장하였다. 이들을 단순화를 무릅쓰고 몇 가지로 유형화해본다면 제도권 안의 대안교육기관이라 할 수 있는 특성화중고등학교(현재 중학교 8곳, 고등학교 21곳)와 비제도권 미인가 대안학교(초중고 과정으로 대략 100여 곳으로 추산)가 양대 축을 이루는 가운데 몇몇 교육청에서 청소년 관련 교육기관을 지정하여 운영하는 위탁형 대안교육기관(현재 29개곳)과 집에서 부모와 함께 학습하는 홈스쿨링이 양편의 느슨한 형태로 존재한다. 홈스쿨링과 미인가 대안학교의 중간형이라 할 수 있는 '탈학교 공간'도 최근 선을 보이고 있다. 2008년 현재 이들 전체 대안교육기관에서 배우고 있는 학생들의 수는 대략 7천~8천 명 정도로 추산되는데 이는 우리나라 전체 초중고 학생의 0.1% 남짓 수준이다.

이처럼 우리나라의 대안교육은 그 역사나 전체 교육에서 차지하는 양적 비중으로 보면 매우 일천하고 미미한 수준이라고 할 수 있다. 하지만 그것이 우리 사회에서 가지고 있는 의미는 적지 않다고 생각된다. 무엇보다 그것은 '학교'와 '교육'에 관한 우리 사회의 획일적인 고정관념을 흔들어놓았다. 학교의 형태는 얼마든지 달라질 수 있으며 아이들이 행복해하는 교육이 현실에서도 가능하다는 점을 실제로 보여주었다. 대다수 일반 학교 재학생들이 학교나 교사에 대하여 부정적인 관념을 갖고 있음에 반하여 대안학교 학생들은 스스로 매우 만족하는 편이다. 특히 그것은 기존 교육체제에서 뛰쳐나갈 곳이 없어 자학과 가학을 반복할 수밖에 없던 많은 학생들에게 진정한 피난처를 제공하였다. 공부라고 하면 국영수 위주의 주지 과목밖에 몰랐지만 대안학교들은 배워야 할 훨씬 다양하고 중요한 것들이 있음을 보여주었고, 또 그랬어도 대학 진학 경쟁에서 크게 불리하지 않을 수 있음을 입증하기도 하였다. 또 일반 학교에서는 교사와 학부모의 관계가 소원하고 상당한 불신을 안고 있지만 대안학교에서는 아이들의 교육을 위해 긴밀하게 협력하는 공동체적 관계를 형성하고 있다. 그 결과 상당수의 제도권 내 대안학교들은 치열한 입학 경쟁이라는 곤욕을 치르기도 한다. 이처럼 상당수의 대안학교들은 현재 수준에서만 보더라도 우리나라의 학교들이 저 정도만 되어도 얼마나 좋을까 싶은 부러움을 받고 있다.

그렇다고 한국의 대안교육이 상당히 만족스러운 상태라든가 아니면 장차 장밋빛 전망을 가질 수 있다는 것은 아니다. 오히려 그것은 보기에 따라 일종의 내우외환의 위기를 맞고 있다고 할 수도 있다. 대안학교 설립을 위한 본격적인 노력이 시작된 지 10년이 지나면서 적지 않은 현장들은 나름의 안정 궤도에 접어들었지만 매너리즘이라는 함정이 도사리고 있다. 일부 교육 현장에서 넘쳐나는 지원자들을 성적 기준으로 가리고 있음은 그 단적인 예이다. 거기에는 '학교'만 있을 뿐이지 더 이상 대안을 기대할 수 없다. 평범한 학교가 되어가고 있는 것이다. 심각한 대안교육 정체성의 위기라고 할 만하다. 그 증상은 여기에 그치지 않는다. 초기에는 일반 학교와 같은 강압과 획일적 규제만 없어도 너무나 좋은 대안교육 현장으로 인식되었지만, 이제는 더 이상 그 약발이 먹히지 않는다. 교육 환경이 달라졌고 무엇보다도 아이들이 크게 달라졌기 때문이다. 이러한 상황에서 대안교육은 무언가 새로운 것을 보여주어야 하는데 그것이 마땅치 않다. 적지 않은 대안교육 주체들이 철학적 빈곤으로 인한 상상력의 부족을 절감하고 있다. 여기에 더하여 고등학교 과정의 대안학교들도 대학입시 경쟁에 몰려 대안교육 정신이 더 혼미해지고 있다.

밖으로부터 오는 스트레스도 너무 크다. 비제도권 대안학교들의 경우 당장 학교 운영에 소요되는 재정을 마련하기가 쉽지 않다. 사회적 지원이 거의 없는 상황에서 학부모들의 짐은 감내하기 어려울 정도지만 교육활동을 위한 지출은 늘 허기져 있다. 이런 조건에서 자신 있게 내놓을 만한 질 좋은 교육을 기대할 수 있을까? 또 기아임금 이하에서 두세 사람의 몫을 담당해야 하는 교사들의 희생도 언제까지 요구할 수 있을지 의문이다. 반면 제도권 내 대안학교들의 경우 대안교육에 관하여 무지한 관료들의 간섭과 규제가 대안교육의 정체성을 항시 위협하고 있다. 그것은 한마디로 '대안'과 '평범한 학교' 중 택일을 강요하는 비수가 되고 있다.

대안교육의 가능성과 과제

이러한 점들에 비추어 대안교육이 기존의 교육이 안고 있는 문제들을 극복하고 새로운 세계를 만들어갈 수 있는 대안이라고 말하기는 어렵다. 그것의 양적 확산은 이미 벽에 부딪치고 있으며 안팎으로부터 존립을 위협하는 스트레스에 시달리고 있기 때문이다. 그렇다면 대안교육은 비정상적인 한국교육 현실이 만들어낸 일시적 유행에 지나지 않는 것일까?

많은 나라들의 교육적 사정을 보면 그렇지는 않은 것 같다. 교육에 관한 관료적 통제나 입시경쟁이 우리보다 훨씬 작은 나라들에도 1970~80년대부터 우리와 비슷한 대안교육 현장들이 많이 생겨났으며 2000년에 들어서도 계속 증가하고 있기 때문이다. 이것은 일반 학교가 아무리 우리보다 자유롭고 입시 부담이 작다고 해도 적지 않은 아이들이 이에 적응하기 어려워하며 좀더 자유로운 놀이와 학습 공간을 필요로 하고 있음을 말해준다. 그 현장들의 형태나 운영 방식도 우리가 상상하기 어려울 만큼 다양하고 기발하다. 아예 학교건물 없이 버스로만 여러 곳을 찾아다니면서 다양한 체험학습을 하는 곳도 있는가 하면, 학교는 있지만 수업을 하지 않고 각자 프로젝트나 인턴십만으로 학습을 하게 하는 곳도 있다. 그럼에도 불구하고 아이들은 일반 학교에 다닐 때 맛볼 수 없었던 배움의 즐거움을 알게 되며, 또 학력이나 자격증을 얻어 사회의 일원으로 성장한다.

이러한 움직임은 단적으로 기존의 학교체제가 역사적으로 그 수명을 다하고 있으며, 새로운 체제가 등장하고 있음을 암시한다. 우리 교육이 보여주고 있는 위기적 증상들 역시 비록 사회문화적 특수성에 의해 증폭된 면이 있다고 하더라도 본질적으로는 세계사의 흐름을 따르는 보편적 현상이며 대안교육도 마찬가지이다. 이런 점들을 고려할 때 한국교육의 대안은 눈앞에 펼쳐지고 있는 문제들의 해결이라는 직접 요법보다는 교육과 사회의 변화라는 거시적 흐름 속에서 다음 세대를 위한 새로운 교육의 패러다임을 준비하는 장기적인 간접요법 방식으로 모색될 필요가 있다. 성동격서(聲東擊西)라고나 할까, 해법이 없어 보이는 우리 교육의 고질적 문제들은 짐짓 내버려 두자는 것이다.

이러한 접근에서 대안교육은 매우 중요한 전략적 가치를 갖는다. 그것은 교육의 패러다임 전환을 위한 척후병이라 할 만하다. 아직은 그 확산 범위가 제한되어 있지만 대안교육 현장들은 근대학교의 양식을 뛰어넘는 다양한 실험들을 해왔고 나름의 성공적인 사례들을 만들고 있다. 그것들은 최소한 미래의 교육에 대한 상상력을 자극함으로써 우리가 나아갈 방향을 감지하게 해준다. 바꾸어 말하자면, 근대교육 패러다임을 객관적으로 응시하고 그 시대적 결함을 인식함으로써 비로소 그 밖으로 나올 수 있는 계기를 마련해줄 수 있다는 것이다. 따라서 이러한 현장들이 양적으로나 질적으로 더욱 확대되도록 돕는 것은 지속가능한 미래를 위해 정책 당국이나 시민사회가 담당해야 할 의무라고 할 수 있다.

여기에 더하여 할 수만 있다면 기존 학교 하나하나를 이런 변화에 접근하도록 변화시키는 노력도 기울일 필요가 있다. 이미 작은 학교 살리기 운동 등 제도권의 노력도 가시적인 성과들을 보여주고 있다. 이것을 가속화시키기 위해서는 개별 학교들을 학교체제의 거대한 사슬 구조에서 떼어내야 한다. 이 점에서 학교 자율화 또는 학교 자치운동은 우리 교육의 미래를 향한 징검다리의 의미를 지닌다. 물론 이러한 여정에서 신자유주의니 계층 간, 지역 간 교육 격차니 하는 악성 여울들을 만날 수도 있다. 하지만 그것은 넘어야 할 장애물이지 피해야 할 것은 아니다. 무섭다고 피한다면 과거와 함께 침몰할 수밖에 없다.

이것만으로도 미흡하다. 어쩌면 속도가 너무 느려 교육 전체를 변화시키기도 전에 우리 사회가 회복 불능의 교육적 모라토리움에 직면하게 될지도 모르기 때문이다. 따라서 또 다른 접근을 병행할 필요가 있다. 곧 국가 차원에서 기존의 교육체제를 탈근대적으로 해체시키고 재구성하는 일이다. 그것은 외형적으로 1990년대 이후 역대 정부들이 추진해왔던 교육개혁 또는 교육혁신과 유사한 방식일 수 있다. 그러나 내용적으로는 전혀 다르다. 1990년대 이후의 교육개혁이 근대 학교체제의 비능률을 보완하기 위한 것이었다면 새로운 개혁은 학교체제를 넘어서는 것이어야 하기 때문이다. 어떻게 넘어설 것인가?

선결되어야 할 것은 교육에 관한 구태의연한 고정관념에서 탈피하는 일이다. 그 관념의 핵심은 '교육이란 학교에서 일정 기간 동안 교사가 아이들에게 지식을 전수하는 것'이라는 생각이다. 사실상 이 생각은 부정된 지 오래이다. 이미 누구나 인정하고 있는 평생학습사회나 지식기반사회의 도래는 이런 생각과 양립할 수 없다. 여기서 '교육'은 '평생학습'으로 대체되며 배움의 장 역시 '학교'를 넘어 다양한 삶의 현장으로 나아가고 있다. 대안교육의 사례들은 지식 못지않게 중요한 의미를 지닌 배움의 내용들이 있으며, 또 교사의 가르침에 의해서가 아니라 스스로 배우는 것이 가능하고 또 필요함을 보여주고 있다. 그럼에도 불구하고 우리 사회에 고정관념이 강고하게 자리 잡고 있는 이유는 서두에서 말한 기득권 구조 때문이다. 따라서 고정관념의 탈피는 곧 기득권 구조의 해체를 의미한다.

문제는 기득권 구조와의 정면 대결이 너무나 소모적이라는 데 있다. 따라서 여기서도 우회 전술이 필요하다. 앞으로 정부(어느 정부, 어떤 교육이념을 가진 정부일지는 모르지만)가 해야 할 교육혁신의 주된 내용은 학교 밖에 다양한 배움터들을 새로 만들고 거기서 배운 결과가 사회적으로 인정받을 수 있는 제도를 만드는 것이 되어야 할 것이다. 물론 거기에는 성인만이 아니라 학령기 청소년도 올 수 있어야 한다. 낡은 집을 허물고 그 자리에 새 집을 짓기보다는 새 장소에 새로운 집을 짓는 것이다. 아마도 그 사이에 낡은 집도 근사하게 리모델링될 수 있을지 모른다.

새 집에서 무엇을 배울 것인가는 앞서 말한 대안교육의 경험과 함께 OECD가 선도하는 교육개혁을 참고할 수 있을 것이다. 특히 미래를 살아갈 새로운 세대에게는 전통적인 교과지식보다 '핵심 역량'을 길러주어야 한다는 그들의 제안은 깊이 음미할 만하다. 어떻게 보면 그것은 '영어단어 수학공식 하나 더 외우는 것보다 먼저 남을 배려할 줄 아는 사람이 되라'는 우리 사회의 오랜 교육적 격언에서 멀지 않다. '핵심 역량'은 근대교육에서 강조되어온 지식과 정보의 습득 자체보다는 그것을 다른 사람과 잘 협력하여 문제를 해결하는 데 활용할 수 있는 능력을 더 중시한다(범주 1). 그러면서 그것은 '이질적인 집단 내에서의 상호작용'(범주 2)과 '자율적으로 행동하기'(범주 3)라는, 근대교육에서 주목하지 않았던 것들을 부각시킨다.

현재 이러한 제안들이 기존의 교육체제에서 어떻게 수용될지는 명확하지 않다. 이미 호주나 뉴질랜드는 이 개념을 국가 교육과정에 반영하기 시작했지만 그것과 종래 학교체제는 양립하기 어려울 정도로 이질적이기 때문이다. 아마도 '핵심 역량'의 적극 수용은 학교체제의 전면적인 붕괴로 이어질 수도 있을 것이다. 하지만 '핵심 역량'이 막연한 교육 덕목이 아니라 미래사회를 살아갈 사람들이 구비해야 할 필수 요소라는 점에서 그것의 수용은 피할 수 없어 보이며, 그것을 담을 수 있는 새로운 틀을 만들어야 하는 것이다. 학교 밖에 만드는 다양한 배움터들이 그 역할을 담당할 수 있을 것이다.

OECD 개혁안은 분명 독소를 담고 있다. 과거 교과지식이 그러했듯이 '핵심 역량' 또한 경제적, 사회적으로 유력한 사람들의 독점물일 수 있다. 또 그것은 오로지 경제적 번영이라는 근대적 가치와 철학을 바탕으로 함으로써 근대문명이 안고 있는 한계를 답습할 가능성도 있다. 이들 독소의 영향을 얼마나 최소화하는가에 따라 곧 지속가능한 미래의 구현 여부가 결정될 수 있을 것이다.

| 교육에서 진정한 진보란 무엇인가?

지난해 6월 진보와 보수 성향의 교육단체가 한자리에 모여 이명박 정부의 교육정책을 평가하고 토론하는 자리를 가진 적이 있었다. 이 과정에서 필자는 보수 측 인사들이 '진보'니 '개혁'이니 하는 말을 기존의 진보 성향 인사들이 독점하려는 것에 대하여 신경질적으로 반응하는 것을 보고 적잖이 놀랐다. 그들은 보수나 진보라는 말의 의미를 기존의 계급적 배경과는 무관하게 단지 변화 지향적인가 아닌가의 관점에서만 보려고 하였다. 그들은 전교조를 핵심으로 한 기존의 진보세력이 보수 또는 수구세력이며, 기존의 교육체제를 자율과 경쟁이 통하는 방향으로 변화시키려는 자신들이 오히려 진보세

력이라고 믿었다.

여기에서 필자는 인식의 차이를 넘어 소통한다는 것이 얼마나 어려운 일인가를 실감하는 동시에 이전부터 막연하게 느껴왔던 '진보'라는 말의 애매함을 정면으로 주시하게 되었다. 과연 우리는 무엇을 가리켜 진보라고 말하고 누구를 가리켜 진보세력이라고 규정해야 하는가?

교육에서 말하는 전통적 보수와 진보

교육에서 말하는 보수는 두 가지 시각에서 그 의미를 이해할 수 있다. 하나는 개인의 자유를 절대시하는 전통적 보수의 연장선에서 교육을 바라보는 것이다. 이런 시각에 따르면, 교육이란 누구에게도 양도할 수 없는 부모의 고유 권한이며, 그런 의미에서 교육은 사적 권리의 대상이 된다. 가정교육이나 사립학교 방식을 선호한 영국의 초기 근대교육에서 이를 확인할 수 있다. 여기서는 부모의 경제력과 개인의 지적 능력을 기반으로 한 자유경쟁이 기본 규칙이 된다.

다른 하나는 근대국가의 발전 과정에서 정착된 국가주의 시각이다. 이에 따르면 교육은 사회의 안전과 발전을 위한 핵심 수단으로 간주되며 따라서 국가는 모든 사람에게 국가가 제공하는 교육을 받도록 강제한다. 독일의 역사에서 보듯이, 이것은 거대한 관료체제를 바탕으로 한 근대 공교육제도를 성립시킨 실질적 토대였다고 할 수 있다.

두 시각은 겉으로 보기에 상반되어 보이지만 내적으로는 긴밀하게 연계되어 있다. 전자의 관점을 주장하는 집단이 후자에서도 절대적 주도권을 행사하기 때문이다. 로크는 17세기 후반에 이미 중산층 자녀들에 대해 전자의 방식을 권하고, 사회 치안에 위협이 된다고 생각되는 빈민들의 자녀에 대해 후자의 방식을 권했다. 이후 성립된 공교육제도 속에서 양자가 외형상 일원화되기는 하였지만, 내적으로는 자유경쟁과 국가의 통제가 계층에 따라 선택적으로 작용하면서 중산층의 헤게모니를 공고히 유지시키는 역할을 하고 있다.

한편 교육적 맥락에서 볼 때, 양자는 모두 피교육자를 교육자(부모, 국가)의 수단으로 간주한다. 교육을 인간행동의 변화로 정의하든 아니면 지적 전통에의 입문으로 정의하든, 기존의 모든 주류 교육학은 피교육자의 의지나 자발성을 존중하기보다 자기들이 원하는 방향으로 변화시키거나 길들이고자 한다.

이렇게 볼 때 교육에서 진보가 설 땅은 매우 좁다. 출발부터가 교육은 지배계층의 전유물이었으며 근대사회에 들어서도 그 기본 성격이 변하지 않았기 때문이다.

교육에 대한 진보적 접근은 노동자나 빈민의 교육기회 확대를 위한 노력에서 시작되었다. 프랑스대혁명과 유럽 노동운동 과정에서 구체화된 진보진영의 교육적 요구는 한마디로 '공비'(公費)에 의한 교육, 즉 무상교육이었다. 근대사회에서 교육은 인간적 삶을 영위하는 데 필수 조건으로 인식되었으며 따라서 모든 인민은 빈부나 성별, 종교 등에 의해 차별받지 않고 자신이 원하는 교육을 받을 수 있어야 한다는 주장이었다.

이런 생각은 근대 공교육제도를 정당화하는 이념적 바탕으로 이해되기도 한다. 하지만 이미 말한 바와 같이 공교육제도의 실제 역할은 전혀 달랐다. 교육기회의 확대가 빈민이나 노동계급의 행복 증진으로 이어지지 못한 것이다. 공교육제도를 정착, 확대시킨 원동력은 중산층이 주도하는 국가주의였으며 교육기회 확대는 오히려 빈민과 노동계급의 잠재적 저항의식까지 무력화시켰을 뿐이다. 이는 보울즈와 긴티스 또는 보르듀 등 1980년대 교육사회학계를 풍미했던 경제적, 문화적 재생산론자들이 아프게 가르쳐준 교훈이었다.

왜 이런 결과가 나올 수밖에 없었는가? 첫 번째 이유는 교육기회가 확대되자 빈민층이 중산층과 경쟁할 수 있는 장으로 나오기는 했지만 경쟁 규칙과 여건상 당초부터 게임이 될 수 없는 상황이었기 때문이다. 두 번째 이유는 좀더 본질적인 것인데, 공교육제도가 아무리 확대되었더라도 피교육자를 순치시키는 본래의 기능을 그대로 가지고 있었기 때문이다.

이러한 한계 속에서나마 교육의 내용적 측면에서 진보성을 구현하고자 한 일련의 흐름이 있었다. 루소에서 시작되어 페스탈로치와 여러 교육사상가들을 거쳐 듀이로 이어져온 아동 중심 교육사상과 그 실천 노력이 그것이다. 이들은 피교육자를 변화와 길들임의 대상이 아니라 스스로 학습하는 주체로 보고 키우려 했고, 이를 바탕으로 한 학습이론과 교육과정, 그리고 학교를 만들었다. 그 귀결로써 20세기 전반 미국을 풍미했던 진보주의 교육은 비록 많은 비판과 한계에 직면하기는 했지만 교육의 내용적 진보를 향한 역사적 실험이었다고 평가할 만하다.

진보교육의 이중적 딜레마

이미 짐작할 수 있듯이, 교육에서의 진보는 사회경제 분야에 비하여 복잡할 뿐 아니라 이중적인 난관을 내포하고 있다.

일차적 난관은 일종의 딜레마이다. 흔히 저소득층의 교육기회 확대는 교육적 진보의 기본 요소로 인식되지만, 그것을 실현하기 위해서는 국가의 힘이 필수적이다. 그런데 국가는 피교육자의 행복보다 부국강병과 같은 국가의 목적을 우선시한다. 이는 때로 교육의 내용이나 방식이 저소득층의 이익에 반하거나 피교육자를 길들이기 위한 것일지라도 수용할 수밖에 없음을 의미한다. 반면에, 일부 대안학교의 사례에서 보듯이 내용적 측면에서 국가의 간섭을 벗어나 진보성을 확보할 수 있다고 해도 그 영향력은 너무나 미미하다. 이러한 딜레마는 국가의 성격과 그에 연동된 공교육제도의 한계에서 비롯된다.

이차적 난관은 급격한 사회 변화와 관련이 있다. 현재 학교체제는 산업사회의 산물이며 따라서 지금 지식기반사회의 요구에는 잘 부응하지 못하고 있다. 창의력이 요구되는 상황에서 여전히 획일적인 모방적 지식의 습득에 치중하고 있기 때문이다. 이러한 문제를 극복하기 위해 OECD나 일부 교육 선진국들은 발빠르게 새로운 교육 패러다임을 모색하고 있다. 그런데 이들이 시도하는 새로운 교육 역시 지향하는 가치에서는 이전의 보수적인 교육과 동일하다. 즉, 물질적 풍요 사회의 유지를 위해 피교육자를 변화시키고 길들이고자 한다.

진보교육 역시 사회 변화에 적극 대비해야 한다. 하지만 그것은 단지 기술 발달에 대한 적응력을 키우는 것일뿐 아니라 생태위기와 같이 그것이 초래할 부정적 결과를 극복할 수 있는 대안도 모색해야 한다. 동시에 새로운 교육도 소득과 계층, 성별 등을 떠나 누구에게나 열려 있어야 한다.

요컨대, 교육에서의 진보는 계층적 불평등의 해소를 출발점으로 하되 피교육자를 주체로 놓는 내용적 진보성을 구현해야 하며, 이것이 지식기반사회라는 맥락에 부합하는 새로운 패러다임의 교육체제와도 정합성을 획득해야 한다. 이러한 과제가 얼마나 어려운 것인지는 단지 기술적 진보에 적응하고자 하는 보수적 관점의 교육개혁조차 다양한 기득권 벽에 부딪쳐 제대로 이루어지지 못하는 현실을 보면 충분히 짐작할 수 있다.

한국 진보교육의 현주소

한국교육에서 진보의 의미와 역사를 논하기는 간단치 않다. 다만 현재 시점에서 진보교육의 직접적인 기원을 말한다면 1980년대 사회 전반의 변혁운동 와중에 탄생한 교육민주화 운동과 그 귀결점으로서의 전교조 출범이라고 할 수 있을 것이다.

전교조 운동은 자본주의의 모순을 직시하고 그 대안적 이념을 바탕으로 한 사회를 구현하고자 했던 1980년대 사회운동의 한 흐름으로 자리 잡고 있었다는 점에서, 그리고 우리 사회 중산층의 주요 구성원인 교사를 노동자로 규정하고 여타의 노동자 집단과 연대하고자 했다는 점에서, 처음부터 진보적 성격을 강하게 띠고 있었다. 아울러 전교조가 표방한 '민족, 민주 인간화' 이념도 그 진보성을 잘 나타내고 있다. 이러한 진보성은 보수 진영의 이념적 공세의 표적이 되기도 하였지만, 그 이상으로 많은 국민적 지지와 성원을 이끌어내는 원천이 되기도 하였다.

그런데 언제부터인가 이러한 진보의 이미지가 흐려지기 시작하였다. 오히려 수년 전부터 전교조는 물론 그와 연관된 진보교육세력 전반이 교육의 변화를 거부하는 수구적 이미지를 갖기 시작하였다. 그들은 권위주의 정부는 물론 민주정부 시절에도 주요 교육개혁 의제에 관하여 소모적인 반대 운동으로 일관하였다. 그 과정에서 그들이 무차별하게 휘두른 칼은 '신자유주의'였다. 그들은 기존 교육체제를 크게 변화시키는 방안 — 예컨대, 제7차 교육과정, 교육정보화, 그리고 최근의 학교자율화 정책이나 미래형 교육과정 등 — 은 모두 신자유주의의 화신으로 간주하였다. 하지만, 그들은 신자유주의라는 망령을 무서워한 나머지 전교조 출범 초기에 많은 국민의 지지를 이끌어냈던 교육의 자율과 다양성이라는 가치를 거의 망각하고 있는 듯싶다. 이러한 그들에게서 미래사회에 대비한 교육을 모색하는 역할을 기대할 수 있을까?

내가 보기에 기존의 교육 진보세력은 진보의 의미를 교육기회 확대에 고정시키고 있는 것 같다. 그들은 한편으로 국가권력을 공격하지만 다른 한편으로는 국가가 좀더 강력한 힘으로 교육기회의 평등을 보장해주기를 기대한다. 그들은 한편으로 교육현실의 개선을 주장하지만 다른 한편으로는 지금과 같은 학교체제의 근본적인 변화에 대하여 완강하게 저항한다. 이러한 이중성을 설명할 수 있는 유일한 열쇠는 교사 집단의 기득권 옹호 심리이다. 그것은 전교조 운동의 초기에 '노동조합'이라는 형식을 취할 때부터 이미 내재되어 있었다.

미래 진보교육의 방향

절망적인 한국교육의 상황을 볼 때 새로운 교육적 진보의 방향이 긴급하게 모색될 필요가 있다. 이를 위해 가장 절실하게 요청되는 것은 이미 모두의 신뢰를 잃어버린 학교체제의 근본적인 대안을 찾는 일이다. 한마디로 정치투쟁이 아니라 교육문제에 천착하자는 것이다. 그 시작은 어쩌면 전교조 운동 초기에 회자되었던 " '콩나물'이 아니라 '콩나무'를 기르는 교육"이라는 명제를 되살리는 일일 것이다.

'콩나무'를 기르는 교육이 어떻게 가능한가? 다소 엉뚱하게 들릴지 모르지만, 나는 교육관부터 바꿀 것을 제안한다. 부모나 국가, 또는 교사가 원하는 대로 아이들이 따라줄 것을 요구하는 교육이 아니라 아이들의 요구와 특성에 따라 부모나 국가, 또는 교사가 생각을 바꾸고 아이들을 인정해주는 교육을 하자는 것이다.

많은 사람들이 핀란드 교육의 성공을 부러워한다. 많은 성공

요인이 있겠지만 나는 아이들이 학습 주체임을 적극 인정하는 '구성주의 철학'을 들고 싶다. 핀란드 교실에서는 '정답'이 따로 없으며 아이들의 다양한 탐구 결과가 인정된다. 그렇기에 굳이 수시로 시험을 보아 아이들을 점수로 서열화하지 않는다. 뿐만 아니라 양질의 교육을 위해 아이들을 꼭 학교 울타리 안에 가두어놓으려고도 하지 않는다. 아이들이 스스로 학습할 수 있다면 학교 밖에서도 얼마든지 기회가 허용된다.

물론 이러한 교육이 가능하기 위해서는 국가의 성격이나 운영 체제가 달라져야 한다. 이명박 정부의 교육철학이나 정책 방향은 이러한 기대에 역행하고 있다. 그렇다고 앞으로도 계속 반정부 투쟁만을 지속할 것인가? 그렇게 해서는 새로운 진보의 방향을 세울 수 없다. 먼저 교육자 그리고 부모들 스스로 생각을 바꾸고 대안적인 교육을 실천해야 한다. 아이들을 바보로 만드는 입시 사교육을 거부하는 것도 그 방법 중 하나이다. 다양한 대안학교들 역시 새로운 진보의 한 측면을 구체적으로 보여준다.

앞으로 도래할 사회에서 시험점수나 학교졸업장이 중요한 의미를 갖게 되리라고 믿는 사람은 아무도 없다. 또 누구나 이미 평생학습사회가 도래했다고도 말한다. 그러나 현재 우리의 행동은 이런 인식과는 너무나 동떨어져 있다. 진정한 진보는 인식과 행동의 통일에서 시작될 수 있다.

3부

안양, 새로운 도약을 향해 나서다...

프롤로그

|　　　지역은 살아 움직이는 생명체다

　　1부 살아온 이야기에서 밝힌 바와 같이, 성인이 된 뒤 나의 삶은 교육과 지역을 양손에 든 채 왔다 갔다 하는 형국이었다. 그러다가 2002년 선거에 참여하면서 그 중심축이 교육에서 지역으로 옮아갔다. 하지만 뿌리를 내리지 못하고 얼마 후 생계 해결을 위해 교육전문가의 길로 돌아갈 수밖에 없었다. 그것도 잠시. 국민에게 안하무인 격인 이명박 정부의 행태를 보면서 나는 여러 달 고민 끝에 다시 그들과의 질긴 싸움을 위해 지역에 둥지를 틀었다. 그것은 내가 더 이상 교육전문가로 머물지 않기로 했음을 의미한다.

　　교육전문가의 역할에 한계를 느끼기 시작한 것은 제법 오래전부터였다. 교육의 난맥상을 알아갈수록 정말 해답이 나올 수 없는 것인가, 하는 막막한 심정을 갖게 되었다. 그러던 차에 우연한 계기로 이제 교육을 놓아야 할 때가 되었구나 하는 생각이 구체화되었다. 지난해 여름 어느 날이었다. 어떻게 살 것인가를 놓고 고민하던 중에 우연히 박원순 변호사가 쓴 『마을에서 희망을 만나다』라는 책을 접했다. 전국 방방곡곡 다양한 마을을 다니며 작지만 의미 있는 변화를 일구는 사람들 속에서 앞날의 희망을 본다는 내용이었다. 그 책을 뒤적이다가 문득 교육이라는 전문 영역에 갇혀 있는 내가 답답해 보였다. 어디 사람이 교육만으로 사는가. 산다는 건 더 많고 더 넓고 더 복잡한 문제들과 씨름하는 일인데……. 이제 더 큰 눈으로 세상을 바라보자. 이제부터 스페셜리스트가 아니라 제너럴리스트가 되자.

그 뒤 지역문제, 구체적으로 말해 내가 살고 있는 안양을 놓고 무엇을 어떻게 해야 하나 고심을 시작했다. 그 무렵 우연히 눈에 확 띄는 기사를 읽었다. 지난해 9월 15일 인천 송도 신도시에서 열린 '2009 아태도시정상회의'에 관한 것이었다. 국내 34개 도시를 포함하여 29개국 151개 도시에서 1천여 명이 참석하였는데, 도시 창조성 분야의 권위자로 꼽히는 리처드 플로리다 교수(캐나다 토론 토대학)가 기조 발제에서 다음과 같은 말을 하였다.

"지금 인류는 가장 중요한 대변혁 시대를 맞고 있다. 기업이 아니라 도시가 경제성장 모델을 주도해야 한다."

그의 발표 요지는 창조적 파괴와 기술혁신을 통하여 새로운 비즈니스 모델을 구축하는 노력이 필요한데, 그 과정에서 핵심적인 역할을 하는 것은 더 이상 대기업이나 국가가 아니라 도시임을 선언했다. 경쟁력 있는 도시가 되기 위해서는 기술에 대한 투자를 과감하게 늘리고 자기가 살고 싶은 곳을 찾아다니는 최고의 인재와 기술자

박원순 변호사의 저서 『마을에서 희망을 만나다』를 읽고 난 세상을 더 큰 눈으로
바라보자, 라는 생각을 갖게 되었다.
이 책은 전국 방방곡곡 다양한 마을 지역을
돌아다니며 작지만 의미 있는 변화를
일구는 사람들 속에 미래의
희망이 있다는 메시지를 전했다.
나는 내가 살고 있는 안양을 생각했다.
그리고 안양을 위해서 내가 할 일이 뭘까
고민하기 시작했다.

들을 유치할 수 있어야 한다. 이를 위해서는 그들이 원하는 환경을 조성하고 다양성을 끌어안을 수 있는 포용력이 필요하다.

또 다른 기조 발제자였던 프랑스의 자크 아탈리 회장(플래닛 파이낸스)은 미래의 도시가 나아가야 할 방향을 제시하였다. 그는 도시를 '살아 있는 생명체'에 비유하였다. 생명체란 끊임없는 노력을 통해 자신을 갱신하는 존재이다. 도시들이 살아 움직일 때 비로소 국가의 활력이 생성된다. 그렇기에 도시의 리더는 자존감을 키울 수 있는 비전을 제시하고 도시의 젊음을 유지하기 위해 늘 새로운 발상을 제시할 수 있어야 한다. 그는 자존감, 비전, 탄력성, 창조성, 편재성, 개혁을 도시 발전의 7가지 원칙으로 제시하였다.

신선한 충격이었다. 대개의 사람들과 마찬가지로, 지금까지 나는 지역을 국가의 한 부분으로만 생각해왔다. 당연한 일이지만, 부지불식간에 안양의 현재나 미래 문제는 언제나 국가나 경기도에 종속 또는 연동된 것으로만 바라보았다. 도시를 새롭게 규정하는 기사 내용을 읽으면서 나는 속으로 '이거다!' 외쳤다. 안양은 하나의 생명체로서 독자적으로 움직일 수 있다! 그것은 스스로 숨쉬고 때론 기뻐하고 때론 아파하면서 스스로의 정체성을 만들고 영역을 확장해나간다. 국가나 경기도 또는 인근 도시들은 살아가는 데 서로 영향을 주고받는 이웃이거나 환경일 뿐이다.

이것은 내게 매우 중요한 통찰이었다. 이로써 지역문제를 바라보는 나의 시각과 발상이 근본적으로 달라졌다. 이제 안양은 단지 여러 사람들이 모여 이해를 다투는 곳이 아니다. 국가라는 거대한 조직의 한 요소로 붙박혀 옴짝도 못 하는 존재가 아니다. 중앙의 눈치를 보면서 조금이라도 더 많은 지원을 받아내기 위해 굽신거려야 하는 말단 기관도 아니다. 그것은 독자적인 생각을 가지고 스스로의 운명을 개척해가는 살아 있는 생명체다.

생명체의 본질은 변화이다. 그것은 태어나고 성장하며 늙고 결국은 죽는다. 오랜 역사 속에서 수많은 도시들이 생겨났다가 사라졌다. 바로 내가 살고 있는 안양도 마찬가지다. 그것은 오랜 역사 속에서 자연부락으로 부침을 거듭하다가 일제 강점 이후 경제 침략의 일환으로 추진된 철도와 산업화 바람을 타고 점차 도시로 변모되었다. 1960~70년대 경제개발 시기를 맞아 신흥 공업도시로 급성장하였지만 1980년대 말 도시개발이 시작된 이후에는 소비도시로 면모를 바꾸었다. 2000년을 전후하여 안양은 인구 60만 명을 훌쩍 넘는 대도시로 성장하였다.

그런데 여기가 끝이었다. 그 다음이 어떨 것인지 보이지 않는다. 관악산에 올라 안양 시가지를 내려다보면 작은 분지를 가득 메운 아파트 숲이 마치 다 자란 산호초처럼 딱딱하게 굳어 있는 것으로 보였다. 과연 안양의 내일은 어떤 모습일까? 안양은 계속 변화하고 성장할 수 있을까?

지난 가을, 지역의 몇몇 전문가와 운동가들이 모여 '2010 안양시민 매니페스토 정책포럼'을 만들었다. 자료를 모아 우리 안양시가 처한 상황들을 하나하나 들추어내고 따져보면서 나는 조금씩 막연했던 답답함의 원인과 실체를 알게 되었다.

무엇보다 놀란 것은 안양이 빠르게 늙어가고 있다는 점이었다. 성장이 멈춘 것은 물론이고 이젠 나이 들어 몸이 움츠러들듯 절대적, 상대적으로 작아지고 있었다. 지난 3년간 안양의 초등학교 취학자는 무려 25%가 줄었다. 매년 전체 초등학생 수는 2천 명 이상씩, 그리고 시 전체 인구는 1만 명 정도나 줄고 있다. 경기도에서 수원 다음 도시임을 자부하던 안양은 인구 규모에서 일곱 번째로 밀렸고 예산 규모에선 경기도 10대 도시에 겨우 끼는 처지가 되었다.

물론 양적 성장이 멈췄다고 실망할 일은 아니다. 내실 있는 운영을 통해 시민 삶의 질이 높아진다면 더 좋은 일일 수도 있다. 세계 여러 나라의 강소국들이나 유복한 작은 도시들이 그렇지 아니한가. 하지만 안타깝게도 현실은 정반대였다. 시 살림살이의 건전성을 보여주는 재정자립도에 빨간불이 켜졌다. 1990년대만 해도 80%대를 유지하던 자립도가 2006년을 넘어서면서 60%대 전반을 겨우 유지하는 수준으로 곤두박질 쳤다. 그러다 보니 안양시는 2009년 들어 결국 예산 불교부단체에서 교부단체로 전락하였다. 말하자면 중앙정부의 지원으로 연명하는 도시가 된 것이다. 더욱 심각한 것은 안양시가 지난해부터 적자 재정을 편성하고 있다는 점이다. 2009년 264억 원이던 적자 규모는 올해 들어 800억 원으로 급증하였다. 이대로 가면 오래지 않아 시민들 모두 빚더미에 올라앉을 판이다.

지역경제 상황을 보면 더욱 침울한 그림자가 드리워져 있다. 경기도 31개 시군별로 지역 총생산이 차지하는 비율을 보면 안양은 2002년 5.12%에서 2006년 4.57%로 하락하였다(경상가격 기준). 일인당 소득 규모 역시 안산, 용인 등과 같은 인근 도시들에 비하여 뒤처지고 있다. 지역 소재 대기업들이 떠난 뒤 안양시는 지난 10년간 벤처산업에 많은 행·재정적 지원을 했지만 가시적 성과를 찾아보기 어려웠다.

들추어볼수록 머리가 무겁고 어지러웠다. 시내 곳곳에 붙어 있는 재개발 관련 현수막은 안양의 내일에 드리운 또 하나의 먹구름이다. 뉴타운이라는 장밋빛 그림이 제시되어 있지만 최근 안양 5동과 9동 사태에서 보듯이 세계 및 한국경제의 상황에 따라 그 실현 여부는 매우 유동적이다. 교통, 환경, 복지, 교육…… 어느 분야도 만족스럽지 못했다.

　　이대로 가면 안양은 그야말로 노쇠한 도시로 전락되어 주민 삶의 질이 갈수록 나빠질 것이다. 동촌마을 개발이나 일부 재개발 사업으로 잠시 활력을 찾을 수도 있겠지만 그것은 반짝 효과에 지나지 않을 것이다. 생산 기능이 거의 사라진 채 잠자는 도시가 되어버린 안양은 꽉 찬 시멘트 숲만큼이나 무겁게 무기력 속으로 침잠할지 모른다.

　　어쩌다 이렇게 되었을까. 물론 여러 가지 원인과 이유를 찾을 수 있을 것이다. 무엇보다 국가 수준의 정책이나 경제 상황의 변화가 주된 요인일 터이다. 하지만 지난 10여 년간 안양의 살림살이를 맡았던 행정 전문가들도 그 책임의 일단에서 자유롭지는 못할 것이다. 도대체 행정을 잘한다는 것이 무엇인가? 지금 우리 안양이 직면하고 있는 현실을 볼 때 그것은 눈앞에 닥친 과제의 능숙한 해결이나 기존의 규정과 관행에 충실한 업무 처리를 의미했던 것 같다. 하지만, 미안하게도 그것은 지난 10여 년의 안양시정이 근시안적이었고 철학의 빈곤을 보여주는 것이었음을 지적하지 않을 수 없다. 그렇지 않다면 가까운 미래에 안양이 어떤 처지에 놓이게 될지 예측하고 무언가 대비책을 마련했어야 하지 않을까? 혹시 그럴 만한 아이디어가 마땅하지 않았다면 적어도 시민들에게 상황을 알리고 해결책을 마련하기 위해 적극적인 참여를 구했어야 하지 않을까? 그것에 태만했고 상황을 오판한 탓으로 안양 5동과 9동, 아니 더 많은 재개발 지역 주민들이 짊어지게 될 피해는 무엇으로 보상할 수 있을 것인가.

　　지역문제와 씨름을 거듭하면서 차츰 분명해지는 것이 있었다. 그것은 지역의 리더십이 달라지지 않으면 안 된다는 생각이었다. 지금 안양은 긴급히 큰 틀에서 변화가 필요한 시점이다. 그나마 조금씩

남아 있는 활력의 가능성이 더 소진되기 전에 변화가 시작되어야 한
다. 동시에 그러한 변화는 새로운 발상으로 접근할 때 비로소 가능하
다. 이미 시대는 산업사회를 넘어 지식기반사회의 막바지로 달음질
하고 있다. 1970~80년대식 개발 논리나 행정 효율성 패러다임으로
접근해서는 아무런 비전도 찾을 수 없다.

새로운 지역 리더십을 구성하는 핵심 요소는 두 가지이다. 하
나는 미래지향적 가치와 비전을 가지고 끊임없이 발상의 전환을 모
색하는 리더와 그를 여러 측면에서 전문적으로 지원하는 집단이다.
그들은 침체된 지역에 생기를 불어넣고 새로운 비전과 목표를 제시
함으로써 변화의 단초를 만들 수 있을 것이다. 그러나 앞장선 자들의
의욕은 대다수 지역 주민들의 동의와 참여가 있을 때 비로소 가시적
인 변화로 이어질 수 있다. 그것은 지역 경영에서 이전의 행정 편의
나 효율성 패러다임과는 다른, 새로운 거버넌스(협치)가 정착되어야
함을 의미한다. 그것은 리더 그룹과 주민의 인식과 행태가 모두 이전
과 달라질 때 비로소 가능하다.

다음에 실린 글들은 이러한 생각을 바탕으로 안양시의 이런저
런 실상을 살펴보고 나름의 대안적 방향을 모색해본 것들이다. 하지
만 안양시의 모든 구석을 샅샅이 살펴보지 못하였고 또 분석의 깊이
나 폭도 설익은 게 적지 않다. 여기에서 제시되고 있는 이야기들은
아직은 시작이고 가설에 불과하다고 할 수 있다. 앞으로 더 정확하고
설득력 있는 분석과 대안을 제시할 것임을 것을 약속드린다. 이 작업
은 대부분 '2010 안양시민 매니페스토 정책포럼'의 토론 과정에서
이루어졌고, 몇몇 회원의 희생적인 도움으로 원고가 완성되었다. 이
자리를 빌어 그분들에게 진심으로 감사드린다.

1.
안양시의 기울어가는 살림살이와 지역경제

| 비어가고 있는 곳간

지방재정은 그 지역 살림살이의 바탕이다. 가정주부가 가계부를 작성하면서 가계의 수입과 지출을 고려해 매월 재정계획을 세우듯이 자치단체도 그렇게 한다. 개인이든 가정이든 재무상태에 따라 금융당국으로부터 신용등급을 부여받는다. 개인이 카드 연체 등의 재정 지불 능력에 문제가 발생하면 신용에 심각한 문제가 뒤따른다. 지방자치단체 역시 마찬가지이다.

지방자치단체의 재정 상황에 어려움이 생기면 어떻게 될까? 과연 우리가 피땀 흘려 낸 세금이 헛된 곳에 낭비되지 않고 바른 곳에 적절하게 쓰이고 있는 것일까? 지방자치단체의 살림살이에 적자가 누적된다면 우리에게 어떤 일이 벌어질까?

비약적으로 성장한 재정 규모

안양시 재정은 1990년 일반회계 715억 3,700만 원에서 2009년 5,574억 8,200만 원으로 규모 면에서 비약적인 성장을 거듭해왔다. 한때 재정의 비약적인 성장은 안양시의 자랑이었고 다른 지방자치단체들에게는 부러움의 대상이 되기도 했다. 안양은 최근까지도 이른바 불교부단체였다. 불교부단체란 중앙정부의 재정교부금 지원 없이 지역 스스로 재정을 동원할 수 있는 능력 있는 자치단체를 의미한다. 불교부단체는 전국에서 용인, 성남, 수원, 화성, 고양, 안산, 과천, 안양 등에 불과했었다. 재정능력이 현저하게 낮은 호남지역의 어느 지방자치단체는 지방세나 세외수입으로 거두어들이는 자체 재원으로는 공무원 월급조차 해결하지 못한다. 이에 비하면 안양시의 재정능력은 전국 단위의 지방자치단체에 비하여 상당히 좋은 편이었다.

재정자립도시에서 재정의존도시로

2009년 들어 안양시는 재정적으로 상당한 어려움에 처하고 있음이 드러났다. 지금까지 한번도 겪어보지 못한 재정 압박에 시달리게 된 것이다. 2009년은 안양의 자긍심이었던 불교부단체에서 교부단체로 전환된 해로 기억될 것이다. 불교부단체에서 교부단체로 전환됐다는 것은 재정자립도시에서 재정의존도시로, 채권시에서 채무시로 전락했다는 것을 의미한다. 시민의 한 사람으로서 곰곰 생각해보면 적잖이 자존심 상하는 일이다. 안양시 위상에 치명적인 오점이기도 하다.

그뿐인가? 재정자립도는 매년 추락하고 있다. 안양시 재정자립도는 1991년 90.6%, 1992년 95.1%로 가장 높은 수준이었다. 아마도 평촌 신도시 개발의 영향이었을 터이지만, 개발이 끝난 1990년대에도 재정자립도는 평균 87%대를 유지하였다. 그러나 2000년대 접어들면서 재정자립도는 추락하기 시작했다. 그래도 2000년 초반에는 70% 중반대를 유지했지만 최근에는 60%대로 하락하였다. 재정자립도가 떨어진 만큼 외부로부터의 의존재원은 늘어난다. 최근 재정자립도는 2006년 62.7%, 2007년 60.8%, 2008년 64.6%, 2009년 65.3%로 60%대 초반에서 허덕이고 있다. 1990년대에 비하여 2000년대 평균 재정자립도가 65.5%라는 것은 재정자립 능력이 현저하게 떨어졌다는 것을 의미한다. 안양시장 기수별로 보면 민선 2기 84.05%, 민선 3기 84.35, 민선 4기 78.8%로 시간이 갈수록 재정자립도가 낮아지고 있다.

안양시장 기수별 안양시 재정자립도 추이

민선 2기				민선 3기				민선 4기		
1999년	2000년	2001년	2002년	2003년	2004년	2005년	2006년	2007년	2008년	2009년
82.7	84.1	86.4	83.0	83.5	84.5	86.3	83.1	79.5	79.6	77.3
민선 2기 평균 재정자립도 84.05				민선 3기 평균 재정자립도 84.35				민선 4기 평균 재정자립도 78.8		

날로 늘어나는 재정적자

재정 규모 확대에 비하여 추락하고 있는 재정자립도의 현실을 반영이라도 하듯이 안양시의 재정적자는 해가 갈수록 커지고 있다. 안양시 내부 자료에 의하면 2009년 재정 부족액이 264억 원으로 보고된 바 있으며, 2010년 가용재원 현황(추정)에서 세입예정액과 세출예정액을 대비한 결과 803억 600만 원이 부족한 것으로 나타났다.

안양시 2010년 가용재원(추정) 현황

구분	세입예정액(A)	세출예정액(B)	가용재원(A-B)
금액	5,758억 3,200만 원	6,561억 3,800만 원	-803억 600만 원

하락세 뚜렷한 자주재원, 증가세 뚜렷한 주민 일인당 지방세

안양시의 재정여건은 아래 표에서 보듯 그리 넉넉지 않은 상황이 아니다. 이는 살림살이를 스스로 동원할 수 있는 능력이 해마다 떨어지고 있다는 것을 의미한다. 반면 가만히 앉아서 지출해야 하는 고정비성 경상비는 해마가 증가하고 있다. 시민 누구나 부담스러워하는 지방세액은 해마다 증가하고 있는데, 특히 매년 4만 원 정도 증가하던 지방세액이 2008년에는 약 10만 원 정도로 크게 증가하였다.

안양시 재정여건 현황

구분	2005년	2006년	2007년	2008년
자주재원(%)	86.3	84.2	79.7	80.8
경상비 부담금(%)	69.1	70.6	72.9	79.5
주민 일인당 지방세액(원)	302,538	349,045	382,242	480,800

전반적으로 안양시 재원은 총체적 위기에 직면해 있다. 무언가 돌파구를 마련하지 않으면 안 되는 상황이다. 하지만 안양시의 재정 운영 상황을 보면 수입을 늘릴 수 있는 방안이 보이지 않으며, 여전히 관행에 의하여 예산을 배정, 운영하고 있다는 느낌을 지울 수 없다. 아직 경험해보지 못한 가용재원 부족 현상을 안양시는 어떻게 해결해나갈 것인지 참으로 우려스럽다.

｜　지방채 권하는 정부와 재정위기 안양의 선택

지방채 권하는 정부

이명박 정부는 지방채 발행을 권장하고 있다. 지방행정연구원의 뉴스레터 11월호에는 지방채 발행의 정당성을 알리는 원고가 몇 꼭지 실려 있다. 지방채 발행이 부족한 지방재정을 확충할 수 있는 대안이라고 말한다. 특히 사회복지기반 확충, 지역경제 활성화 등의 수요 증가에 대비할 수 있는 정책 중의 하나가 지방채 발행이라고 강변한다. 그러나 지방채는 외부로부터 채무를 지는 일이다. 안양시와 같이 재정 규모는 크지만 재정 자립 능력과 가용재원이 부족한 지역에서는 구미가 당기는 일이 아닐 수 없기는 하다. 하지만 빚내서 쓰는 일이 언제까지 가능할까? 2010년에 부족할 것으로 예상되는 800억 원을 전부 지방채 발행으로 조달할 것인가? 그러면 부족한 지방재정이 확충되는 것인가?

아랫돌 빼서 윗돌 막기

안양시는 세외수입 징수율의 제고, 사회단체 보조금의 합리적 운영, 사회복지 예산의 탄력적 운영으로 재정적자를 어느 정도 상쇄할 수 있다는 식의 의견을 내놓고 있다. 매년 실시하고 있는 결산검사 의견서에서는 "세수확보 방안을 검토하라. 그리고 결손액에 대한 징수방안을 검토하라"는 내용이 제시된다. 하지만 사실상 이에 대한 실효성 있는 대책은 없다. 현실적으로 가능한 대책은 납부하지 않거나 납부능력이 없다고 생각되는 부분에 대하여 결손 처분해주는 것뿐이다. 실제로도 일정 부분 그렇게 하고 있다. 안양시의 불납결손액은 2007년 22.93%, 2008년 16.19%에 이른다. 그러나 현재보다 현격하게 세외수입 징수율을 높인다고 해서 부족한 재원을 충당할 수 있을지는 의문이다.

또 사회단체 보조금을 합리적으로 운영하면 과연 부족한 재원을 확충하는 데 도움이 될까? 그것은 코미디라 할 만큼 웃기는 이야기이다. 안양시의 2008년도 세입예산액 7,311억 5,190만 원 대비 사회단체 보조금 예산액은 9억 3,550만 원으로 전체 예산의 0.12%에 불과하다. 따라서 지방재정의 세수 확보를 위한 방안으로 사회단체 보조금 조정 운운하는 것은 거의 난센스이다. 물론 세수 확보가 아니라 합리화 차원에서 사회단체 보조금 운영의 개선을 꾀할 부분은 많다. 특히 편중 지원이 심각한데, 전체 사회단체 보조금 예산의 45.71%를 안양시 새마을회를 포함한 10개 단체에서 독식하고 있다.

또 안양시가 부족한 재원을 확충하기 위해 제시한 대안 중 하나가 사회복지 예산의 탄력적 운영이다. 사회복지 예산은 시혜적 성격을 지니고 있으며, 대부분 사회적 약자를 대상으로 하고 있다. 보편적으로 사회복지 예산을 통하여 지원받는 사회적 약자들은 본인들의 사회적 권리라고 인식하기보다 '감사와 호혜'의 대상으로 여기는 것이 보편적인 정서이다. 그렇다면 사회복지 예산의 탄력적 운영은 안양시의 재정 상황을 고려해볼 때 예산을 줄이는 수밖에 없다. 이 방안이 과연 옳은 선택일까?

안양시가 제시하고 있는 '세외수입 징수율 제고' '사회단체 보조금의 합리적 운영' '사회복지 예산의 탄력적 운영' 방안은 눈앞에 놓여 있는 문제를 피하고 보자는 미봉책에 지나지 않는다. 물론 단기적으로는 그럴 수 있다고 하지만 중장기적 관점에서 보면 '아랫돌 빼서 윗돌 막는' 격에 지나지 않는다.

안양시의 재정 문제는 단순히 재정을 운영, 관리하는 행정적 지금까지 나는 지역을 국가의 작은 일부분으로만 생각해왔다.

당연한 일이지만, 부지불식간에 안양의 현재나 미래의 문제는

언제나 국가나 경기도에 종속 또는 연동되는 존재로만 인식해왔다.

그러나 안양은 독자적으로 움직일 수 있는 하나의 생명체다!

안양은 스스로 숨 쉬고 때로 기뻐하며 때로 아파하면서

스스로의 정체성을 만들고 영역을 확장해나가는 독립적인 도시인 것이다.

차원에서 논의될 수 있는 문제가 아니다. 안양시가 새로운 차원으로 도약하는 과정에서 발생하는 여타 긍정적인 지역경제 효과를 통하여 해결 가능성을 찾아내야 하는 중차대한 과제인 것이다.

| 택지개발, 인구 그리고 지방재정의 카르텔

관리형 도시인 안양의 인구억제 정책

안양시는 민선 2기, 3기, 4기를 거치면서 강력한 인구억제 정책을 추진해왔다. 만안구와 같은 구도심 지역의 난개발을 방지하고자 하는 취지에서 진행된 정책이었다. 『2016 안양 도시 기본계획』에서 추정한 계획인구는 2011년 69만 명, 2016년 73만 명이었으며, 『2020년 안양 도시 기본계획』에서 추정한 계획인구는 2010년 66만 명, 2015년 68만 명, 2020년 70만 명으로 추정하고 있다. 당초 2016년 도시 기본계획의 추정인구와 2020년 도시 기본계획의 추정 인구와는 상당한 차이를 보이고 있다. 이는 인구정책 의지를 반영하고 있다는 것을 의미한다.

연도별 안양시 추정인구 현황

구분	2010년 추정 인구	2011년 추정 인구	2015년 추정 인구	2016년 추정 인구	2020년 추정 인구
2016 안양 도시 기본계획	–	69만	–	73만	–
2020 안양 도시 기본계획	66만	–	66만	–	70만

그런데 해가 갈수록 가용재원의 한계가 분명한 상황에서 안양시 재정문제는 결코 낙관적이지 않다는 것을 앞에서 언급한 바 있다.

문제는 안양시가 관리형 도시라는 점이다. 제도적으로는 성장관리권역으로 묶여 있으며, 성장관리권역이 아니더라도 안양시의 가용 토지는 분명한 한계에 직면해 있다. 따라서 택지개발을 통한 인구 유입 그리고 그에 따른 재원 발굴은 난관에 직면하고 있다.

개발 가능지는 불과 전체 면적의 4.97%

2020년 안양시 도시 기본계획에 의하면 기개발지는 21.152㎢로 개발 가용지 전체 구성비 중 36.14%를 차지하고 있으며, 개발 가능지는 2.909㎢로 4.97%를, 개발 억제지는 34.458㎢로 58.89%를 차지하고 있다. 이 지표는 개발 가능지가 사실상 넉넉하지 않다는 것을 의미하는 것으로, 성장형 도시가 아닌 관리형 도시로서의 개발 수요와의 상관성이 있다는 것을 이야기하고 있다.

늘지 않은 인구, 과도하게 투자된 시설투자

지방재정의 확충은 인구 유입과 깊은 상관관계가 있는 것으로 새로운 재원 발굴은 현재 관행적으로 진행되고 있는 지방재정 구조를 바꾸지 않는 한 분명 한계가 있다. 그러나 여기에서 주저앉을 것인가? 그렇지 않다. 지방자치단체장은 주민의 세금으로 이루어진 재정을 그냥 쓰라고 정치적 권한을 부여받은 것이 아니다. 단체장은 지역경제의 활성화 등을 통하여 지방재정의 건전성을 확보하기 위한 방안을 반드시 마련해야 한다. 그러나 안양시는 "개발을 할 수 있는 가용 토지가 없다. 재정분권이 되어 있지 않다. 관리형 도시이다" 등의 구태의연한 핑계 속에서 지난 10년의 세월을 허비해왔다. 10년의 세월이 흐르면서 지표상으로는 주민 일인당 지방세 부담액이 현저하게 증가하였고, 회계 규모는 증가하였으나, 가용재원은 이제 엄청난 적자 상황에 직면해 있다. 그동안 투자된 시설 운영비가 안양시 재정 운영에 커다란 부담으로 작용하고 있음도 간과할 수 없다.

택지 개발, 인구 그리고 지방재정의 카르텔

지방자치단체의 자체 재원 확보는 철저하게 인구 성장과 연관되어 있다. 따라서 인구가 증가하면 증가하는 만큼 재원이 확보되는 것이며, 인구가 그대로면 지방재정 역시 제자리이다. 인구 이동이나 인구 증가는 주민세와 관련되어 있다. 이들이 자동차를 구입하게 되면 자동체세를 내며, 간접세 형식으로 교육경비도 충당한다. 그리고 권장하고 싶지는 않지만 애연가들도 지방재정 확충에 한몫을 한다. 그외에도 부동산 거래와 관련된 세금 등이 지방재정 확보에 상당한 영향을 미친다. 아마 안양시도 평촌을 개발하면서 재정자립도를 엄청나게 증가시킨 경험을 통해서 인구와 지방재정 확충과의 밀접한 관계를 잘 알고 있을 것이다. 최근 용인시나 화성시와 같이 개발 여지가 상당히 높은 지방자치단체의 경험에서도 알 수 있듯이 인구와 재정은 아주 밀접한 상관관계를 갖고 있음을 알 수 있다. 지방자치단체가 재원 확보를 위해 아파트 공급 위주의 택지 개발에 목을 매는 이유 중 하나도 여기에 있다.

택지 개발, 인구 그리고 지방재정의 카르텔은 안양시와 같은 관리형 도시에 치명적인 약점이 되고 있다. 따라서 안양시는 이것을 극복하기 위한 새로운 내생적 발전 전략을 모색해야 한다. 그것은 안양시가 이 자리에 주저앉지 않기 위한 숙명적 과제이다.

| 모험만 하고 있는 벤처산업

그동안 안양시의 지역경제는 많은 변화를 겪어왔다. 안양은 도시화에 따른 농업의 퇴조와 동시에 제조업의 성장과 집적을 통하여 형성된 도시이다. 1940년대부터 공장이 들어섰고 국내에서 가장 먼저 공업이 발달한 지역 가운데 하나였다. 1960년대 이후에는 경인지역의 특정 공업지역으로 지정되어 서울시내 부적격 공장이 안양으로 유입되면서 공업도시로 성장하였다. 1970년대 들어서는 소비재 공업 외에도 화학, 기계, 금속, 전기, 전자, 제약 등 다양한 산업들이 입지하게 된다. 1990년에는 공업생산의 고용이 경기도 전체의 16%를 차지하는 중요한 공업적 요충지로 부상하기도 했다. 그러나 1980년대 말부터 택지 개발이 본격화되면서 안양 경제를 떠받치고 있던 대기업들이 하나 둘 안양을 떠나게 되어 2000년대 들어서는 사실상 산업공동화 상태가 되었다. 이러한 변화에 위기의식을 느낀 안양시는 민선 2기가 되면서 때마침 불던 국가 수준의 벤처 바람을 타고 산업구조를 재편하려는 노력을 기울이기 시작하였다.

이에 따라 지난 10년간 안양 지역경제의 중심축은 IT 벤처 산업이 차지하게 되었다. 벤처(Venture)란 '모험'이란 뜻을 가지고 있다. 따라서 벤처산업은 수익성은 높지만 성공률이 낮은 모험 산업이며, 독창적인 아이디어가 가장 중요한 자원이다. 그것은 성공에 필수적인 새로운 콘텐츠와 기술 개발의 원천이기 때문이다. 벤처 산업의 종류는 다양하지만 주로 IT와 연관된 것들이 많다.

그러나 벤처산업은 기본적으로 수익성을 보장받을 수 없는 위험성을 안고 있어서 이를 어떻게 관리할 것인가가 매우 중요한 문제이다. 아울러 성공하기 위해서는 적절한 산업 지원 서비스와 고도의 기술 개발 지원과 같은 지역적 기반이 조성되어 있어야 한다. 기업 차원에서는 매출액 대비 연구개발비의 비율을 일정 수준으로 유지하는 지속적인 투자가 필요하다. 또 어떤 회사가 새로운 제품을 만들었다 하더라도 그것이 시장을 통해 안정적인 수익을 실현할 때까지 버티도록 지원하는 문제도 매우 중요하다. 벤처산업은 대부분 소규모의 인적 자원에 의한 기술개발에 집중되어 있는데, 마케팅을 비롯한 관리 운영 측면의 약점을 극복하는 것도 커다란 과제이다.

지난 10년 동안 안양의 벤처산업은 집중적인 투자에 힘입어 현재 약 400여 개 기업이 운영되고 있다. 그러나 지난 2009년 10월 19일자 경기일보는 "벤처기업들 빠진 벤처 촉진지구: 성남, 안양 등 벤처 아닌 일반 기업 입주 더 많아"라는 제목의 기사를 보도하였다. 벤처지구에 벤처산업보다 일반 기업이 더 많이 입주해 있다는 지적이었다. 특히 안양은 불과 입주자의 28%만이 벤처기업 사업자라는 것이다. 이것이 사실이라면 안양시가 지난 10년 동안 추진해온 벤처산업 정책은 무언가 크게 잘못되어 있는 것이 아닌가 생각된다. 즉, 실속은 없고 무늬만 벤처로 포장되어 있다고 해도 과언이 아닌 것이다. 그렇다면 과연 안양이 미래에 먹고 살아갈 수단은 무엇이어야 하는가?

| 지역경제지표가 어둡다

해마다 감소하고 있는 지역의 부가가치

지역경제를 이해하는 데 일차적으로 필요한 자료로는 사업체 수, 월평균 종사자 수 등이지만 경제활동의 실속을 보여주는 것으로는 흔히 지역의 부가가치 평가지표를 참고한다. 이것은 지역에서 연간 생산된 재화와 용역의 총량을 가늠할 수 있게 한다. 1998년부터 안양의 부가가치를 보면 2000년을 정점으로 하락세를 보이고 있으며, 특히 2007년은 지난 10년 중 가장 낮은 수준이다. 이는 대규모 공장의 이전 탓이 크지만, 다른 한편으로는 지난 10년 동안 추진해온 벤처산업의 성과가 미흡하다는 것을 반증하는 것이기도 하다. 다시 말하면, 안양시가 지난 10여 년간 투자해온 벤처산업이 노동집약적인 제조업이 떠난 자리를 메우지 못하고 있다.

감소하는 지역내총생산

지역내총생산(Gross Regional Domestic Products: GRDP)이란 일정기간(1년) 동안 일정한 지역 안에서 산출된 재화와 용역의 부가가치를 화폐액으로 나타낸 것이다. 이것은 지역별 경제 규모 및 경제력 수준을 나타내는 종합적 지표라고 할 수 있다. '시·군단위 지역내총생산'이란 생산 측면의 부가가치를 파악한 것으로, 각 시·군별로 얼마만큼의 부가가치가 창출되었는가를 나타내는 지표이다. 이때 적용하는 가치 총액은 경상가격을 그대로 쓰기도 하고 불변가격으로 환산하기도 한다. 경상가격이란 당해년도의 물가변동을 그대로 반영한 것을 의미하며, 불변가격은 물가 변동요인을 제거하여 평가(특정년도가격 기준)한 것을 의미한다.

지역내총생산 지표는 경기도 31개 시군을 대상으로 한 백분율을 적용하고 있다. 이에 의하면 안양시는 경기도 31개 시군 가운데 2002년 경상가격이 5.12%에서 2006년에는 4.57%로 하락하였다. 불변가격 역시 2002년 4.97%에서 2006년 4.15%로 하락하였다. 이 지표는 실제 생산총액이 아니라 지역의 부가가치를 바탕으로 하여 환산한 것이라는 한계를 지니고 있기는 하지만 안양시의 부가가치 발생액 비율이 점차적으로 하락하고 있음을 보여준다. 일인당 생산 수준 역시 그동안 도시 규모 면에서 상당한 각축을 이루어왔던 안산, 용인 등에 비하여 상대적으로 낮은 지수를 보이고 있다.

이처럼 지역내총생산 지표는 지난 10년간의 벤처산업 지원과 육성에도 불구하고 안양시의 지역경제 현실이 밝지 않음을 보여준다. 굴뚝산업을 버리고 벤처산업을 선택했을 때는 안양의 미래를 낙관했을 것이다. 그러나 현실은 그렇지 못하며 지금은 안양을 대표할 만한 성장산업이 없어져버린 셈이 되었다. 말하자면 거시적인 측면의 지역경제에 대한 그림은 아직도 도화지 위에만 있는 것 같다. 그러면 미시적인 생활경제는 어떨까?

| 민생경제의 복병, 아트 심의

아트심의, 민생경제의 발목을 잡다

미시적인 지역경제란 일상생활과 직접 연관된 부분을 의미한다. 그래서 생활경제로 표현하기도 한다. 이와 관련하여 안양시가 야심차게 진행한 프로젝트 중 하나가 공공예술 프로젝트이다. 안양시의 공공예술 프로젝트는 대다수의 지방자치단체가 벤치마킹할 정도로 외형적인 성과가 뚜렷한 사업 중 하나이다. 하지만 그러한 외형적 성과 뒤에는 서민들의 말 못할 아픔이 엉켜 있다.

최근 수년간 안양시는 뉴타운 개발이라는 미명 아래 도시재정비 사업을 진행해왔다. 사실 도시재정비 사업은 안양의 장기적 비전과 전망, 그리고 지속가능성을 보여줄 수 있는 도시발전 프로젝트이다. 도시재정비 사업은 구도심 지역을 대상으로 하고 있는데, 대부분은 안양이 급격하게 공업화되면서 도시계획이 제대로 적용되지 못한 낙후지역이다. 하지만 현재 이 사업은 여러 가지로 꼬이고 있어 안양의 미래 비전도 보여주지 못할뿐더러 시민들의 재산권 행사를 제약하여 그러잖아도 팍팍한 삶을 더 어렵게 만들고 있다. 그러한 부작용 가운데 하나가 재정비 사업과 공공예술 프로젝트의 만남이다.

시민들은 도시재정비 사업과 무관하게 일상생활에서 필요한 주거환경의 변화를 도모하게 된다. 집을 고쳐 짓기도 하고 약간의 새로운 시설을 덧붙여 설치하기도 한다. 소규모 자영업자들에게는 이런 일들이 생계 유지의 주요 수단이기도 하다. 그런데 공공예술 프로젝트가 이들 민생에 큰 걸림돌이 되고 있다. 대개의 시민들은 이 프로젝트가 보여준 예술적 가치에 대해서는 어느 정도 공감할 것이다. 그러나 적지 않은 주민이나 자영업자들은 예술적 기준이라는 이름하에 자유로운 건축 행위를 제약하는 '아트 심의'가 원망스럽다. 그것은 단지 일을 까다롭게 하는 것을 넘어서서 지역의 민생경제를 크게 위축시키고 있다는 평가마저 있다. 가뜩이나 어려운 경제 상황에 곰곰 재고해볼 일이다.

자문은 자문으로

'안양아트시티21 건축자문단 설치 및 운영에 관한 규정'에는 "안양시를 아름다운 도시, 품격 있는 도시로 조성하여 그 정체성을 확립하고 후세에 문화적 유산으로 남기고자 추진하는 안양아트시티21 사업의 시행에 있어 건축물과 시설물의 설계에 관한 자문활동을 하는 것"으로 규정하고 있다. 그리고 그 자문은 "주위환경과 조화를 이루고, 미려한 건축물의 건립으로 도시 미관의 증진을 목적으로 하며, 그 기준은 안양아트시티21 기본계획의 부문별 세부 디자인 가이

드라인으로 한다"고 규정하고 있다.

2002년부터 진행된 자문 신청 결과는 원안 동의보다 조건부 동의 또는 재협의 비율이 월등하게 높은 것으로 나타나고 있다. 원안 동의는 대략 25% 내외에 머무르고 있다. 아트시티 건축자문단 운영은 2007년 결산검사 의견서에서 이러한 아트시티 건축자문단의 역할에 대하여 "안양시의 경관에 대한 정체성 확립을 위한 선진 행정이며, 아름다운 도시, 품격 있는 도시 조성을 위한 자문 역할을 충실히 해왔다고 할 수 있으나, 자문으로 인한 건축허가 지연을 최소화하기 위한 노력이 필요하다"고 문제를 제기한 바 있다. 안양시 건축자문단의 역할이 민생에 악영향을 주어서는 곤란하다. 자문을 넘어 거의 심의 수준의 개입을 하는 것은 일종의 권한 남용일 수 있다.

| 대기업 유치가 2만 개 일자리 창출?

2만 개의 일자리 창출 공약

직전의 시정 책임자가 제시했던 2만 개 일자리 창출 공약은 저성장, 저고용 변화에 대응해 지역 실정에 맞는 일자리 창출을 도모하고 실업 대책을 통한 고용 안정 및 지역경제 활성화 도모를 목적으로 하고 있다. 이 공약을 이행하기 위한 전략은 "LS그룹 유치, 아파트형 공장 설립 지원 및 기업하기 좋은 환경 조성"이었다. 그러나 이러한 공약 내용은 지역 실정에 맞는 일자리 창출과는 다소 거리가 있어 보인다. LS그룹 본사의 입주가 안양시의 세수를 늘리는 데 큰 역할을 하겠지만, 숫자로 헤아리는 일자리가 아니라 지역 주민들에게 실제로 혜택을 주는 일자리라는 측면에서는 과연 어느 정도 기여를 할 수 있을지 의문이 들기 때문이다.

엇갈리는 일자리 창출 데이터

안양시는 기업 유치, 지역인력 채용, 소상공인 육성 등을 통해 창출한 일자리가 15,000개라고 발표한 바 있다. 연도별로는 2007년 5,000개, 2008년 6,500개, 2009년 6,500개, 2010년 2,000개 등 모두 2만 개의 일자리를 만든다는 계획을 제시하고 있다. 그런데 이 통계는 무언가 앞뒤가 안 맞는다. 직전 시장은 2006년 선거과정에서 2005년의 1만개 일자리 추진 실적이 당초 계획보다 많은 106.9%라고 홍보한 바 있다. 반면 현 시장은 2007년에 제시한 자료에서 당시 만든 일자리를 5,000개로 추정하고 있어 전직 시장이 제시했던 자료와 큰 차이를 보이고 있다. 이것은 전직 시장이 실적을 터무니없이 과장했거나 아니면 현 시장이 업무 파악을 태만히 했음을 의미한다. 아니면 창출된 일자리 수가 주먹구구식으로 표현된 것일 수도 있다. 정말 그렇다면 일자리 창출이 책상에서 이루어지는 것은 아닌지 묻고 싶다.

| 높은 빌딩, 넓은 도로, 꽉 찬 자동차의 도시와 재래시장

중산층의 상징, 평촌

1980년대 말 서울시를 비롯한 대도시에 인구 집중이 가속화되면서 주택문제 해결방안이 필요했으며, 서울 및 인접도시 내 가용 토지 한계에 따른 새로운 주택공급 정책이 필요했다. 따라서 노태우 후보는 주택 200만 호 공급을 핵심 공약으로 내걸었다. 그 결과 1988년 분당, 일산을 시작으로 1989년 평촌, 산본 그리고 1990년에 중동이라는 신도시들이 만들어졌다. 이 사업 추진의 명분은 만성적인 주택공급 부족현상을 해소하고 주택가격 안정과 국민들의 주거생활 안정을 도모한다는 것이었다. 이렇게 하여 생겨난 수도권 5개 신도시는 중산층의 밀집 거주지로 화려하게 부상하였다.

평촌의 도시적 욕망

당시 평촌의 입주계획은 1992년 15,921세대, 1993년 15,769세대, 1994년 8,580세대, 1995년 1,292세대였다. 도로망을 보면 시흥~안산 간 고속도로 13㎞, 서울 외곽순환도로 중 논곡~판교 간 22.0㎞가 4차선으로 계획되었으며, 양재~수원 간 고속화도로 15㎞는 6차선 도로로 계획되었다. 평촌지구 동축 및 서축에 인접한 경수산업도로(국도 1호선)와 홍안로(국도 47호선) 중 인덕원~군포 간 3.2㎞, 안양~군포 간 7.4㎞, 군포~수원 간 7.1㎞는 8차선으로 확장되었다. 지방도인 안양~광명 간 도로 중 안양~논곡 간 5.7㎞는 기존 2차로에서 6차로로 확포장하였으며, 논곡~광명 간 6.7㎞는 4차선으로 확장하였다. 전철은 금정~사당에 이르는 15.7㎞ 신설이 계획되었다.

평촌의 특징은 도로를 중심으로 계획한 도시라는 점이다. 당시 계획된 신도시는 모두 같은 특징을 지니고 있다. 이러한 자동차 중심 교통망의 특징은 정부가 사회간접자본 시설 확충에서 도로망만 제공하고 교통 이용에 대한 인프라는 개인들이 알아서 갖추도록 하였다는 점이다. 한마디로 모두 자동차를 사라는 이야기다. 그 결과 신도시들은 만성적인 교통 체증을 피할 수 없게 되었다. 자립도시가 아닌 침상도시(bed town)라는 점도 상황을 악화시키는 요인이다. 결과적으로 신도시들은 높은 빌딩에 넓은 도로 그리고 꽉 찬 자동차로 상징된다. 이러한 구조는 대기업 중심의 대형 쇼핑몰 등장에서 보듯

안양도 이제 내실 있는 살림 운영을 통해 시민 삶의 질을
끌어올리고 미래 도시로 성장할 수 있는 동력을 만들어야 한다.
충분히 가능성이 있다.
세계 여러 나라의 강소국들이나 유복한 작은 도시들이
그렇지 아니한가. 그러려면 먼저 주민들이
안양에 대한 관심과 참여. 그리고 안양시 행정 담당자들의
민주적인 시정이 반드시 필요하다.

이 지역의 소비 방식과도 밀접하게 연결된다. 대형 쇼핑몰은 자동차 이용을 더욱 촉진한다.

'눈 가리고 아웅'식 재래시장 정책

재래시장 활성화 공약은 선거 때마다 항상 단골 메뉴로 등장한다. 그러나 시간이 지나도 그 성과를 확인하기는 어렵다. 물론 재래시장의 시설이 현대화되어 한결 깨끗해 보이고 눈비를 피할 수 있게 된 것은 긍정적인 변화이다. 하지만 그것으로 시장의 활성화가 실현될 수 있는가는 확신하기 어렵다.

재래시장 문제는 언제나 지역경제의 중요한 의제이다. 그래서 다른 지역에서는 시설 현대화 사업을 넘어 상인 교육, 쿠폰 발행 등 다양한 활성화 정책을 추진하고 있다. 하지만 안양시에서는 이렇다 할 새로운 정책이 별로 없었으며, 오히려 지난 10년간 홈플러스, 이마트, 아울렛 등 대규모 유통시설이 여러 곳에 입점하여 재래시장의 상권을 치명적으로 잠식하였다. 더 심각한 문제는 성장하지 않는 도시에 대규모 유통시설이 줄기차게 늘어나고 있다는 점이다. 이들 시설이 도시의 소비지향성을 기형적으로 키우고 있다는 점 역시 간과할 수 없다.

기존의 재래시장 활성화 정책은 대기업 자본의 지배와 소비 중심 도시라는 공간적 특성을 고려하지 않고 눈앞의 작은 문제들만 임기응변식으로 해결하고자 한 미봉책이다. 정책 추진자들이 그 한계를 모를 리 없으면서도 그렇게 한 것은 한마디로 '눈 가리고 아웅'한 꼴이다. 재래시장 활성화는 도시공간의 특성, 특히 소비 동선과 긴밀하게 관련되어 있음을 인식하여야 한다. 질주하는 자동차와 넓은 도로로 이어지는 대형 쇼핑몰의 소비 동선 구역에서 재래시장이 설 곳은 어디에도 없다.

벽에 부딪친 도시계획과 재정비 사업

| 누가 만드는 도시계획인가?

시민 참여 없는 도시계획조례

안양시는 도시계획조례 제2조(도시계획의 기본 방향)에 "도시계획은 도시의 주거기능·상업기능·공업기능 등이 조화를 이루고 주민이 편안하고 안전하게 생활할 수 있도록 하기 위하여 환경적으로 건전하고 지속가능한 발전을 이루는 것을 기본방향으로 한다"라고 명시하고 있다. 그러나 지속가능한 발전을 도모하기 위한 구체적인 도시계획 지표를 개발하거나 적용하고 있지는 않다. 지속가능한 개발에서 중요하게 취급되는 것 중 하나가 주민 참여이다. 주민 참여란 집행부에 의해서 기획된 그림을 단순히 이해하고 수용하는 것이 아니라, 계획 단계부터 마감 단계까지 주민과 집행부, 전문가, 엔지니어 등 다양한 지역사회 주체들이 모여서 서로 머리를 맞대고 상호협력하는 관계를 의미한다. 이러한 관계는 제도적 장치로부터 시작된다. 도시계획조례는 가장 중요한 제도적 장치이다.

도시계획 과정에 주민은 없다

도시계획이 만들어지는 과정은 초안 마련 → 공청회 → 의견 청취의 순으로 되어 있다. 집행부에 의해서 기본안을 만들고 사후에 주민의 의견을 반영하는 방식이다. 공청회는 지방자치단체가 어떤 사항을 결정하기 위해 공개적으로 주민 의견을 듣는 제도적 장치이다. 그러나 실제로는 주민보다 전문가 토론이 주를 이루며 주민의 의견은 매우 제한적으로 개진된다. 더구나 공청회는 계획 마감 단계에서 열리게 되는데 이로써 계획과정에서 깊이 있게 심의되어야 할 쟁점들이 대개는 형식적으로 다루어진다. 심한 경우 주민들은 계획 마감 단계에서나 지역의 공간계획에 대하여 알게 되기도 한다. 원천적으로 주민 참여가 배제되고 있는 것이다.

도시계획은 참여적 장치를 기반으로 이루어지는 것이 최근의 경향이다. 이러한 참여형 도시계획은 조례에 명시하여 법적·제도적으로 보장을 받도록 해야 한다. 공청회도 각 사안별, 단계별로 열려야 하며, 운영방식 또한 다양한 의사소통이 가능하도록 해야 한다. 주민이나 전문가의 의견 청취도 마찬가지이다. 그러나 실제로 안양시의 도시계획 과정은 이러한 원칙과 거리가 멀다. 공청회는 대개 아주 형식적으로만 계획되어 있고 주민 의견 청취 방식도 주민들이 일상생활에서 쉽게 접할 수 있도록 하는 것이 아니라 공급자 편의 위주로 공고·공람을 진행하고 있다. 시민사회단체와의 관계도 상당히 편향되어 있다.

지나친 전문가주의

도시계획위원회의 인적 구성은 시장이 전문가를 위촉하며, 위원장은 부시장이 수행하도록 되어 있다. 당연직은 관계 공무원 1인, 교육공무원 1인과 시의원 1인으로 정하고 있다.

현재 안양시 도시계획위원회 위원은 총 19명인데 이 가운데 여성은 3명으로 16%를 차지하고 있으며, 연령별로 보면 사십대가 6명, 오십대가 12명, 칠십대가 1명으로 구성되어 있다. 직업별로 보면 공무원 4명, 시의원 3명, 전문가 11명, 일반시민 1명으로 전문가의 비중이 압도적이다. 반면, 시민단체 관계자는 전무하다. 도시계획위원회 위원 19명 전원이 NGO, 사회단체, 이익단체, 주민조직협의회 등의 조직에 속해 있지 않다. 위원회 의사결정은 1/2참석에 1/2찬성으로 정하고 있다. 안건의 의사결정이나 의안발의 주체도 위원장이나 집행부의 실무책임 선에서 이루어지고 있다. 이런 구성과 운영 방식은 도시계획의 입안과 결정이 주민의 요구보다는 지나치게 전문가에 의해 좌우될 수 있음을 보여준다. 더 정확하게 말하면 그것은 시가 원하는 대로 결정할 수 있다는 것이다.

일방향 의사소통 한계 넘어야

안양시가 도시계획 수립 과정에서 적용하고 있는 주민 참여 제도는 시민제안제도에 국한되어 있으며, 회의록 정보공개 역시 '주민의견수렴 내용 공개, 공청회 내용'에 그치고 있다. 간담회 및 도시계획위원회 회의록은 "안양시 도시계획조례 제63조에 의거 회의 및 회의록은 비공개 원칙으로 한다"는 규정에 따라 공개하지 않고 있다.

안양시 도시계획 관리와 관련하여 입안·집행과정 및 실행과정에 대한 모니터링 평가 실적 또는 진행 중인 사항에 대한 모니터링 방법, 정책의 실행 결과에 대한 시민평가제 도입 등은 관계법에서 언급하고 있지 않다는 답변으로 일관하여 사실상 공개를 거부하고 있는 상황이다.

결론적으로 안양시의 도시계획정책에서 주민 참여는 극히 제한되어 있으며, 주민과의 쌍방향 의사소통 방식이 아니라 여전히 일방향 의사소통을 하고 있다. 민이 주체가 되는 새로운 자치시대를 열기 위해서는 시정 책임자의 의식 전환이 요구되며 아울러 이를 구체화하는 제도적 장치가 필요하다.

이미 엎질러진 물, 도시재정비 사업

선거공약과 도시재정비 사업

선거마다 등장하는 핵심공약 중 하나가 주거환경개선 사업이다. 이미 직전 시장은 대대적인 주거환경 개선에 대한 야심찬 프로젝트를 공약으로 제시한 바 있다. 그런데 제시된 공약 내용을 보면 개발가능지의 여건을 검토하기에 앞서 주민들의 숙원사업 위주로 개발대상지를 선정하고 나서 개발 가능성을 검토하는 방식으로 접근하고 있다. 하지만 이런 방식은 자칫 안양시 전체의 균형 잡힌 도시계획 그림을 그리는 데 방해가 될 수 있다. 경기도의 몇몇 신흥도시들이 안고 있는 난개발 문제는 바로 이런 방식에 기인한 탓이다.

시장, 도의원, 시의원의 도시계획 관련 선거공약을 보면 어김없이 "주거환경 개선사업·재개발·재건축 추진, 낙후지역 재개발 추진, 그린벨트 해제 지역의 환경친화적 도시 조성"이 등장한다. 물론 안양의 도시재정비 사업은 중요한 사안임에 틀림없다. 그러나 서울시의 뉴타운 건설 과정에서 보듯이 자칫 그러한 공약들은 시민들에게 실현되기 어려운 환상만을 심어주어 더 큰 실망을 안길 수도 있다.

도시재정비 사업은 도시 발전에 관한 올바른 철학과 미래지향적 비전을 바탕으로 할 때 비로소 시행착오를 최소화하고 주민들에게도 진정한 이익을 줄 수 있다. 하지만 현재 추진되고 있는 안양시 도시재정비 사업은 고개를 갸웃하게 만든다. 현 시장은 재선거 과정에서 구체적인 내용 없이 "지역간 조화롭고 균형 있는 발전으로 고르게 잘사는 도시를 만들겠습니다"라는 공약을 제시한 바 있다. '균형 있는 발전'이란 만안구와 동안구의 격차를 줄이겠다는 것으로 읽히는바, 실제로 취임 후 추진되고 있는 사업은 '신구 도시 간 균형발전 프로젝트'라는 명분하에 만안구 구 도심을 평촌과 유사한 형태로 개발이 진행되고 있다.

하지만 이러한 방식의 접근이 과연 타당한 것인지 검토해볼 필요가 있다. 물론 만안구 지역도 평촌과 같이 시원하고 반듯하게 정비되는 것은 좋은 일이다. 또 그렇게 함으로써 재산상 이익도 얻고 쾌적한 환경에서 살고자 하는 만안구 주민들의 당연한 권리도 실현해주는 것이다. 문제는 과연 그러한 바람과 권리가 현실적이냐 하는 것이다. 단적인 예로, 만안구에 평촌지역과 유사한 아파트를 짓더라도 그만한 가격대가 형성되지 않으리라는 예측이 우세하다. 만일 그렇다면 시민들의 실망은 둘째 치고라도 개발 이익을 실현하기 어려워 사업 추진 자체가 불가능할 수도 있다. 이미 이러한 우려는 안양 5동과 9동 사태에서 현실화되고 있다.

안양시의 도시재정비 사업은 시급히 추진되어야 할 사안이다. 하지만 아무리 급해도 바늘허리에 실을 매어 꿰매려는 우를 범해서는 안 된다. 한국경제의 형편을 고려하고 미래의 도시가 견지해야 할 지속가능성이라는 가치를 반영하여 계획을 수립하고 이에 대한 주민의 동의를 구하는 진지함이 아쉽다.

안양시 도시·주거환경 기본계획 대상지역 현황

구분		지구
주거환경 개선사업		• 냉천지구 • 새마을지구 • 삼아연립 주변지구
주택재개발사업		• 덕천지구 • 삼영아파트 주변 • 예술공원 입구 주변 • 소곡지구 • 상록지구 • 아랫마을 • 화창지구 • 박달1동 사무소 주변 • 임곡 3지구 • 호계 유황온천 지구 • 구사거리 지구 • 능곡지구 • 삼봉지구 • 덕천지구 • 융창아파트 주변 • 호계초원 주변
주택재건축사업	만안구	• 진흥아파트 • 향림아파트-1 • 향림아파트-2 • 청원아파트 주변 • 효진연립 • 대일연립 • 석수아파트 • 백조아파트 • 대보아파트 • 세우아파트 • 석수 한신아파트 주변 • 동삼아파트 • 석수 주공 2단지 • 석수 주공 3단지 • 박달 1동 연합 • 동성 2차 동아아파트
	동안구	• 미륭아파트 • 비산 2동 사무소 주변 • 비산 삼익아파트 • 태광아파트 • 성우아파트 • 삼아연립 • 호계 주공아파트 주변 • 삼신 6차 아파트 • 동양아파트 • 뉴타운맨션 삼호아파트 • 포도원지구 • 성광 • 호계 • 신라주택

출처 : 안양시(2006), 『2010년 안양 도시·주거환경정비 기본계획』.

| 사라지는 마을 속으로 들어가다

마을을 위한 기록이 필요하다

도시재정비로 인한 공간 재구조화는 단지 공간의 문제로 끝나는 것이 아니라 안양의 정체성과 문화 자체를 바꾸어놓을 수 있음을 심각하게 고려해야 한다. 여기서 주목해야 할 것이 '마을'에 대한 이해이다.

2000년대 초 한때 '안양의 정체성'이 화두가 된 적이 있다. 안양시에 대하여 '포도'와 '안양유원지'를 제외하면 마땅하게 내놓을 것이 없다는 얘기였다. '동네'의 이야기도 마찬가지다. 급격한 산업화와 도시화가 진행된 곳에서 원주민은 한 자릿수 퍼센트를 넘지 않으며 따라서 전통이나 끈끈한 정은 찾아보기 어렵다. 하지만 달리 보면 아무리 도시화가 되었다고 하더라도 그 안에는 마을과 마을, 사람과 사람이 연결되어 살아가고 있다. 인심 좋은 시골의 어느 동네만큼은 아니더라도, 거주민은 누구나 다른 사람과 유기적 관계를 맺고 살아간다. 도시 정체성을 찾는 일에서 이런 마을에 대한 이해는 국보급 유물을 찾고 몇백 년 이어져온 가문의 전통을 찾는 것 못지않게 의미가 있다. 그것은 예를 들어 동네의 김장 담그기 행사는 언제쯤 열렸었는지, 유명 아파트가 들어온다는 덕천마을에서 가장 오래 살았던 할아버지는 누구였는지를 기록하는 것이기도 하고, 지금의 도시 모습을 있는 그대로 담아두는 것이기도 하다.

전형적인 개발시대 속의 안양

안양은 60여 만 명의 인구가 살아가고 있는 곳이다. 한국의 산업화 발전과 공간적 분화를 같이 해온 안양은 경제개발5개년계획이 한창이던 1960년대부터 1980년대 초반까지 섬유산업이 지역의 든든한 버팀목이었다.

그런데 1990년대 들어 동안구에 평촌 신시가지가 들어서고 평촌사람과 안양사람이라는 분화된 생활공간이 형성되게 된다. 자연적으로 형성된 마을과 계획에 의해 형성된 아파트 마을은 서로 이질적일 수밖에 없으며 이러한 이질성이 안양의 중요한 공간적 특성을 이루게 되었다. 2000년대 들어서면서 동안구에 비하여 상대적으로 열악한 만안구의 주거지역은 슬럼화가 진행되기 시작했고, 시민 삶의 질에 영향을 주는 사회기반시설과 문화시설 등에서도 현격한 차이를 보이게 되었다. 따라서 만안구의 자연마을 공간개발은 불가피한 상황이 되었다.

안양시에 도시개발을 총괄하는 부서로 '균형발전기획단'이 신설된 것은 이러한 상황을 반영한다. 현재 안양시는 2010 재정비지구 개발 프로젝트를 진행하고 있는데, 주거환경 개선사업 지구 4곳, 주택재개발 사업지구 17곳과 주택재건축사업 11곳, 도시환경 정비사업 1곳을 포함한 총 33곳이 도시·주거지역 재정비 대상지구이다.

안양의 재구성을 위해

안양이라는 지명은 안양세계(安養世界)라는 불교적 용어에서 유래한다. 그것은 극락정토를 의미하며 기독교에서 말하는 천국을 의미한다. 실제 모습이 어떠하든 우리가 살고 있는 지역이 종교에서 말하는 아름답고 좋은 세상이라는 의미라면 좋은 일이다. 앞으로 안양을 누구나 이상향으로 그리는 마을에 가깝도록 가꾸어가는 것이 오늘을 사는 우리들의 몫이리라.

마을이란 '더불어 사는 삶과 그 터전'이라는 공간적 의미를 지닌다. 달리 말하자면 '사람, 삶 그리고 터'가 마을인 것이다. 그런데 지난 반 세기 동안 형성된 안양의 여러 마을이 개발이라는 명분하에 몽땅 사라질 처지에 놓여 있다. 사실 안양은 개발형 도시가 아니라 관리형 도시라는 점을 감안하여 도시재정비 사업을 추진할 필요가 있다. 따라서 건설업자에 의해 조성될 공간개발이 갖는 의미가 무엇인지 다시 한 번 생각해보고 주민참여형 개발 방식으로 전환할 필요가 있다. 그것은 향후 마을의 복원에 있어 매우 중요한 의미를 지니기 때문이다.

만안재정비(뉴타운)촉진사업이란 그동안 민간 위주의 소규모 구역 재건축·재개발이 도시기반시설에 대한 충분한 고려 없이 주택 중심으로만 추진되어 난개발로 이어지는 문제점을 개선한다는 취지로 추진되고 있다. 경기도와 안양시는 광역적 도시기능 회복을 위한 사업으로 새로운 '기성 시가지 재개발 방식'으로 추진하겠다고 밝혔지만, 일부 반대 여론이 만만치 않다. 서울의 뉴타운 사업과 비교할 때 현 주민들의 재입주율과 정착율이 얼마나 될지도 논쟁거리이다. 하지만 이런 문제 못지않게 가까운 미래에 도시적 삶의 방식이 어떻게 달라질 것이며 어떻게 하면 주민 삶의 질이 향상될 것인지에 대한 깊이 있는 검토도 소홀히 해서는 안 될 것이다.

도시재정비, 정체성 복원에 노력해야

안양세계, 마애종, 섬유와 화학의 공업도시, 평촌학원가, 안양 1번가와 1318세대, 안양역, 인덕원의 낮과 밤, 안양예술공원, 평촌 신도시, 아크로타워.

이것들은 나름대로 안양을 상징하거나 대표하는 말이다. 이제 도시재정비 사업은 이러한 안양을 다시 크게 변화시킬 것이다. 그것은 어떤 새로운 이미지를 만들 것인가?

한때 '살고 싶은 도시'가 안양시의 슬로건인 적이 있었다. 아마 안양(덧말: 安養)이 지니고 있는 의미가 시정의 슬로건에 반영됐다는 것을 이해하는 시민들은 극소수일 것이다. 앞서 말한 대로 안양이라는 지명은 종교에서 이야기하고 있는 이상향을 담고 있기 때문이다. 안양시 31개 동은 대부분 마을의 정체성을 말해주는 이름을 가지고 있기도 하다.

　이제 도시는 인문학적 이해를 기초로 문화콘텐츠 구상과 연계하여 비전을 구상하여야 한다. 현재 공간적으로나 사회적으로 이원화되어 있는 안양을 하나로 묶는 대승적 차원의 존재방식이 모색되어야 하며, 진정한 자산적 가치는 ○○아파트가 아니라 서로 더불어 사는 모둠살이에 있다는 인식을 공유할 필요가 있다.

　지금 방식으로 뉴타운이 조성된다면 향후 10년 뒤에 과연 안양의 역사적 정체성을 찾을 수 있을까? 도시재정비와 같은 마을 개발은 건설업자의 것이 아니다. 아파트 브랜드가 마을의 정체성을 대신한다면 안양의 근대화 과정에서 형성된 마을의 의미는 어디에서 찾을 것인가? 물론 그렇다고 낙후된 마을을 유지하면서 궁상떨면서 살자는 말은 아니다. 새롭게 고칠 것은 고치되 지역과 삶의 고유한 정체성도 유지할 수 있는 새로운 개발 방식을 찾는 것이 우리 모두의 과제이다.

｜　자연마을에서 찾는 오래된 미래

자연마을의 아름다움

　지연마을의 지명은 곧 그 마을의 정체성이다. 자연마을 지명은 특정 성씨가 많이 모여 있는 문중마을을 나타내기도 하고, 마을의 사회문화적 배경을 표현하기도 한다. 안양에는 70여 개에 이르는 자연마을의 지명이 있다. 이들 자연마을 명칭은 마을의 문화적 특성을 담고 있어 일반적으로 문화마을의 이름으로 분류하기도 한다.

　과천에서 인덕원 방면으로 넘어오는 길녘에 동편마을이 있다.

참여정부 시절 국민임대주택 프로젝트가 발표되면서 지금은 옛 마을의 정취가 송두리째 사라졌다. 신도시로 둘러싸인 평촌이 시작되는 자락 한편에 근대화의 기수로 대변되는 4H클럽 콘크리트 표석만이 자동차 흙먼지를 뒤집어쓴 채 자연마을을 항변하듯 덩그러니 서 있다. 이제 머지않아 동편마을에는 온통 ○○아파트 단지로 뒤덮일 것이다.

안양시 자연마을 현황과 그 의미

자연마을명	지명의 유래
가운데말-관양1동	내시가 살던 마을
골안-안양8동	관모봉(성문여중 뒷산) 골짜기 안에 있음
구룡마을-석수1동	좌청룡이 완연한 명당지기
금성마을-호계1동	1970년대 럭키금성그룹 사원주택으로 보급
귀인-귀인동	조선시대에 신분이나 지위가 높은 사람이 과거를 보러 갈 때 마을에 머물다 갔다는 의미
남부동-안양1동	안양시 남쪽마을
달인이-달안동	살기 힘들어 살림들이 달아난다 하여 붙여진 지명 또는 들안
당살미-갈산동	당을 모신 모락산 산세가 마을까지 이름
덕천마을-안양7동	넓은 벌판(벌터, 어린이들이 샘솟듯이 씩씩하게 자라서 나라의 일꾼이 되자)
동편-관양1동	샌말 동쪽 마을
마장골-비산3동	구름울과 안날미 사이에 위치
말무덤이-관양1동	말이 죽으면 매장했음
명학동-안양8동	학이 울던 바위가 있음
맨배기-평촌동	외진 곳에 위치해 날이 저물면 민박을 했다는 데서 유래
방죽말-호계2동	물을 막기 위해 둑을 쌓은 데서 유래
벌터-석수2동	허허벌판 모래땅 위에 지은 마을
병목안-안양9동	마을에 들어서면 골이 깊다 하여 붙여진 지명
붓골-박달2동	부자가 많이 사는 마을
산골재-관양1동	산 속에 있는 마을
삼봉마을-박달2동	논 가운데 큰 묘가 있어 섬마을로 불리기도 함

자연마을명	지명의 유래
새마을–안양9동	원래 명칭은 신부골, 1969년 주택단지 조성으로 붙여진 지명
갈미–갈산동	길이 갈라진다 하여 붙여진 이름
골안–관양1동	뺌말 서북쪽의 작은 골짜기에 있다는 데서 유래
구름울–비산3동	마을 지세가 구름에 둘러싸여 있다는 데서 유래
교하동–안양5동	조선조 중엽 가난한 집 외아들이 서당 선생의 도움으로 과거에 합격한 데서 유래
꼬챙이–석수2동	꽃과 창고가 있는 마을
능골–안양9동	안양서여중 뒷산이 큰 언덕의 활개 같은 형상
담배촌–안양9동	병목안 남쪽 마을, 1937년 담배를 경작한 데서 유래
덕고개–호계1동	큰 고개
동수암–박달2동	동수암이라는 사찰 주변에 생긴 마을
뒷말–갈산동	갈미주막 뒤에 있는 마을
막상골–박달2동	붓골 남쪽 마을
망령골 관양1동	죽은 사람 영혼이 나타난다고 해서 유래
미름물–박달2동	주민 공동 식수인 대동우물이 있었던 데서 유래
밧(박)날미–비산3동	비산동 골짜기 밖에 있다 하여 붙여진 지명
벌말–평촌동	산이 없이 허허벌판에 위치
범고개–박달2동	범고개 아래에 위치하였다 하여 붙여진 지명
부림말–관양1동	인근 마을보다 부자가 많다 하여 붙여진 이름
뺌말–관양1동	뺑대쑥이 많이 자생하여 붙여진 이름
삼막골–석수1동	세 성인이 1막씩 짓고 살았다 하여 붙여진 지명
상록마를–안양8동	푸른 숲으로 둘러싸인 마을
샌말–관양1동	안양의 오지
샘모루–비산2동	구름울 초입 산 모퉁이에 샘물이 있는데 그 주변에 있다 하여 붙여진 이름
샛터말2–호계2동	조선 말엽 한양 조씨가 새로 터를 잡은 마을
선녀골–박달2동	선녀가 산다 하여 붙여진 지명
소능골–관양1동	능골 아래 자리 잡은 마을
시대동–안양1동	안양시장(市場)이 있었다는 데서 연유
신촌–석수2동	일제 강점기 이후 주택이 들어서서 생긴 지명

자연마을명	지명의 유래
안골-안양9동	아늑하고 물맛이 좋아 사람 살기 좋은 곳
안말-호계2동	숲 속에 자리 잡은 마을
연현-석수2동	솔개가 날개를 편 형세를 지닌 마을
웃박달리-박달2동	조선시대 박달리 12개 자연마을 가운데 가장 높은 곳에 위치한 마을
인덕원-관양2동	공용 여행자의 숙식을 제공하기 위해 원(院)이 설치되면서 붙여진 지명
주접동-안양6동	능행과 환궁 때 쉬었다 간 곳
찬우물-안양5동	찬우물이 있어 붙여진 지명
충훈부-석수3동	조선시대 공훈을 세운 신하들이 있다 하여 붙여진 지명
포도원-호계3동	포도단지가 있던 데서 유래
희성촌-비산2동	럭희그룹과 금성사우의 집단촌,럭흄, 금星
샛터말-박달2동	조선 중엽 영월 엄씨가 새로 터를 잡은 마을
석수동-안양2동	석공이 있다 하여 붙여진 지명
소골안-안양6동	수리산의 작은 골짜기 안에 자리 잡은 마을이라는 의미
수푸루지-비산1동	깊은 골짜기와 나무와 숲에 둘러싸인 마을이라는 의미
신말-신촌동	평양 조씨가 처음으로 정착한 후 새로 형성된 마을
신흥마을-관양2동	하천 매립 후 철거민을 이주시킨 후 생긴 마을
안날미-비산3동	비산동 골짜기의 안쪽에 위치한 마을
양지동-안양3동	양지바른 곳에 자리 잡은 마을
오촌말-관양1동	오씨가 세거했던 마을
율목동-안양9동	밤나무가 많은 마을
장내동-안양4동	밤나무 안에 있는 마을
중앙동-안양1동	안양시가지 중앙에 있는 마을
창박골-안양9동	바위 색깔이 유독 푸른색이어서 붙여진 지명 바위에 구멍이 뚫려 창과 같다 하여 창바위라 불렸고, 바위 안쪽은 창암골, 바깥쪽은 창박골로 불림
친목마을-박달2동	서로 친목하며 잘살자는 의미
햇골-박달2동	낮에도 해를 볼 수 없을 만큼 산림이 우거진 마을
구군포-호계3동	구군포사거리와 맑은 내 사이에 군포장이 설치. 지명 유래 불확실

참고: 안양시 지명유래집(1996)

마을은 문화다

앞의 표에서 보듯이 안양시 문화마을 이름은 참으로 다양하다. 자연적 지명에 의해 마을 이름이 정해지기도 하고, 조선시대 세도가가 마을에 입향을 하면서 정하기도 했다. 또 대기업이 입지하면서 마을 이름이 생겨났고, 풍수적 특성이나 요건 때문에 자연스럽게 붙여지기도 했다. 더러는 근대화 과정에서 택지개발이나 주거지 개선사업이 진행되면서 마을 명칭이 생겨나기도 했다. 이와 같이 마을 이름은 마을의 정체성을 대변하는 동시에 마을이 지향하는 덕과 가치를 반영하기도 한다.

원래 마을을 나타내는 동(洞)이라는 의미는 한 마을 사람들이 같은 물을 사용했다는 데서 연유한다. 상수도 시설이 되어 있지 않던 시절에는 생수와 같은 물 사용은 개인의 문제가 아니라 마을 전부의 문제이며, 공동으로 우물을 관리하지 않으면 안 되었던 것이다. 마을의 우물은 마을 공동체의 상징이었다. 그러면 지금 시점에서 마을의 공동체적 상징은 무엇이 되어야 할까?

현재 진행되고 있거나 앞으로 진행될 도시재정비 사업이 단순한 택지개발사업에 머문다면 동편마을 사례에서 보듯이 마을들이 지니고 있는 문화 자산을 몽땅 시멘트 아래 묻어버리는 결과를 낳고 말 것이다. 무언가 새로운 지혜가 절실하게 요구되는 때다.

두껍아 두껍아, 헌집 줄게 새집 다오

안양의 도시재정비, 타워팰리스의 로망

한국 부동산 불패 신화의 상징인 타워팰리스가 경매 물건으로 나온 적이 있다. 부동산 시장의 암울한 그림자가 비치고 있다는 우려 섞인 목소리가 높다. 그러나 여전히 타워팰리스와 같은 부동산 대박을 꿈꾸는 뉴타운 개발이 전국 곳곳에서 진행되고 있다. 서울의 경우 26곳에 뉴타운 개발이 진행되고 있다. 뉴타운 개발은 내 집 마련과 함께 투자효과를 올릴 수 있다는 기대를 한껏 부풀리고 있다.

서울 뉴타운의 경우 평당 500만 원의 거래가격이 현재는 1,500만 원에 거래되고 있다고 한다. 상승한 부동산 가격은 인접지역의 주택에까지 영향을 미치고 있다. 그 피해는 전세와 월세 대란으로 이어진다.

좁은 골목길을 따라 옹기종기 들어선 다세대 주택 세입자들은 흔들리는 주택가격 앞에 어떤 입장도 취하기 어려운 처지이다. 대부분의 서울 뉴타운 세입자는 1억 원 미만의 다세대 주택 전월세에 살고 있다. 결국 뉴타운 개발이 세입자들에게는 현재보다 더 열악한 주거환경으로 내모는 강제 퇴출 명령이나 마찬가지이다.

1980년대 목동 개발 이후 최대 규모로 진행되고 있는 은평 뉴타운은 서민주택 공급을 목적으로 헐값에 강제 수용된 곳이다. 이곳은 터무니없는 보상비에 비하여 평당 1,300만 원으로 주변 지역보다 높은 시세가 적용되고 있다. 송파 신도시 장지지구 고분양가도 원성을 사고 있다. 당초 약속과는 다르게 주택소유자에게 적용되는 특별분양가도 일반분양가와 별다른 차이 없이 책정되면서 주택 수요자들을 은행대출에 허덕이게 만드는 것이 지금의 현실이다. 결과적으로 뉴타운 거주자는 집과 땅을 가진 사람들을 내모는 일을 하고 있다.

세입자와 가난한 입주자들을 이주시키고 조성된 왕십리 뉴타운의 경우 16평형 임대 주택은 33세대로 20%, 33평형 이상 중대형이 1147세대 67%로 법적 요건만 갖추어놓고 분양을 한 바 있다. 서울시

용산 동자동은 무보증 월세 쪽방으로 유명한 곳인데 이곳에 임대주택을 짓도록 정하고 있는 상위법을 위반하면서 용적률 980%의 주상복합아파트 건설계획을 세우고 임대주택은 안 지어도 된다는 조례까지 제정하였다. 이런 방식의 재개발 결과는 길음 뉴타운이 상징적으로 보여준다. 이곳의 원주민 재정착률은 불과 17%였다.

건설업이 국내총생산에서 차지하는 비율은 우리나라가 18.1%로 일본 14.8%, 미국 7.2%, 독일 9.4%, 스웨덴 7.5% 등 OECD 국가들에 비하여 현저히 높다. 보기에 따라서 뉴타운 사업은 건설업의 구조조정에는 뒷짐을 진 채 그 부담을 뉴타운 거주자에게 전가하는 것이기도 하다. 그러나 그 피해는 고스란히 서민층에게 집중된다는 사실을 주시해야 할 것이다. 최근 미국의 건설업이 한국의 50% 수준도 안 되면서 어려움에 처해 있는 상황을 볼 때 안양에서 진행되고 있는 뉴타운 개발의 성공 여부는 매우 불투명해 보인다. 이제 재개발 사업은 더 이상 '헌집 줄게 새집 다오'를 기대할 수 있는 상황이 아니다.

도시재정비는 지역주민의 입장에서

안양의 도시재정비는 2007년을 기점으로 길게는 2020년까지 사업계획이 잡혀 있다. 사업기간이 길게 보아도 15년 정도에 불과한 상황이다. 전체 사업 마감 시한이 2020년이다. 그 과정에서 단계별 사업이 진행된다. 결국은 단위사업별로 보면 5년 내외의 시간을 두고 진행된다. 단기간의 사업은 서울 뉴타운 개발 과정에서 보여준 문제점이 그대로 드러날 가능성이 매우 높다. 선진국과 같은 순환형 개발이 아닌 몰이식 개발은 서민층을 외곽으로 밀어내고 결국 세입자나 택지 주인 모두 어려운 상황으로 내몰 가능성이 높다.

우리는 앞서 개발이 진행된 서울의 뉴타운 사업 결과를 통해 개발 지역에 누가 사는지, 재개발의 최대 이익은 누가 갖는지, 그리고 부동산 개발은 정부나 개발업자가 이야기하는 것처럼 정말 서민들을 행복하게 하는지 등을 면밀하게 검토해보아야 한다.

일본의 간사이 지방에 있는 토잔다이는 인구 12,000명을 수용하기 위한 뉴타운 계획을 30년의 세월을 두고 지금까지 진행하고 있다. 1970년대에 계획과 개발이 시작된 이곳에 현재는 2단계 공사가 진행 중이며 지금은 인구 7,000명이 거주하고 있다. 이들은 서두르지 않고 마을이 갖추어야 할 요건을 빠뜨리지 않기 위해 모든 구성원이 참여하여 노력에 노력을 거듭하고 있다. 우리로서는 너무나 낯선 이야기이다.

3.
지방행정, 혁신이 필요하다

| 오래된 미몽, 행정구역 통합

항상 안양이 앞장선 행정구역통합 문제제기

행정구역 통합은 행정적인 면에서는 행정의 능률성을, 경제적인 면에서는 자원 배분의 합리성을 강조하고, 정치적인 면에서는 비용 절감과 역사문화적으로는 생활권역의 확대가 강조된다. 그러나 중앙정부가 주도하는 행정구역 통합은 경쟁과 효율만 강조할 뿐 지방분권과 지방자치는 후퇴될 가능성이 있다는 비판이 만만치 않다.

그런데 안양권 행정통합 논의는 이러한 정치적 논리와 무관하게 이미 여러 차례 제기되어오고 있다. 1995년 3월 31일~4월 8일(10일간) '안양일보사'에서는 11,991명을 대상으로 행정구역 개편에 관한 설문조사를 한 바 있으며, 1997년 6월 16일자 '안양신문'은 안양권 행정구역 통합에 대한 의견조사를 진행한 바 있다. 1998년 4월 30

점점 떨어지는 재정자립도、 택지개발 문제、 벤처산업 유치와 운영의
허술함, 환경오염, 재래시장 및 소상공인 준립 문제, 도시 재정비 사업,
행정구역 통합 문제 등 안양의 문제는 지금 산적해 있다。
이를 해결하기 위한 길은 시민 참여와 자치이다。

일자 안양신문은 "안양·군포·의왕시 통합 주민 77%가 찬성: 교통·주택·상하수도·공장입지·공해·오폐수·산업 배치 등 함께 해야"라는 제호 아래 행정구역 통합에 대한 기사를 실은 바 있다. 1998년 1월에는 『군포시, 안양시, 의왕시 통합에 관한 연구』라는 보고서가 의왕·군포·안양통합추진위원회의 명의로 발간된 바 있다. 이 보고서를 발간한 통합추진위원회 위원장은 2009년 현재 4개 시 행정구역통합추진 안양시위원회의 상임대표와 동일 인물이다.

2007년 '안양시민신문'은 창간 기념으로 "대통령 선거 및 3개 시 통합에 관한 안양시민 여론조사 결과"를 특집으로 다룬 바 있다. 또 2009년 8월 18~8월 20일 양일 간 '안양시민신문'(조사기관: 비전코리아)은 1,002명을 대상으로 행정구역 개편에 대한 조사를 한 바 있다.

'안양시 의정회 연구포럼'은 2009년 8월 24일 더피플의 조사 결과를 인용하여 행정구역 개편에 대한 의견을 제시한 바 있으며, 안양시의정회에서는 『2009 안양의정포럼』(제11호)에서 "안양권 지방자치단체 통합 논의에 관한 시론적 연구"를 다룬 바 있다. 이상의 과정에서 안양은 항상 행정구역 개편 논의의 중심축이었다.

최근의 안양권 행정구역 통합 논의과정

• 2009년 8월 27일 안양방송 열린광장 통합 관련 토론회 개최 : 안양권 통합 관련 토론(안양)

• 2009년 9월 11일 안양권 통합 반대 군포대책추진위원회 발기인 대회 개최 : 주민자치에 역행하는 정부의 일방적인 통합추진 반대(군포)

• 2009년 9월 12일 행정구역 통합추진 의왕시민 준비위원회

발기인 대회 개최: 행정구역 통합에 대한 성명서 채택 및 창립선언(의왕)

　　　• 2009년 9월 14일 ~ 29일 군포시 통합건의안 대표자 신고 (위원장 하은호, 군포)

　　　• 2009년 9월 14일 ~ 29일 의왕시 통합건의안 대표자 신고 (대표자 서창수, 의왕)

　　　• 2009년 9월 14일 3개 시 통합추진 군포시 통합 관련 성명서 발표: 군포·의왕·안양 3개 시 행정구역 통합 군포시 추진위원회 결성 선언(군포)

　　　• 2009년 9월 16일 의왕시장 통합 반대 기자회견: 지역의 혐오·기피시설 입지로 내버려둘 수 없다며 4개 시 통합에 반대(의왕)

　　　• 2009년 9월 18일 4개 시 통합추진 안양시위원회 창립총회: 운영규정·임원구성 의결 및 통합건의 연서 추진(안양)

　　　• 2009년 9월 18일 안양시 의정회 4개 시 통합방안 연구포럼: 안양권 지방자치단체 통합에 관한 세미나(안양)

　　　• 2009년 9월 18일 안양시의회 4개 시 통합지지 결의안 채택 : 상생과 화합의 4개 시 통합에 적극 찬성(안양)

　　　• 2009년 9월 21일 ~ 9월 20일 안양시 통합건의안 대표자 신고(대표자 변원신, 안양)

　　　• 2009년 9월 21일 군포시장 통합의 불합리성 교육: 안양권 통합의 불합리성 교육(군포)

　　　• 2009년 9월 22일 '안양포럼' 인하대 이기우 교수 초청 강연회 개최 : 정부의 행정구역 통합에 대한 비판적 입장(안양)

　　　• 2009년 9월 24일 안양1번가, 평촌1번가 번영회, 평촌역 상가연합회 기자회견: 안양권 4개 시 통합 동참 성명서 발표(안양)

　　　• 2009년 9월 24일 ABC방송 열린광장 토론회 참석: 안양권 4

개 시 행정구역 통합에 관한 토론(안양)

　　• 2009년 9월 25일 3개 시 통합추진 군포시위원회 주민연서 제출기한 연장신청(군포)

　　• 2009년 9월 25일 올바른 4개 시 통합을 위한 안양시 민주당 대책위원회 기자회견: 안양권 4개 시 행정구역 통합의 올바른 추진방안 성명서 발표(안양)

　　• 2009년 9월 28일 의왕시 통합 반대 의왕시민추진위원회 발대식 개최: 통합은 의왕시민의 자존심을 무시하는 처사라며 강력히 반대(의왕)

　　• 2009년 9월 29일 3개 시 통합추진 군포시위원회 자율통합 주민건의서 제출: 서명인 수 5,312명(건의 가능 주민 수 4,130명, 군포)

　　• 2009년 9월 29일 4개 시 자율통합 주민건의서 접수 및 제출: 서명인 수 19,215명(건의 가능 주민 수 4,681명, 안양)

　　• 2009년 9월 29일 통합추진위원회 전체 임원회의 개최: 주민건의서 제출 등 경과보고, 향후 추진방향 논의(안양)

　　• 2009년 9월 29일 행정구역 통합추진 의왕시위원회 자율통합 주민건의서 제출: 서명인 수 2,438명(건의 가능 주민 수 2,025명, 의왕)

　　• 2009년 11월 12일 행정안전부 발표: 행정구역 자율통합 대상 제외

　　• 2009년 11월 17일 안양·군포·의왕 행정구역통합추진위원회 성명서 발표, 행안부 장관 사과와 자진사퇴, 한나라당 안상수 원내대표 해명 요구 등을 내용으로 한 성명서 발표

　　• 2009년 11월 17일 안양시장 기자회견: "당초 방침대로 통합을 위한 주민투표 절차를 이행하라"고 촉구

　4개 시 행정구역통합추진 안양시위원회 준비위원회는 총 42명으로 2009년 8월에 출범하였다. 위원회 구성을 보면 위원장 1, 부위원장 7, 상임위원장 1, 위원 31(동문회 12, 조합장 1, 교수 2, 정치인 2, 사회단체 9, 상공인 단체 1, 민관협력단체 1, 교육 1, 기타 1), 사무국 2 등으로 되어 있었다.

　이 위원회는 '4개 시(군포·의왕·과천·안양) 행정구역 통합 제안 성명서'에서 대통령의 8·15 경축사를 통하여 언급된 바 있는 행정구역 개편의 당위성을 적극 옹호하면서 행정구역 개편은 고비용·저효율의 행정체계에서 도시경쟁력을 갖추기 위한 것임을 천명하였다. 특히 행정구역 개편은 지역공동체 발전을 추구하기 위한 것이라고 하였다. 안양시위원회의 성명서 발표 이후 안양지역 통합에 대한 논의는 급물살을 타기 시작했으며, 당장이라도 통합이 될 것 같은 분위기였다. 통합 여론을 조성하는 과정에서 안양시장과 공무원들도 적극 가담하였으며 그로 인하여 야당 일각에서는 통합 논의가 관주도로 이루어지는 게 아닌가, 거기에 정치적 의도가 숨어 있는 게 아닌가 하는 의구심을 갖기도 하였다.

　그러나 안양시장이 행정구역 통합에 대한 논의를 인근시에 제안하자, 인근시의 장들은 안양시의 제안에 부정적인 입장을 취했다. 이는 이미 예견된 일이기도 했다. 행정구역 통합에 대한 안양, 군포, 의왕, 과천 지역의 행정청이나 시민들 간의 공동 논의가 한 차례도 없었기 때문이다. 군포, 의왕, 과천 지역의 행정청이나 시민들이 안양시위원회의 행정구역 통합 제안 기자회견을 보면서 무슨 생각이 들었을까? 기자회견을 하기에 앞서 공동 논의의 장을 마련하고 서로 이해를 구하는 노력이 있었어야 하지 않을까?

4개 시 행정구역통합추진 안양시위원회는 2009년 9월 29일 (화) '자치단체 자율통합 주민 건의서'를 통해 행정구역 통합 불가피성을 재천명하였다. 건의서에 서명된 서명인 수는 19,215명이다.

우여곡절을 겪기는 했지만 연말이 되면서 통합 추진은 급물살을 탔다. 군포와 의왕에서 일부 반대운동이 펼쳐지기는 했지만 지역 통합 건의가 행정안전부에 접수되었고 지역별로 주민 의견조사가 이루어져 과천을 제외한 세 지역의 주민 찬성 비율이 모두 50%를 넘는 것으로 발표되었다. 행정안전부는 안양권을 포함하여 전국 6개 지역을 지방선거 이전에 통합하는 방침을 발표하였다.

하지만 행정구역통합 찬성론자들의 환호는 채 하루도 안 지나 머쓱하게 되었다. 행정안전부가 의왕과 과천을 지역구로 하는 여당 원내대표의 항의를 받고 안양권 통합을 사실상 철회하였기 때문이다. 이에 통합추진위원회는 "행정안전부의 졸속·기만 행정 이달곤 장관은 사퇴하라!"는 현수막을 내걸고 항의하였지만 결정을 철회하지는 못하였다.

나는 국회의원 한마디에 대통령이 천명한 국책사업이 표류하는 현실을 보면서 도대체 이 나라가 정상적인 나라인가 한탄하기도 했다. 하지만 그 이전에 안양권 통합 논의가 진행되는 과정에서도 반성할 부분이 없지 않다고 보았다. 안양권 통합은 어쩌면 지극히 자연스럽고 당위적인 과제라고 할 수 있다. 오랜 세월 사실상 한 생활권을 이루면서 동일한 행정구역 안에서 살았기 때문이다. 하지만 서로 다른 행정권역으로 갈라진 지도 이미 상당한 시간이 흘렀다. 따라서 이를 재통합하기 위해서는 그만큼 준비가 있어야 하는 사안이었다.

하지만 지역의 어느 누구도 이를 밀도 있게 추진하지 못하였다. 사실 그 작업은 많은 시간과 경비, 그리고 많은 사람들의 발품이

드는 일이어서 민간으로서는 누구도 해내기 어려운 일이었다. 그렇다고 관이 주도할 일은 더더욱 아니었다. 그러다보니 통합 추진 논의는 주체적으로 계획되기보다 외적인 계기의 힘을 빌려 촉발될 수밖에 없었다. 이번의 경우 그 계기는 대통령의 8·15 경축사였다. 그것은 행정통합의 당위성과 정부의 추진의지를 천명함으로써 지역의 통합론자들에게 큰 힘을 실어주었다. 문제는 그 다음이었다. 통합 추진이 한 단계 나아가기 위해서는 서로 다른 행정구역에 사는 주민들이 단순한 통합의 당위성을 넘어 실질적으로 어떤 편익이 있을지 함께 이해할 수 있도록 해야 했다. 하지만 정부가 제시한 일정에 쫓겨 거의 아무 진전도 없었다.

이번의 실패는 여러 가지 이유에서 참 아쉽지만 특히 이후의 통합 논의를 다시 꺼내기 어렵게 되었다는 점이 안타깝다. 양치기 소년 우화처럼 몇 번의 거짓말이 반복되면 결정적으로 신뢰를 잃게 되어 아무것도 할 수 없다. 실패를 거듭한 안양권 통합 논의가 혹시 그러한 처지에 빠지게 될까 우려스럽다. 앞으로 좀더 진중하고도 치밀한 분석과 준비가 바탕이 된 행정구역 통합 논의가 긴 호흡을 가지고 추진되기를 바라는 마음 간절하다.

국가 안에서 국가 넘어서기

행정구역 통합에서 가장 중요한 것은 무엇인가? 통합인가, 개편인가, 효율인가, 분권·자치인가? 통합에는 하향식 의사전달 체계라는 통치적 관점에서의 효율성이 내포되어 있다. 반면 개편은 상호 조정의 관점에서 협력적 관계가 내포되어 있다. 또한 행정을 효율로만 생각할 수 있는가 하는 문제와 이 과정에서 분권과 자치는 어떻게 되는가도 매우 중요하게 고려되어야 할 사안이다. 그리고 통합의 문제이든 개편의 문제이든, 재정 지원의 몇 가지 인센티브를 가지고 행정구역 통합을 유도하는 것은 통치적 관점의 행정적 효율을 극대화하는 방안으로밖에 이해할 수 없다. 거시적으로 정부가 지방을 바라보는 근본적인 발상의 전환이 필요한 동시에, 미시적으로는 지방자치단체 스스로의 철저한 준비와 지역 간 협력이 필요하다. 특히 지역정치세력의 기득권 챙기기가 아니라 시민의 이익을 중심으로 접근해야 할 것이다. 또한 시민단체, 언론 등도 대승적 차원에서 협력해야 한다. 이 점에서 행정구역 통합은 '국가 안에서 국가 넘어서기'를 학습하고 실천하는 계기라고 생각한다.

| 공개되지 않는 판공비가 궁금하다

업무추진비 전체 예산의 0.2%, 11억 1,600만 원

일명 판공비라 불리는 업무추진비는 기관운영 업무추진비, 정원가산 업무추진비 그리고 시책 업무추진비로 구분된다. 2008년 세출결산액 5,524억 4,100만 원 가운데 업무추진비는 11억 1,600만 원으로 0.2%를 차지하고 있다.

업무추진비의 비율은 다소 감소세를 보이고 있으나 예산규모가 꾸준하게 증가하고 있어 업무추진비 전체 규모는 늘어나고 있다. 따라서 업무추진비의 사용은 투명하게 관리될 필요가 있다.

업무추진비 집행 현황(단위: 1백만 원)

구분	세출결산액(A)	업무추진비(B)	비율(B/A)×100
업무추진비	552,441	1,116	0.20

업무추진비 연도별 추이(단위: 1백만 원)

구분	2003년	2004년	2005년	2006년	2007년	2008년
세출결산액	387,920	396,469	415,745	444,081	478,835	552,441
업무추진비	926	937	933	993	987	1,116
비율(%)	0.24	0.24	0.22	0.22	0.21	0.20

업무추진비 가운데 시장이나 부시장 등이 사용하는 비용이 기관운영 업무추진비이다. 기관운영 업무추진비는 지방자치단체의 장과 보조기관, 사업소장의 통상적인 조직 운영과 홍보, 대민활동, 유관기관과의 협조 및 직책 수행 등 직무 수행에 소요되는 제반 경비 등으로 정하고 있다. 단 동문회비나 학위취득 축하연 등 개인적 용도로는 사용하지 못하도록 하고 있다.

2008년 결산 검사결과 기관운영 업무추진비는 시장 99.9%, 부시장 99.7%, 국장 98.8%, 만안구청장 99.9%, 동안구청장 99.9%를 사용한 것으로 분석된 바 있다. 그 가운데 기관운영 업무추진비 사용에 있어서 시장은 조직 운영 및 홍보 32.7%, 직무 수행 31.6%, 대민활동 20.0%, 유관기관 협조 15.7% 순으로 나타났다. 부시장은 조직 운영 및 홍보 46.3%, 직무 수행 29.9%, 대민활동 14.8%, 유관기관 협조 9.0% 순으로 나타났으며, 만안구청장은 직무수행 43.8%, 대민활동 28.4% 순으로 나타났다. 동안구청장은 대민활동 33.5%, 조직 운영 및 활동 31.9%로 나타났다. 시장 및 부시장은 조직 운영 및 홍보 분야에 비교적 많은 기관운영 업무추진비를 사용하였으며, 만안구청장은 직무 수행 분야에, 동안구청장은 대민활동 분야에 많이 사용한 것으로 나타났다.

정원가산 업무추진비는 동안구청은 92.6%를 사용하였으며, 나머지는 95% 이상 사용한 것으로 분석됐다. 시책 업무추진비는 전체 92.9%를 사용하였으며, 기획경제국 98.3%, 행정지원국 92.0%, 주민생활지원국 90.6%, 도시국 92.8%로 나타났으며, 분야별로는 지방자치단체가 시행하는 주요 행사에 51.5%, 주요 투자사업의 원활한 추진을 위한 경비로 31.2%, 대단위 시책추진사업으로 17.3%를 사용하였다.

기관운영 업무추진비: 시장, 부시장, 국장 및 구청장 사용 현황(단위: 원/년)

구분	기준액	사용액	사용률(%)
시 장	72,000,000	71,966,240	99.9
부 시 장	51,000,000	50,859,170	99.7
국 장	12,000,000 (3,000,000원×4명)	11,851,920	98.8
만안구청장	24,000,000	23,984,900	99.9
동안구청장	24,000,000	23,995,100	99.9

업무추진비 사용내역 알 수 없어

안양시는 업무추진비에 관련된 공시를 지방재정법 제60조, 동법 시행령 제68조에 의거하여 시행하고 있다. 그런데 이러한 공시는 현실적으로 일반 시민이 그 내용을 상세히 알기 어렵게 되어 있다. 안양시의 업무추진비 현황을 보기 위해서는 〈행정정보〉 → 〈재정공시〉 → 〈2008 안양시 재정공시〉 → 〈공시총괄 1-pdf파일〉 → 〈공통공시 1-pdf 파일〉 이렇게 5단계를 거쳐야 하며, 세부 목차가 명기되어 있지 않아 사실상 업무추진비를 파악하기 어려운 상황이다.

일반적으로 단체장이 업무추진비를 투명하게 공개하는 일은 흔하지 않다. 하지만 인근의 의왕시와 수원시의 경우 홈페이지 메인 화면에서 누구나 쉽게 업무추진비 지출 현황을 볼 수 있도록 하고 있다.

업무추진비는 전체 예산안에 대비하면 사실 얼마 되지 않는다. 그러나 업무추진비의 사용처에 대한 시민들의 관심은 매우 높다. 열린 행정에 대한 기대가 있기 때문이다. 하지만 안양시는 아직 매우 소극적인 자세를 버리고 못하고 있다.

기후변화 시대, 지속가능한 도시를 위하여

근대도시를 넘어 미래도시로

이명박 정부의 '저탄소 녹색국가' 선언을 계기로 녹색주의 실천을 위한 다양한 전략이 제시되고 있다. 그 일환으로 지방자치단체들이 앞다투어 자전거 이용 확대를 추진하고 있으며, 안양시 역시 자전거 포럼 등의 기획을 통하여 녹색도시 구현을 지향하고 있다.

그러나 현실은 어떠한가? 오늘날의 도시는 "단색조의 아파트, 자동차로 뒤덮은 도로, 걷기 힘든 거리, 주변과 조화되지 않는 건물 숲"으로 표현된다. 이러한 모습은 거대, 획일, 집중, 집중에 길들여진 근대성의 산물이며 사람 중심이 아니라 차량 중심 도시, 속도와 경쟁 중심의 도시로 디자인되어 있다.

1977년 제정된 마추픽추 헌장에서는 자연환경과의 조화를 도시계획의 목표로 내세우면서 생태와 에너지의 중요성을 강조하고 있다. 이 헌장은 당시 도시계획의 문제를 바탕으로 "자연과 환경의 조화, 환경오염 문제의 해결 방안을 도시계획 측면에 반영, 교통수단 간 연계 강화, 대중교통 계획 수립, 도로확장 비판" 등을 주요 내용으로 하고 있다. 1994년의 메가리드 헌장은 정보화·환경친화·개방화·공생공존 등 탈산업사회 도시가 모색하여야 할 도시의 비전을 제시하고 있는데, 특히 도시환경과 자연보호의 개념을 더욱 강조하고 있다. 이 헌장은 "개인의 자유와 집단의 특성 존중: 보행·자전거에 우선권 부여, 대중 교통수단 중심체계 확립" 등을 주요 의제로 다루고 있다. 또한 1996년 뉴어바니즘 헌장은 대중교통 중심 개발 등을 강조하면서 "친환경 보행로 조성, 도보권 내에 시설 배치" 등을 강조하고 있다.

정리하면 위의 세 가지 헌장은 자연환경과의 조화를 고려한 도시계획을 원칙으로 그 과정에서 교통과의 관련성은 "보행·자전거에게 우선권 부여, 친환경 보행로 조성, 도로확장 비판" 등을 주요 내용으로 하고 도로와 자동차 중심의 도시 대신 사람 중심의 도시를 강조하고 있다.

1990년부터 강조되기 시작한 스마트 성장은 계획과 관리를 기반으로 한 도시계획정책으로 스마트 성장을 대중 교통시설과 보행자, 그리고 주거와 상업과 소매업의 혼합 토지이용을 계획의 기본 원칙으로 하고 있다. 스마트 성장이 어떤 도시의 유형이건 간에 환경적으로 지속가능하고 경제적으로 풍요로우면서 사회적 건강성을 도모하는 ESSD의 발전 원칙에 기인하고 있다는 점도 주요 특징 중의 하나이다. 따라서 스마트 성장의 목표는 '긍정적 토지 이용을 최대화'하는 것으로 그 과정에서 적용되는 원칙 가운데 하나가 '보행 중심의 커뮤니티 구축'이다. 스마트 성장 원칙이 제시하고 있는 '보행 중심의 커뮤니티 구축'은 보행 중심의 네트워크 구축과 자전거 이용자를 위한 네트워크 구상을 주요 실천과제로 삼고 있다.

인간주의가 우선한 근린시설 조성을 지향하는 뉴어바니즘도 "도보권 단위의 설계, 지역 간 대중교통 연계체계"를 강조하고 있으며, 특히 걷고 싶은 보행환경 체계가 강조되고 있다. 사실 미국에서는 뉴어바니즘의 개념적 원리를 적용하여 시사이드, 마이즈너 파크, 셀레브레이션, 더 크로싱, 빌리지 홈즈 등의 지역이 조성된 바 있다.

1989년 영국에서 시작된 어반빌리지의 개념에는 '보행자 우선 계획' '도보권 내 시설의 배치' 등이 강조되고 있다. 어반빌리지 개념에 기초하여 조성된 도시는 파운드 베리, 버밍엄, 런던 밀레니엄 빌리지 등이 있다. 이들 도시의 특징은 도보권이 우선하는 도시의 특징을 지니고 있다.

그리고 사회경제적 활동을 집중시켜 많은 사람들이 모여 살도록 디자인된 압축도시는 고층·고밀화를 통한 충분한 녹지 확보, 보행자 공간 확보, 자연과 기존 경관의 보호, 에너지 절약형 소재 이용 및 대중교통 이용의 장려 등을 주요 내용으로 하고 있다. 이와 같이 뉴어바니즘, 어반빌리지, 압축도시 등이 지향하는 교통체계는 '도보권'이라는 원칙을 근거로 자동차를 최대한 억제하려는 정책을 주요 핵심으로 하고 있다.

마추픽추 헌장, 메가리드 헌장, 뉴어바니즘 헌장과 뉴어바니즘, 어반빌리지, 압축도시의 특징은 근대적 도시모형을 넘어 자연, 사람, 소통 등이 우선한 도시를 지향한다. 이에 비하여 지금 우리에게 익숙한 도시의 모습은 '넓은 도로, 꽉 찬 자동차, 높은 빌딩'으로 상징된다. 심각한 기후변화와 생태위기 시기에 우리가 극복해야 할 근대적 도시의 상징이다.

지구 온난화와 석유 정점

2008년 새벽 동틀 무렵부터 지금까지 폭등하는 석유가격이 전 지구 사회를 뒤흔들고 있다. 통계적으로 보면 이미 2007년을 기점으로 석유 생산이 정점을 찍었다. 우리가 퍼낼 수 있는 석유가 이미

한계에 직면하고 있음을 의미한다. 어릴 적 물을 퍼 올리기 위해 펌프질을 하는데도 '꺽꺽' 소리가 나면 물이 없다는 신호였다. 지금 석유가 이런 상황이라는 견해가 지배적이다.

그뿐인가? 석유 정점과 함께 지구 온난화가 가져올 시나리오는 2007년 IPCC(기후변화에 대한 정부 간 회의)가 이미 예측한 바 있다. 2007년 기후변화에 대한 정부 간 회의는 IPCC 제4차 보고서를 발간하면서 지구온난화에 대하여 경고한 바 있다. 이 보고서는 기후변화에 대한 시나리오를 구체적으로 제시하였다. 2100년 기후변화에 대비해 모색해봐야 할 시나리오를 제시하고 있는데, 이 보고서는 A그룹과 B그룹으로 구분하여 6가지 유형의 사회를 보여주고 있다. A그룹의 사회는 기술과 경제에 중심을 둔 사회이며, B그룹의 사회는 환경과 경제에 중심을 둔 사회이다. 이 시나리오는 지구 온난화의 진행 정도에 따라 기후상승 정도가 다르게 나타날 것이며, 결과적으로 수자원, 생태계, 식량, 연안지역, 건강에 대한 영향을 미치는 정도가 다르게 나타나 이에 대한 분명한 대비가 필요함을 보여준다. 그러나 지금 일반적으로 지방자치단체에서 수행하고 있는 환경계획이나 생태도시 구상은 자연환경, 토양, 지하수, 대기, 소음, 진동, 수질, 상·하수도, 폐기물, 유해화학물질, 에너지, 환경정책 등에 주안점을 둔 부분적이며 사안적인 방식으로 환경계획을 일관하고 있어 IPCC의 지구 온난화에 대비한 시나리오와 비교해 매우 제한적이다. 지금의 환경계획은 사안별 환경문제에 대비한 계획의 한계를 넘지 못하고 있으며, 자전거 정책 등과 같은 녹색사회 전체를 디자인하는 통합적 계획은 매우 허술한 상황이다. 따라서 지역 비전은 IPCC에서 시나리오로 제시한 상황을 충분히 고려하여 지역적 비전과 목표 그리고 구체적인 정책과 실천계획을 체계화시킬 필요가 있다.

기후변화는 피해갈 수 없는 사실이다. 그러나 향후 닥칠 피해는 인간이 감당하기에 너무 크다. 그러나 우리가 어떻게 준비하느냐에 따라 그 피해를 최소화할 수 있다. IPCC 시나리오에 맞추어 지역적 미션과 비전의 구상이 절실히 필요한 때이다.

IPCC 시나리오를 이행하는 과정에서 필요한 것 중 하나가 교통체계의 획기적 개선이며, 지속가능한 사회 혹은 순환형 사회를 모색하는 기로에 자전거 정책이 중요한 의미를 지니고 있다.

도로 다이어트로 녹색 안양을

2007년 안양시의 자동차 등록대수는 지난 2000년에 비하여 약 5만 대 증가하였다. 자가용차 등록대수는 2000년 약 12만 대에서 2007년 약 17만 대로 전체 차량 증가 수와 유사한 수치를 보이고 있어 안양시의 자동차가 매우 크게 증가하고 있음을 알 수 있다. 이러한 증가 추세는 안양시의 에너지 사용이 큰 폭으로 상승하고 있음을 의미한다.

안양시 자동차 등록대수 현황

연도	전체 차량 수 (단위:대)	대중교통 수 (단위:대)	주차장 면적 (단위:km²)	자가용 등록대수 (단위:대)
2000년	135,010	3,649	93.6980	129,435
2007년	188,423	5,718	193,122	178,838

출처: 안양시, 『안양시 통계연보』(각년도)

그렇다고 뻥뻥 뚫린 도로 위를 질주하도록 디자인된 도로 옆에 밑줄 긋듯이 자전거 도로를 마련하는 것은, 실효성 없는 인도 위 자전거도로 정책의 재판이 될지도 모른다. 자전거도로 정책은 일상

생활의 동선과 연결된 중장기적 관점의 도로다이어트 정책이 되어야한다. 즉, 자동차 중심 정책에서 자전거 중심 정책으로 안양시 도로정책의 기조가 바뀌어야 한다. 특히, 중·고등학생들이 안전하고 편리하게 통학할 수 있도록 학교를 중심으로 한 자전거 통학로의 개설도 적극 검토할 필요가 있다.

미래 세대를 위한 친환경 학교급식

정치적 논쟁거리가 된 아이들 먹거리

최근 경기도는 무상급식 예산을 둘러싸고 교육청과 도의회 간논쟁이 치열하다. 지난 12월 2일 경기도의회 교육위원회가 경기도교육청이 제출한 교육예산 가운데 무상급식 예산 650억 원을 전액삭감했기 때문이다. 이는 미래 세대를 생각할 때 이해하기 어렵다. 우리 아이들은 미래 세대의 주역이며 자라나는 꿈나무라고 항상 이야기하지 않았는가? 어린이들의 먹거리를 정치적 흥정의 대상으로삼아서는 곤란하다.

먹거리 관련 법규들

지난 2009년 5월 '식생활교육지원법'이 제정되었다. 이 법은국가와 지방자치단체가 5년마다 식생활 교육계획을 수립하여, 학교를 비롯한 전 국민들에게 건강한 식생활과 전통 음식문화의 중요성,지구 온난화 시대의 지역산 식재료의 중요성을 중심으로 각종 체험교육과 캠페인을 지원하는 법규이다. 이미 2008년에는 '식생활안전관리특별법'이 제정된 바 있다. 어린이 식품안전특별법의 제정으로 어린이 식품안전보호구역을 지정하여 고열량, 저영양 식품, 정서 저해 식품 등의 판매를 금지할 수 있게 되었으며, 이를 지원하기 위해 어린이급식관리지원센터를 설치하도록 하였다. 또한 2007년에는 '환경보건법'이 제정되었다. 이로써 환경 관련 건강 피해의 예방 및 관리와 어린이의 건강을 보호하기 위한 환경 유해인자 관리가 가능해졌으며, 아토피, 천식, ADHD 등 어린이 환경성 질환의 원인 규명 및 치료를 위한 종합 체계가 구축되었다. 특히 점차 증가하고 있는 아토피의 경우, 치료 중심의 의료적 접근보다 먹거리 교육 등을 통한 교육적 접근이 강조되고 있다.

친환경 학교급식을 적극 지원해야

'친환경 학교급식'은 위에 나열한 세 가지 법과 정책에 밀접하게 연결되어 있기 때문에 2010년은 친환경 학교급식 정책을 근거로 식생활 개선을 위한 통합 행정을 펼칠 수 있는 원년이라 할 수 있다.

따라서 안양시는 경기도의회 교육위원회의 거꾸로 가는 판단에 편승해서 친환경 학교급식 지원정책을 소극적으로 펼칠 것이 아니라 오히려 식생활교육지원법, 어린이 식품안전특별법, 환경보건법, 학교급식법 등을 면밀히 검토하여 안양시 차원의 식생활 개선을 위한 새로운 먹거리 정책을 마련하는 계기로 삼아야 한다. 안양시는 친환경 학교급식에 대한 단계적 실천을 위한 지원계획, 학교급식지원센터의 설립, 친환경 식생활 개선을 위한 먹거리 정책 등을 수립할 필요가 있다.

친환경 급식은 친환경 식자재를 기초로 하고 있기 때문에 단순한 먹거리 정책이 아니라 지역의 먹거리 생산체계와 유통을 새롭게 할 수 있는 다목적 정책일 수 있다. 즉, 생태주의를 바탕으로 하는 로컬 푸드, 지역사회가 후원하는 농업(CSA) 등에 대한 새로운 접근과 이해가 이루어질 수 있다. 결국 친환경 급식을 통한 먹거리 정책은 지역을 생태주의와 결합시키는 일이기도 하다.

4.
시민 참여와
자치 역량의 확대

| 지방정부와 지방의회의 협력만이 살 길이다

한 지붕 두 가족, 지방정부와 지방의회

우리나라의 지방자치제는 1949년 지방자치법 개정 이후 1961년 5·16쿠데타로 중지되었다가 1991년 지방의회가 구성되었고, 1995년 이후 단체장도 주민 직선투표로 선출하여 또다시 지방자치가 실시되었다. 각 시군의 지방자치단체는 집행부와 의회로 구성되어 있으며, 이 두 기관이 지역사회 시민을 대표하는 기구이다.

지방자치단체 집행부는 해당 지방자치의 살림을 책임지는 기구로서 예산편성 및 집행 기능을 가지고 있으며, 의회는 지방자치단체의 사무를 감시하고 예산심의를 통하여 집행부에 대한 견제와 협력을 구사하는 기구이다. 이 과정에서 주민은 집행부로부터 양질의 고객서비스를 받게 되며, 의회는 집행부가 양질의 고객서비스를 제공할 수 있도록 감시하는 역할을 하게 된다.

지방의회의 법적 지위는 헌법 제118조의 지방자치법령, 공직자 선거 관련 법령, 조례와 지방의회 규칙 등에 의해 정해져 있다. 지방의 회의 권한은 자치입법에 관한 권한(예산안 의결권·결산심사·승인권), 일 방적 자치행정에 관한 권한(조사권·동의권·의결표기권), 승인권 등이며, 대상별로는 지방자치단체의 기능에 관한 권한, 집행기관과의 관계에 관한 권한, 의회의 조직 및 운영에 관한 권한(자율권) 등이 있다.

따라서 지방자치제도의 올바른 정착과 발전을 위해서는 지역 사회의 정치를 책임지고 있는 민의 기구인 집행부와 지방의회의 견 제와 협력이 적절하게 조화된 관계 설정이 필요하다.

이제 지방자치는 중앙정부에 대한 사무 분배의 권한에 대한 의제도 중요하지만 지방정부가 주민들에게 권한 배분을 어떻게 할 것인지에 대한 의지가 표명되어야 할 시기이다. 과거에는 중앙정부 의 권력집중에 대하여 문제를 제기하면서 지방자치단체의 자율권을 요구해왔으나 이제는 지방자치단체가 주민에 대한 양질의 고객서비 스를 제공할 수 있는 방안을 적극적으로 검토하여야 한다. 즉, 주민 에 대하여 군림하는 지방정부가 아니라 주민에게 서비스하는 주민 분권 방안을 본격 검토해야 할 시기인 것이다.

집행부, 시의회 및 주민과의 관계 모델

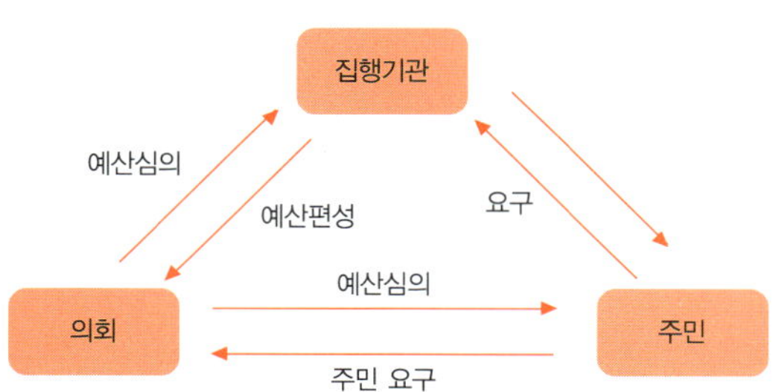

한국지방행정연구원과 한국행정연구원의 『법령상 사무 전수 조사를 통한 지방이양 대상 발굴 연구』(2002) 보고서는 총법령상의 단위사무를 기초로 연구진이 발굴한 지방이양 대상 사무 발굴 결과 총 이양 건수를 2,505개 정도로 파악한 바 있다.

지방자치단체 집행부가 업무 수행의 책임성을 담보하여야 하는 것은 당연할 일이다. 이러한 지방자치단체 집행부의 업무 책임성 담보를 위해 지방자치단체가 내부적인 정치 과정을 통한 자율적인 통제 방법, 그리고 외부기관에 의한 통제 방법 등을 적절하게 고려할 필요가 있다. 특히 의회를 통한 내부적인 통제 방법은 위에서 제시한 문제와 같은 자치역량 강화에 중요한 의미를 제공한다.

지방자치단체 집행부의 내부적 통제는 지방의회의 역할을 통하여 가능한데, 이는 곧 주민의 복리 증진과 밀접하게 관련되어 있다는 점에서 아주 중요한 의미를 갖는다. 그러나 현실적으로 지방의회가 지방자치단체 집행부를 견제하기에는 역량이 부족한 상황이다. 지방의회의 역할이 '의무만 있고 권한은 없는 상황'에 머무르고 있기 때문이다.

중앙정부에 지나치게 종속된 자치권

헌법 제118조에 따르면 지방자치단체는 자치에 관한 규정을 제정할 수 있으며 일정한 범위의 통제권을 가진 단체로 규정하고 있으나, 지방자치법 제15조에는 법령의 범위 안에서 그 사무를 조례로 제정할 수 있다고 규정하고 있다. 따라서 주민의 권리 제한이나 의무 부과는 법의 규정이 있어야 가능하도록 되어 있어 자치입법권 구현에 어려움이 따르고 있다.

지방 자치법 제9조에서 6개 분야 57개 기능을 자치사무로 분류하고 있으나 자치사무도 국가사무로 분류해놓아 자치행정권 운영에 적잖은 어려움이 따르고 있다. 지방자치단체의 사무 중에는 국가사무가 주류를 이루고 있으며 지방 위임 사무와 자치 고유 사무는 약 30% 정도 수준의 권한 이행 단계에 머무르고 있다. 반면 대통령에 의한 기능 배분, 중복형 기능 배분, 과다한 특별행정기관의 설치 등 중앙정부의 규제 속에 놓여 있는 것이 현재 자치행정권의 현주소이다.

집행부의 직제나 기구 개편은 현재 수준에서는 독자적인 운영이 불가능하다. 즉, 지역사회의 실정에 맞는 실·국의 증설은 정원의 범위 안에서조차 할 수 없다. 부단체장 직급도 행정안전부 장관을 거쳐 정하도록 대통령령으로 규정하고 있는 실정이다. 자율성을 지닌 인사권 반영이 아쉬운 부분이다.

지방자치단체의 자치권이 약하다는 것은 재정 운영 측면에서 보면 더욱 분명해진다. 지방자치단체의 재정 운영에 대한 자율권은 특히 미약하며, 과세권 등 재정과 관련한 행정은 조세법률주의에 의해 제한됨으로써 세목 신설이나 세율 조정이 원천적으로 봉쇄되어 있는 실정이다.

또한 국고보조제도가 교부세와 지방세 부담을 가중시키고 있으며, 부과징수가 용이한 간접세와 같은 세목은 국세에 편입되어 있다. 전체 세액이 적은 세목은 대부분 지방세로 되어 있고 비과세 감면도 일방적으로 결정되고 있으며, 예산편성에 있어서 입법과목 및 행정과목까지 중앙정부의 예산편성 지침에 의해 편성하도록 하고 있는 상황이다.

지방의회의 구조적 약점들

지방의회의 사무처 공무원은 의장의 추천에 의해 해당 지방자치단체장이 임명하고, 그 임용·보수·복무·신분보장·징계에 관해서는 지방자치법과 지방공무원법을 적용하도록 되어 있다. 지방의회 사무처 공무원의 인사권을 지방자치단체장이 가지고 있다는 것은 의회의 독자적 기능이 취약할 수 있음을 시사한다. 그러나 지방자치단체의 의회직렬 신설은 극소수 인원으로 인한 승진 기회 상실, 근무의욕 저하, 업무 처리 능력 제한 등의 문제를 안고 있어 추진되기 어렵다. 제3의 대안이 절실하다.

한편, 지방의회가 지방자치단체장을 견제하기 위해서는 의회의 전문성을 제고할 필요가 있다. 이를 위해 현행 지방자치법은 지방의회의 효율적인 입법보좌를 위한 전문위원을 둘 수 있도록 규정하고 있다. 즉 "전문위원은 위원회의 의사를 심사하고 의사 진행을 보좌한다"고 되어 있다. 그러나 전문위원의 임용자격 요건이나 직무가 구체화되어 있지 않고 충원도 공개적으로 이루어지고 있지 않아 전문위원 제도의 취지가 제대로 실현되고 있다고 보기 어렵다. 대부분의 지방자치단체는 전문위원을 공무원으로 보임하고 있는 실정이다. 이들은 대부분 자치입법, 정책심의 또는 법제심사를 위한 전문성을 제대로 갖추지 못하고 있으며, 직급 역시 집행부에 비해 낮은 편이어서 의정활동 지원을 제대로 수행하기 어려운 실정이다.

새로운 의원상 정립

시의원은 집행부를 적절히 견제하고 협력해야 한다. 아울러 지역정치의 일선에서 일상생활과 관련된 정치를 책임지는 사람이기도 하다. 그래서 흔히들 시의원의 의정활동을 생활정치의 현장이라고 하며, 지방자치의 꽃이라고도 표현한다. 하지만 중앙정치와는 다르게 정치적 권위를 누리기보다는 정치적 카운터 파트너라는 평을 듣기도 한다. 그만큼 시의원의 의정활동은 중앙정치와 지역주민의 눈치보기로부터 자유롭지 못한 편이다. 그러나 의정평가나 의정평가 모니터링은 참여민주주의를 확대하고 아주 제약되어 있는 참정권을 일상 수준에서 가능하게 하는 매우 중요한 정치적 행위이기도 하다.

따라서 지방의원은 지방자치 역량 강화를 위한 제도적 장치의 마련 등을 통해 스스로가 주민의 대표기관이라는 점을 분명히 해야 한다. 지방자치행정이 주민서비스산업이라는 점을 인식하고 이에 부합한 의원상을 정립해나가야 한다.

의원의 전문성을 강화하기 위해서는 인턴보좌관제도 도입 혹은 위원이나 위원회별 팀별 보좌관제 도입이 필요하다. 의원 개개인의 전문성 확보를 통하여 집행부에 대한 의회의 책임성을 강화시킬 필요가 있다.

예산편성과 결산심의는 의원의 중요한 역할 중 하나이다. 그러나 예산심의 기간의 부족, 비상설화된 예결위원회, 취약한 결산검사위원회의 구성과 결산검사 등이 한계로 지적된다. 결산검사 승인의 경우 지적된 사항에 대한 사후 검증 장치가 없어 요식적인 행위로 그친다는 지적도 나오고 있다.

지방의회 기능의 강화

지방의회는 주민의 대표기관으로 위법하고 부당한 집행기관 활동을 감시하고 통제하는 기능을 갖는다. 지방자치법은 의회의 감사권, 조사권, 집행부의 출석·답변 의무를 규정하고 있다. 현행 의회의 감사권과 조사권의 기능은 대폭 강화될 필요가 있다. 행정사무 감사 과정에서 허위 증언, 증언 거부, 불출석 등에 대해 현행의 과태료는 미약한 규제 수단이므로 좀더 강화된 법적 조치가 필요하다. 집행부의 자료제출 거부, 허위자료 제출, 의회 모독 등에 대한 벌칙 조항을 강화하여 집행부의 책무성을 강화시킬 필요가 있다.

한편, 지방의원의 의정활동을 지원하기 위하여 위원회 자문단 설치, 외부검사원 제도, 외부인사 초청 연설제, 전문위원 공채 등의 제도를 도입하는 것도 검토해볼 필요가 있다.

현재 지방의회의 회의 내용은 방청을 통하지 않고는 외부인이 알 수가 없다. 의회 홈페이지에 회의록을 문서로 올려놓기는 하지만 전문 형식으로 등록되어 있고, 회기별로 올려 있어 전문 전체를 읽는 방법 외에는 별다른 방법이 없는 실정이다.

이러한 단점을 보완하기 위해서는 회의 내용을 의원별 또는 의안별로 공개할 수 있어야 한다. 특히 지방의원의 의결 내용 공개는 주민과 언론의 관심을 제고시키기 위해서도 꼭 필요한 조치이다.

인사행정에 있어 지방자치단체장이 공정성과 객관성을 확보하도록 실질적인 압력을 가하기 위해서는 의회 차원의 강력한 견제 장치가 필요하다. 이 점에서 단체장의 인사권에 대한 동의권이나 해임건의권 등의 제도적 장치가 필요하다. 아울러 지방자치단체 집행부와 지방의회의 적절한 견제와 협력을 위해 지방자치단체장의 의회 해산권과 단체장의 불신임 결의제도 도입도 검토해볼 만하다.

마지막으로, 지방의원의 전문성 제고를 위해 지방의정연구원(가칭) 설립 방안도 생각해볼 수 있다. 현재까지 의원의 전문성 확보가 개인의 역량과 지방자치단체의 지원에 의존하고 있는 실정인데, 지방의정연구원이 지방의원의 연수와 연찬 그리고 지방의회제도의 발전 연구를 전담한다면 지방의회의 기능을 훨씬 활성화시킬 수 있을 것으로 기대한다.

| 참여예산제도의 현실화

정보 공개와 민주적 참여의 보장

참여예산제도는 지역주민이 시정에 실질적으로 참여하도록 할 수 있는 일종의 직접민주주의 제도라고 할 수 있다. 공무원들이 자신의 업무 경험이나 시정책임자의 주문에 따라 세운 예산은 아무리 합리적으로 구현한다고 해도 주민들의 요구와 괴리가 있을 수 있고, 그만큼 시정과 시민의 정서 사이에 간극이 생기게 된다. 예산을 세우는 과정에서 주민의 직접 참여를 바탕으로 주민들의 일상적이고 절실한 필요를 제대로 반영할 수 있게 된다면 이런 간극은 최소화될 수 있으며 나아가 시정의 모든 영역과 과정에서 시민들의 목소리가 더 크게 반영될 것이다.

안양시민사회단체협의회는 2008년 이후 이러한 참여예산제도의 도입을 위하여 수차례 협의를 하였다. 그러나 아직도 갈 길은 멀어 보인다. 참여예산제도의 도입은 단지 요청한다고 되는 것이 아니라 시의 적극적인 협조가 바탕이 되어야 하기 때문이다.

의미 있는 참여는 정보의 공개를 바탕으로 하여 비로소 시작될 수 있다. 예·결산은 물론, 중기 재정계획, 업무계획, 투자대상 심사 및 결과자료, 용역자료, 각 부서별 예산 요구서 등이 정기적이면서 지속적으로 공개되어야 하며, 누구나 그러한 정보에 쉽게 접근할 수 있어야 한다. 한마디로 누구에게나 열려 있는 정보 공개 시스템을 구축하려는 노력이 필요하다.

참여예산시민위원회는 기존의 다른 위원회 구성처럼 단체장이 임의로 위원을 위촉하거나 전문가만을 위주로 한다면 시민의 자율적 참여 취지를 훼손시킬 가능성이 매우 높다. 따라서 민주적 공모

절차를 통해 다양한 주민들의 참여를 보장해야 하고 위원회 회의 자료 및 회의 결과 자료 등은 반드시 공개하는 것을 원칙으로 하여야 한다.

주민 참여에 의한 예산제도는 예산편성 과정을 민주적으로 변화시킬 수 있는 장점을 지니고 있다. 그러나 참여예산제도만으로 예산 시스템의 문제를 모두 극복할 수 있는 것은 아니며 예산 관련 법·제도의 개혁이 반드시 수반되어야 한다. 아울러 중기 지방재정 계획 및 투·융자 심사제도, 각종 보조금 지원제도, 기금 관련 제도, 업무 추진비 등 관련 법·제도와 연계된 방안이 검토되어야 한다.

시민의 입장에서 만드는 참여예산 조례

참여예산제도는 조례로 규정되어야 한다. 거기에는 기본적인 원칙과 함께 세부적인 계획을 세울 수 있는 절차 등이 규정될 것이다.

행정자치부에서 표준안을 제시하고 있으나, 각 지방의 기호에 따라 지방자치단체가 선택하도록 되어 있어 참여예산제도를 도입하는 데 상당히 미온적인 태도를 보인다. 더욱 강화된 수준의 참여예산 운영에 대한 법률적·제도적 뒷받침이 마련되어야 한다.

참여예산제도를 실행하는 과정은 공개적인 예산편성 토론회로부터 시작된다고 할 수 있다. 이를 통하여 해당 지역주민들은 자신의 요구를 제기할 수 있고, 또 시가 지향하는 정책 방향과 서로 다른 주민들의 의견을 듣고 이해할 수 있다. 이러한 토론회가 정례화된다면 그 자체만으로도 예산편성이나 시정 운영에 대한 시민들의 관심이 크게 높아질 수 있다. 참여예산제도는 이러한 과정들이 축적됨으로써 시와 시민들의 상호 신뢰가 두터워질 때 비로소 실질적인 형태를 드러낼 것이다.

| 직접민주주의 요소의 강화

주민소송 절차의 간소화

우리나라가 주민소송을 하고자 할 경우, 주민감사청구를 거치도록 한 전치주의를 채택하고 있는 것은 남소의 위험성을 막기 위한 것이라고 할 수 있다. 그러나 소송을 제기한 주민의 입장에서 보면 제한된 정보를 가지고 소송을 행해야 하는 어려움이 있고, 또 소송을 통해 발생한 이익은 모두 지방자치단체의 재정으로 유입되도록 하고 있다는 점에서 그러한 남소의 우려는 거의 없다고 생각된다. 주민감사청구나 주민소송이 활발한 일본이나 미국의 경우도 남소의 문제점은 거의 없다. 따라서 어떤 직접민주주의 제도보다도 공익적 효과가 큰 주민감사청구와 주민소송제도의 절차를 간소화하는 것은 매우 필요한 일이다.

특히 주민감사청구나 주민소송과 관련한 정보에 주민들이 쉽게 접근할 수 없다는 것은 큰 문제이다. 대개의 지방자치단체들은 증거자료들을 적극적으로 제출하지 않는다. 주민감사청구와 주민소송제도를 활성화하기 위해서는 주민들이 관련 정보를 쉽게 얻을 수 있도록 하는 제도적 장치가 마련되어야 한다.

주민청구제도의 합리화

주민청구(소송)를 위한 요건을 어떻게 설정할 것인가는 판단하기 어려운 문제이다. 만일 과도하게 높일 경우 제도 운영의 경직성을 불러올 수 있는 반면, 그 요건을 지나치게 낮출 경우 신분 노출 때문에 청구(소송) 대상자에 대한 회유와 압력이 가해질 수도 있다. 대개의 경우 100명에서 300명의 주민 참여를 이끌어내기란 쉽지 않으며,

특히 작은 동네 단위의 비리에 대해서 묵인하는 주민이 대다수일 경우 100~300명의 서명은 거의 불가능하다. 요컨대 청구(소송)인 수를 합리적으로 정하는 것이 필요하다. 대체로 감사청구 연서에 필요한 주민 수는 시·도 500명, 50만 명 이상 대도시는 300명, 시·군·구는 200명 범위 내에서 조례로 규정하도록 하는 것이 무난해 보인다.

주민감사청구는 '지방자치단체의 사무처리가 있었던 날 또는 종료된 날로부터 2년을 경과한 때'는 감사청구를 할 수 없도록 시한을 규정하고 있다. 그러나 일반적으로 지방자치단체의 위법 행위나 공익에 반하는 사무처리는 상당한 기간이 경과된 후 나타나므로 2년이라는 기한은 너무 짧다. 주민감사청구(소송) 제도가 가지고 있는 행정의 투명성, 건전성을 오히려 침해할 가능성이 있다. 따라서 주민감사청구(소송)제도의 제소기간은 충분히 보장되어야 한다. 그외에도 지방자치단체의 위법한 행위를 잘 알고 있는 사람은 공무원이나 거래하는 기업의 내부인일 가능성이 크므로 내부고발자에 대한 보호와 보상제도의 도입이 필요하다.

감사기능의 강화

주민감사청구제도의 실효성이 미비한 이유는 감사기구의 독립성이 확보되지 않고 있기 때문이다. 따라서 이해 당사자들의 입김이 작용되지 않도록 감사기구를 독립시킬 필요가 있으며, 독립된 감사기구에 주민들의 참여가 보장되어야 한다.

이와 관련하여 주민들이 참여하여 감사할 수 있는 '주민감사관' 제도의 도입을 검토할 필요가 있다. 서울시의 경우 서울시민감사운영조례를 근거로 시민감사관제도를 운영하고 있다. 이와 같은 주민감사관 제도는 지방자치단체 운영의 투명성과 책임성을 제고시키는 유력한 방법이다.

거버넌스, 지방자치단체 경영의 새로운 원칙

지방의제 21을 통한 시민사회와의 간극 조절

지방의제 21은 1992년 브라질 리우데자네이루에서 열린 '지구환경정상회의'에서 전 세계 지방자치단체에 권고하여 추진하고 있는 대표적인 민관협력기구이다. 지방의제 21은 시민사회와 행정부의 영역 사이에서 공공과 민간의 조율자 역할을 수행하고 있다.

지방의제 21은 지역사회 단위에서 실천할 수 있는 의제를 설정하고 이행 여부에 대한 모니터링 등을 주요 사업으로 하고 있다. 초기에는 환경 영역에서 출발하여 경제, 사회, 문화, 도시계획 등 사회 전반의 다양한 영역으로 확대하고 있다. 2005년 현재 16개 광역자치단체가 지방의제를 작성하였고, 213개 기초지방자치단체가 지방의제 21을 수립하여 실천하고 있다. 아직 안양시의 지방의제 21은 이와 같이 폭넓은 활동을 하고 있지 않지만 향후 점진적 확장이 불가피할 것이다.

주민자치센터의 활성화

주민자치센터는 1998년 비효율적인 행정체계를 개선하기 위해 만들어졌다. 읍·면·동사무소의 기능이 행정업무의 전산화로 인해 상당히 축소됨에 따라 읍·면·동 사무소를 폐지하고 주민자치센터를 설립하면서 현재에 이르고 있다.

주민자치센터는 민관 협력 파트너십이 발휘되는 공간으로 지역사회의 의제를 다루는 공동생산센터, 파트너십센터, 시민참여센터, 자활지원센터의 기능을 지니고 있다. 하지만 현재 주민자치센터는 관 주도형으로 이루어지고 있어 진정한 주민 자치가 제대로 실현되지 못하고 있다는 지적이 있다.

또한 주민 자치에 관한 각 지역의 동장 또는 면장, 주민자치위원회 위원들과 지방의원들 간의 명확한 책임 한계 등이 지방자치 관련법에 분명하게 규정되어 있지 않거나 지방자치조례가 현실화되어 있지 못하다는 지적도 있다.

시민사회단체의 참여 확대

지방자치단체 공무원은 지역의 시민사회단체를 전문성 부족, 반대를 위한 반대자 등의 부정적 시각에서 바라보는 경향이 있다. 그러나 전문가의 결합, 상근 활동가의 전문성 제고 등을 통하여 요즘에는 시민사회단체의 역량과 전문성이 개선되고 있음을 주시할 필요가 있다.

이러한 지역 시민사회단체의 정책 참여는 지방자치단체의 정당성과 공정성을 높여 주민의 반발을 최소화시킬 수 있다. 따라서 지방자치단체 공무원은 지역 시민사회단체를 지방행정의 합리화, 공정성과 공평성의 확보, 혁신을 도모하기 위한 동반자로 인식할 필요가 있다. 시와 지역 시민사회단체와의 정례적인 토론회나 집담회 개최는 상호 이해를 증진시킬 수 있는 좋은 계기가 될 것이다. 이를 좀더 안정적으로 추진하기 위한 장치로 지방자치단체-시민사회협력위원회(가칭)를 구성하는 방안도 생각해볼 수 있을 것이다.

이와 관련하여 지방자치단체가 지역 시민사회단체 관련 업무를 전담할 수 있는 인원을 늘리거나 부서를 신설하는 방안도 중요하다. 대부분의 지방자치단체는 단 한 명의 인원으로 지역 시민사회단체의 관리 업무를 담당하고 있다. 그런 탓에 지역 시민사회단체에 대한 정보가 부족하고 그 역할도 매우 제한적일 수밖에 없다.